Eines Dschinns Wunsch

Verborgene Wünsche Buch 3

Von

Tao Wong

Übersetzt von Philipp Bornschein

Copyright

Dieses E-Book ist ein fiktionales Werk. Namen, Charaktere, Firmen, Orte, Ereignisse und Vorfälle sind entweder Produkte der Fantasie des Autors oder werden fiktiv eingesetzt. Jede Ähnlichkeit mit tatsächlichen Personen, lebendig oder tot, oder wirklichen Ereignissen ist reiner Zufall.

Dieses E-Book ist nur für den persönlichen Gebrauch lizenziert. Dieses E-Book darf weder weiterverkauft noch an andere verschenkt werden. Wenn Sie dieses Buch einer anderen Person schenken möchten, kaufen Sie bitte eine weitere Kopie für jeden Empfänger. Falls Sie dieses E-Book lesen und es nicht gekauft haben (oder es nicht für Ihre alleinige Nutzung gekauft wurde), besuchen Sie bitte Ihren E-Book-Händler und erwerben Sie eine eigene Kopie. Danke, dass Sie die harte Arbeit dieses Autors respektieren.

"Eines Dschinns Wunsch"

Copyright © 2021 Tao Wong. Alle Rechte vorbehalten.

Copyright © 2021 Sarah Anderson Cover-Designer

Übersetzt von Philipp Bornschein

Eines Dschinns Wunsch

Ein Buch von Starlit Publishing
Veröffentlicht durch Starlit Publishing
PO Box 30035
High Park PO
Toronto, ON
M6P 3K0
Kanada

www.starlitpublishing.com

E-Book ISBN: 9781990491023

Taschenbuch ISBN: 9781989994993

Bücher in der Serie

Eines Gamers Wunsch

Eines Knappen Wunsch

Eines Dschinns Wunsch

Andere Serien von Tao Wong

Abenteuer in Brad

Ein Tausend Li

Die System-Apokalypse

Inhalt

Kapitel 1 1

Kapitel 2 19

Kapitel 3 42

Kapitel 4 62

Kapitel 5 72

Kapitel 6 83

Kapitel 7 98

Kapitel 8 118

Kapitel 9 142

Kapitel 10 167

Kapitel 11 181

Kapitel 12 207

Kapitel 13 220

Kapitel 14 235

Kapitel 15 252

Kapitel 16 268

Kapitel 17 283

Kapitel 18 303

Kapitel 19 328

Epilog 339

Hinweis des Autors 345

Über den Autor 347

Über den Verlag 348

Kapitel 1

Magie war erstaunlich, verwunderlich und furchteinflößend. Sie vermochte Gebäude zu zerstören, verlorene Schlüssel zu finden und mit der gleichen Leichtigkeit ein versunkenes Schiff zu heben. Ihre einzigen Grenzen waren die Beschränkungen des Lebens, der Vorstellungskraft und der Fähigkeiten ihres Anwenders. Und selbst Ersteres stand zur Debatte.

»Warum muss ich das Geschirr immer noch von Hand abwaschen?«, murrte ich, als ich den Schaum vom letzten Teller spülte und ihn in das Abtropfgestell legte, wobei ein gläsernes Klirren erklang. In der winzigen Küche lagen die Reste unseres Frühstücks – im Laden gekaufte Tiefkühlwaffeln und echter Ahornsirup –, der köstliche Geruch hielt sich in der Luft. Cremefarbene Wände und zehn Jahre alte Haushaltsgeräte umgaben mich. Während ich abspülte, wünschte ich mir abermals, dass genug Geld vorhanden wäre – und Platz –, um einen Geschirrspüler aufzustellen.

»Vorsichtig! Schlag sie nicht aneinander!« Die schwarzhaarige Schönheit mit olivfarbener Haut, an die ich meine Frage gerichtet hatte, schaute nicht einmal von ihrem Videospiel auf. Irgendein eindrucksvolles Open-World-Rollenspiel. Laut Lily für weitere Recherchen, doch ich wusste, dass es eher eine Sucht war. Ihre Art, sich an die Welt anzupassen, die sich in den letzten fünfzig Jahren ihrer Gefangenschaft im Ring verändert hatte.

Oh, ja. Lily ist ein Dschinn. Und bis ich sie vier Jahre zuvor befreit hatte, steckte sie in ihrem Ring in einem herrenlosen Aktenkoffer. Wie eines der weltweit mächtigsten Artefakte seinen Weg in einen Aktenkoffer gefunden hatte – unberührt, ungeöffnet, und für Jahrzehnte verloren –, war ein Mysterium, das ich noch lösen musste. Falls es irgendwer wusste – und ich war mir sicher, dass das jemand tat –, weigerte derjenige sich, es mir zu erzählen.

»Ich würde die Gläser einfach reparieren. Ich habe den Zauber dafür perfektioniert.«

»Nur weil du es kannst, heißt das nicht, dass du es auch solltest.« Lilys Zunge lugte kurz heraus, als eine vereinzelte Locke über eines ihrer Augen fiel. Sie rümpfte die Nase, während sie sich auf einen Sprung zwischen einer schwankenden Brücke und einer Klippe konzentrierte. Als sie es geschafft hatte, atmete sie erleichtert aus. Der kurze Druck auf eine Taste pausierte das Spiel. Ein flüchtiger Blick zeigte mir, dass sie auf ihrem anderen Computer weiterhin Hyperraumtore durchquerte. »Du machst dich viel zu abhängig von Magie. Sie ist ein ungeheuer anpassbares Werkzeug, aber manchmal wäre es besser, wenn du deine Hände benutzt. Zu wissen, wann man aufhören sollte, sich auf die Magie zu verlassen, ist genauso wichtig.«

Ich schnaubte kopfschüttelnd. »Wozu gibt es Magie, wenn man sie nicht nutzt?«

»Um deine Zähne zu putzen?«

»Ich habe an meiner Feinmotorik gearbeitet!«

»Und als du dir mitten in der Nacht eine Tasse Wasser geholt hast?«

»Es war ...« Ich verstummte zusammenzuckend. »... kalt. Und mein Bett war warm.«

»Und du hast vier verschiedene Zauber genutzt, um diese Tasse zu dir zu holen.«

»Nur drei!«, protestierte ich. *Vorhersagen*, um meinen Blickwinkel zu verändern, so dass ich die Tasse unter mir im Erdgeschoss sehen konnte. *Schweben*, um die Tasse zu bewegen. Und *Licht*, weil ich mich nicht extra bemüht hatte, das Licht anzuschalten.

»Du hast deine *Machtfinger* vergessen.«

Um den Wasserhahn anzustellen, natürlich. Das hatte ich verdrängt. Einige Jahre zuvor wäre ich nicht in der Lage gewesen, meine Konzentration auf vier Zaubersprüche zu verteilen. Selbst eine gewisse Zahl von Trickzaubern wären unmöglich gewesen. Ich hatte beträchtliche Fortschritte erzielt, doch war ich möglicherweise etwas faul geworden. Trotzdem … »Es ist ja nicht so, als würde Magie süchtig machen. Oder meinen Körper bei der Beschwörung verletzen.«

Lily schnaubte und kreuzte die Arme. »Ich habe dir schon zuvor erklärt, dass es eine Sache von mentaler Flexibilität ist. Wenn du nur noch Magie einsetzt, dann siehst du keine Lösungen mehr außer einer magischen. Wenn du der Stärkste werden willst, darfst du dich nicht einschränken lassen – auch nicht durch deine eigenen Gedanken.«

Meine gekräuselten Lippen formten sich zu einem Grinsen, als ich mich instinktiv gegen ihre Empfehlung wehrte. Dass ich gegen dieses Argument längst verloren hatte, war mit der Grund, warum ich mir bei dieser Sache reichlich kleingeistig vorkam. Ich akzeptierte ihren Standpunkt, stimmte ihr größtenteils sogar zu. Aber das war ein Konzept, das mich im Moment nicht maßgeblich betraf. Die Art der Erforschung und Zaubererschaffung, über die sie sprach, bezog sich auf Erzmagier. Individuen, die – wenn ich mein eigenes kleines Schummel-System nutzte – auf einem Level in den hohen Hunderten waren. Was mich betraf: Ich war auf mickrigen 63.

Eines Dschinns Wunsch

Als Lily erkannte, dass sie gewonnen hatte, drehte sie sich zu ihrem Spiel zurück. Bevor ich mich für meinen nächsten Schritt entscheiden konnte, ertönte ein polterndes Klopfen an der Haustür. Als ich öffnete, war ich verdutzt, Shane zu sehen, mit einem tiefen Stirnrunzeln, das seine kurze, bärtige Erscheinung zerknautschte. Es war Jahre her, seit ich ihn zuletzt gesehen hatte. Damals hatte ich einen Verfolgungszauber auf Charlies Halsband beschworen, damit sein Herrchen ihn jederzeit aufspüren konnte. Das zählte zu meinen hochwertigeren Verzauberungen, hauptsächlich weil ihre Kraftquelle im umgebenden Mana lag.

»Was ist denn los?«

»Da ist ... also ... Es ist besser, wenn ich es dir zeige.«

»Geht es Charlie gut?«, fragte ich, meine Jacke vom Haken nehmend.

Shane nickte und eilte hinaus. Ich folgte dem wortkargen Zwerg. Während wir die Straße entlangliefen, bemerkte ich, dass Shane immer und immer wieder den Kopf drehte und wie seine tiefliegenden Augen noch tiefer sanken, als er unsere Beobachter entdeckte.

»Mach dir deswegen keine Sorgen«, beruhigte ich ihn. »Sie haben ein Auge auf mich.«

»Wie viele?«

»Fünf? Nein. Sechs Gruppierungen sind es jetzt schon.« Ich schnaubte wütend. Unter ihnen waren zum Beispiel das Magierkonzil, die Tempelritter und die Uttara Mimamsa. Sie beobachteten uns aus verschiedenen Häusern, die die Straße säumten. Es erheiterte mich, dass sich ein Großteil dieser Straße und ein Teil der Nachbarschaft zu einem übernatürlichen Mittelpunkt entwickelt hatten. »Ich habe die Druiden vergessen. Sie sind die Neuesten.«

»Druiden?« Shane zuckte zusammen und duckte sich noch weiter. Ich fragte mich, welche Geschichte dahintersteckte.

Ich schüttelte den Kopf. »Mach dir keine Sorgen. Es wird noch lange dauern, bis sie irgendetwas unternehmen. Genau genommen ist das hier wahrscheinlich die sicherste Straße der Stadt.«

Shane grunzte bestätigend.

Ich geriet nicht länger dadurch aus dem Gleichgewicht, dass die gewöhnlichen übernatürlichen Bewohner von meiner Lebenssituation Kenntnis hatten. Ich hatte etwas über sie gelernt: Sie tratschten fürchterlicher als eine Gruppe Mah-Jongg-Spieler. Ehrlich, man könnte annehmen, das wäre eine Superkraft in der übernatürlichen Welt. Bedachte man aber, dass selbst die größte übernatürliche Bevölkerungsgruppe nur die Anzahl einer

Kleinstadt hatte, ergaben Klatsch und Tratsch Sinn. Wenn es nicht viel an Gesetzen und Bürokratie gab, auf die man zurückgreifen konnte, wurden Reputation und Wissen zu der Währung, auf die sich jeder verließ.

»Die sicherste ...« Shane verstummte.

Ich konnte nicht anders, als seine Körpersprache zu beobachten, die Art, wie er sich wegduckte, wie er mir immer wieder Blicke zuwarf. Meine Tätigkeit als Problemlöser hatte mir geholfen, Menschen besser lesen zu können. Es war verblüffend, wie ein Großteil der Sprache des Körpers sogar über alle übernatürlichen Barrieren hinweg beibehalten wird. Das könnte natürlich auch darauf zurückzuführen sein, dass jeder ständig gezwungen war, mit anderen zu interagieren.

Schließlich verließen wir mein Viertel, begaben uns aber nicht in seines, sondern in eine nahegelegene Straße. Der Mix aus ebenerdigem Einzelhandel und zweistöckigen Apartmentkomplexen hielt sie lebendig und geschäftig. Zumindest an den Wochenenden. An Wochentagen, wie heute, war es stiller, aber nicht geräuschlos. Die Spruce Street war von zahlreichen Gassen durchzogen, und Shane führte mich in eine davon.

Ich schaute mich um, während wir die Gasse voller Abfallcontainer hinunterliefen. Bedauerlicherweise hatte sich mein Leben so deutlich verändert, dass es nicht ungewöhnlich war, solch seltsame Wege entlangzulaufen und nach Ärger zu suchen. Von Goblins, die in dem Müll lebten, bis hin zu Teufelsratten. Gassen und Müllcontainer waren in diesen Tagen Teil meines Lebens.

Meine erhöhte Wachsamkeit war der Grund dafür, dass ich die Veränderung in Shanes Verhalten wahrnahm. Ich sah direkt zu ihm, als er sich umdrehte und ein Messer in meiner Brust versenkte, genau auf mein Herz gerichtet. Ich drehte mich zur Seite, so dass ich den plötzlichen Tod vermied, aber nicht weit genug, um ihn davon abzuhalten, ein blutiges Loch in meine Lunge zu stechen und einen Teil meines Brustkorbs zu zerfetzen. Ein reflexartiger *Manapfeil* schlug Shane zurück und sandte ihn taumelnd an die Wand. Als wäre dieser Angriff ein Zeichen, wellte sich der Zwerg, sein Körper dehnte und streckte sich, seine Haut verlor Farbe und sein Bart fiel ab.

»Doppelgänger«, knurrte ich wütend.

Mein *Machtschild* sprang hervor und drehte den Spieß um. Nicht, dass der Nicht-Shane mir genug Zeit gab, Atem zu holen, bevor er erneut auf mich einstach, während ich meine Wunde umklammerte. Aber das Training und die zahlreichen Nahtoderfahrungen ermöglichten mir, den Fokus auf meinem Zauber zu halten. Das und die

Schummelzauber, die Lily in mein Gehirn gepflanzt hatte, sodass ich sie jederzeit mit einem Fingerschnippen hervorrufen konnte. So vermochte ich ihn mit nur einer Hand aufzuhalten und meine Wunde mit der anderen zu schließen.

»Zeit zum Sterben, schwarzer Hexenmeister.« Der Doppelgänger griff weiterhin mit einer Hand an, und es versetzte mich in Erstaunen, dass er mit der anderen eine allzu irdische Granate hervorholte. Er stoppte kurz, um den Splint abzuziehen.

Ich war froh über seinen Fehler, da das Anpassen eines existierenden Schildes müheloser war, als einen neuen zu beschwören. Die Mathematik, die Veränderung der Ritualrunen in meinem Kopf, erweiterte den *Machtschild* und wölbte ihn. Das erzeugte einen halbfesten, konkaven, dem Monster zugewandten Schild. Ich formte ihn, so rasch es mir möglich war, um den Doppelgänger herum, just als er die Granate in meine Richtung warf.

Die Augen des grauen Humanoiden vergrößerten sich vor Überraschung und Furcht noch mehr, als sie zu ihm zurücksprang. Er wandte sich zur Flucht, eine Bewegung, die ich so schnell wie möglich nachvollzog, um mich selbst auch zurückzuziehen. Ich tat mein Bestes, um die heftige Explosion einzudämmen und umzulenken. Ich leitete die

Granatsplitter und das Feuer zu meinem Gegner, doch mein Schild hielt nur bis zu diesem Zeitpunkt. Plötzlich lag ich auf dem Rücken und sah Sterne, meine Ohren dröhnten von dem Knall, Blut lief heraus.

Ich konnte nicht anders und fragte mich, wer einen Assassinen auf mich angesetzt hatte.

***

Als meine »Wächter« eintrafen, hatte ich es geschafft, die Blutung mit dem Zauberspruch *Größere Heilung* zu stoppen. Dieser beschleunigte Heilzauber hatte mit der Gerinnung des Blutes begonnen und nähte dann die Wunde zu, während ich mich zusammenhielt. Das ließ natürlich eine große Narbe zurück, aber an diesem Punkt war das unausweichlich. Über die letzten Jahre war ich in der Lage gewesen, mein Gesicht und meinen Hals von größeren Narben freizuhalten. Das erlaubte mir, meine Familie ohne folgenschwere Fragen besuchen zu können. Außer das eine Mal, als ich einen Strandbesuch abgelehnt hatte.

Beschwörung Größere Heilung
Synchronität: 84%

Eines Dschinns Wunsch

Eine recht armselige Synchronitätsrate, vor allem nach all der Zeit, aber ich hatte noch immer Schwierigkeiten mit diesem Zauberspruch. Anders als mein normaler Heilzauber hatte dieser aber den Vorteil, solch total unwichtige Probleme wie eine zerrissene Lunge bewältigen zu können.

»Zauberer Tsien, benötigst du zusätzliche Heilung?« Der Templer, der über mir stand, warf mir einen ärgerlichen Blick zu. Er war in voller taktischer Kampfausrüstung, die aus einer Kevlarweste mit zahlreichen Taschen, einigen Messern, einem stacheligen Pflock aus Silber und Holz, und selbstverständlich weiteren Waffen bestand. Vielen Waffen. Ohne ein Schwert, allerdings war das Messer, das an seinen Oberschenkel geschnallt war, groß genug, um als Kurzschwert zu gelten.

Seit Alexa nicht mehr bei den Templern war, verliefen unsere kurzen Interaktionen nicht wirklich freundlich.

»Ich werde es überleben.« Ich kam taumelnd auf die Füße, drückte weiterhin auf meine Wunde und begutachtete meine blutige Kleidung. Glücklicherweise hatte ich daran gedacht, meine verdammte Tasche mit zusätzlicher Kleidung mitzunehmen. Über die Jahre waren alle Arten von Körperflüssigkeit auf mich gespritzt, erbrochen und geworfen worden. Ein extra Satz Klamotten, vorausblickend eingepackt und in einem extragroßen Ziplock-Beutel versiegelt, war eine Mindestanforderung meines Lebensstils. Von einem Freund erstochen zu werden, war indessen etwas Neues.

»Ist Shane …?«

»Tot.« Die Antwort kam von dem herbeilaufenden Druiden.

Man würde annehmen, dass ein Druide ein alter Mann mit einem langen weißen Bart und einer grauen oder grünen Robe wäre. Falsch gedacht. Der Druide, der für meine Bewachung abgestellt worden war, hatte einen sorgfältig gepflegten Kinnbart im Stile eines Bösewichtes, langes Haar und trug Mascara. Würde man eine Lederjacke mit vielen kleinen Nieten und ein darunter getragenes schwarzes T-Shirt hinzufügen, dann würde er perfekt in ein Heavy-Metal-Konzert passen.

»Nicht der Doppelgänger«, entgegnete ich kopfschüttelnd und weigerte mich, einen Blick auf die verstümmelten Überreste zu werfen, die in geringer Entfernung lagen. »Der echte Shane.«

»Tot«, beharrte der Druide. »Wir haben nach seiner Seele gerufen, sobald dein Freund hier explodiert war. Wir haben ein Signal erhalten, sehr stark und zornig.«

Ich fluchte, und da mein Körper ein wenig zur Ruhe gekommen war, begann ich mit einer weiteren Anwendung *Größere Heilung*. Meine Wächter ignorierten die Beschwörung, schenkten stattdessen dem Leichnam ihre Aufmerksamkeit und tuschelten miteinander. Ich hätte beleidigt sein können, aber mein Zustand kümmerte sie nicht wirklich. Es wäre vermutlich sogar besser, wenn ich ein komplett kaputtes Wrack wäre. Sobald ich Level 100 erreichte und mich selbst von dem Wunsch an Lily befreite, müssten sie mich immer noch töten. Was, wie man leicht erraten kann, der Grund meiner Beunruhigung war, ob sie den Doppelgänger gegebenenfalls absichtlich durchgelassen hatten.

»*Habt ihr ihn gespürt?*«, flüsterte der Templer dem Druiden zu.

»*Nein. Unsere Geister waren abgelenkt. Es gab einen weiteren Angriff.*« Der Druide gestikulierte kopfschüttelnd. »*Uns stand nur ein geringerer Geist zur Verfügung, um das Ziel zu beobachten.*«

»*Die Hitzesignatur war korrekt. Zwerge und Doppelgänger werden beide als heiß angezeigt, daher wurde er wahrscheinlich ausgewählt*«, erwiderte der Templer und fuhr mit einer Hand durch sein blondes Haar. »*Ebenso keine magische Resonanz, weil es ein Doppelgänger war.*«

»Ja, wir haben ihn auch übersehen.« Caleb Hahn, Magus des Zweiten Kreises und mein zumeist widerwilliger Lehrer, kam näher, gefolgt von zwei niedergeschlagen wirkenden Magiern. Ich nahm an, dass sie diejenigen waren, die über mich wachen sollten. Er drehte sich um, sah, dass ich mit dem Heilen fertig war, und fixierte mich mit einem matten Blick. »Jemand hatte versucht, ein versiegeltes Tor in einem verlassenen Einkaufszentrum zu öffnen. Daher meine Verspätung.«

»Ich nehme an, du hattest Schwierigkeiten damit?« Meine Worte klangen etwas dumpf, da ich mich aus meinem Shirt schälte und damit allen Anwesenden meinen nicht länger komplett blassen und mageren Körper zeigte. Dank des zusätzlichen Trainings, durch das Alexa mich geschickt hatte, war ich nicht mehr der spindeldürre Gamer wie zuvor. Nennt es eine kleine Eitelkeit, aber darauf war ich stolz. Ich wäre allerdings noch selbstsicherer, hätte ich nicht Dutzende alarmierender Narben, die verborgen werden mussten.

»Nicht mehr als sonst in diesem Jahr«, antwortete Caleb und erntete wütende Blicke von den anderen Gruppierungen.

Obwohl Druiden und Templer sich vielleicht nicht mochten, waren sie sich bei der Abneigung gegen das

Magierkonzil einig. Es hatte damit zu tun, dass von ihnen allen Caleb das beste Verhältnis zu mir hatte – und das Konzil selbst erwärmte sich langsam für mich. Sie begannen zu erkennen, dass ein Magier auf Level 100, gefüttert mit ansonsten verlorenem Wissen und vergessenen Zauberformeln, ein Segen für sie sein könnte.

Caleb war schon einen Kreis aufgestiegen, nur indem er mit mir gearbeitet hatte. Die Art und Weise, wie ich mit Zaubersprüchen umging, Zauber, die lange als verschollen galten, hatte sein Wissen in einer Geschwindigkeit verbessert, die viele seiner Gleichaltrigen hinter sich ließ. Selbst wenn er aufgrund seiner Position gezwungen wäre, seinen Wissensschatz zu teilen, würde er sie doch alle anführen.

Als ich ein neues Shirt über meinen Körper gezogen hatte, erhaschte ich einen flüchtigen Eindruck der zerfetzten Leiche. Als hätte der Gestank gewartet, erwischte mich jetzt eine Duftwolke des Leichnams und ließ mich würgen. Hätte ich mich weiter zurückziehen können, dann hätte ich es getan. Ich wandte mich an den Templer: »Hast du vor, dich um den Körper zu kümmern?«

»Nein«, erwiderte er kurz angebunden.

Er sah erneut zu dem Leib, bevor er davonstürmte, dicht gefolgt von dem Druiden. Nachdem ich das durchgeweichte Shirt in meine Tasche gestopft und das Blut auf meiner Jeans mithilfe einer *Illusion* bedeckt hatte, blickte ich finster auf den Körper. Lieber die Beweise loswerden. Während ich mich bereitmachte, den Zauber *Säurezersetzung* auf den Leichnam anzuwenden, drückte Caleb meine Hand herunter.

»Was?«

»Um den Körper kümmern sich einige deiner schüchternen Wächter«, antwortete er.

»Wer? Wie?« Ich runzelte die Stirn. Ich wusste, dass ich noch andere Beobachter hatte. Aber nur die drei, die ich schon gesehen hatte, unternahmen tatsächlich Schritte, um mit mir in Kontakt zu treten. Wiederholte Nachfragen hatten, bis jetzt, nur wenig zusätzliches Wissen ergeben.

»Ich bin mir nicht sicher, jedoch glaube ich, dass das FBI diese Auseinandersetzung gewinnen wird«, entgegnete Caleb.

»FBI?« Ich schrie mit großen Augen auf. »Warte mal. Akte X?«

»Ich glaube nicht, dass sie eine faktische Bezeichnung haben«, meinte er schulterzuckend. »Noch bin ich mir sicher, ob sie echte FBI-Agenten sind.«

»Dann ...«

»Es ist allerdings unmissverständlich, dass sie von der Regierung sind«, stellte Caleb klar.

Als er sah, dass ich wieder stand, lief er aus der Gasse hinaus und zwang mich damit, ihm nachzueilen. Die geringeren Magier ebenso. Nach einer kurzen Berührung ihrer Auren nahm ich an, dass sie im Sechsten Kreis oder so waren – nicht sehr nahe an einer Aufstufung, aber auch keine Rekruten-Grünschnäbel. Dass sie mir missgünstige und unzufriedene Blicke zuwarfen, war nicht ungewöhnlich, aber diese Blicke waren für dreißig Jahre alte Männer nicht gerade schmeichelhaft.

Wiederholte Interaktionen mit Mitgliedern der niederen Ränge des Magierkonzils hatten mir gezeigt, dass ich dort den Namen »Dreck« hatte. Insbesondere wegen der Eifersucht – ich stand nicht nur unter persönlicher Anleitung eines Magiers des Zweiten Kreises, sondern hatte ebenso Zaubersprüche und Wissen von Lily eingepflanzt bekommen, wofür die Magier Jahrzehnte des Lernens benötigten. Ich hatte in wenigen Jahren das geschafft, womit sie sich jahrzehntelang plagten, wofür sie an der Oberfläche kratzten, herumprobierten und experimentierten. Fügte man die Tatsache hinzu, dass ich eine breitere Auswahl von Sofortbeschwörungszaubern besaß, und voilà …

Dreck. Mein Name.

»Unmissverständlich? Wie das?«, japste ich, als ich ihn endlich einholte.

Caleb machte sich nicht die Mühe, meine Frage zu beantworten. »Dein Mana ist niedrig. Du musst dich ausruhen. Wir werden das heutige Training absagen. Aber du solltest von jetzt an vorsichtig sein.«

»Nein, wirklich? Ich sollte vorsichtig sein wegen Doppelgängern, die Messer in meinen Bauch stechen?«, schnaubte ich.

Caleb wandte sich einfach ab, als wir sein Apartment erreichten. Er überließ es mir, den Rest des Weges ohne ihn zurückzulegen. Allein, mürrisch und ein wenig besorgt.

Kapitel 2

Als ich zurück in meiner Wohnung war, beruhigte ich mich so weit, dass ich realisierte, nie die vielen Fragen gestellt zu haben, die ich hätte stellen sollen. Unter anderem: Wer hatte den Doppelgänger geschickt? Obwohl ich wusste, dass meine widerstrebenden Wächter hart daran gearbeitet hatten, mich zu beschützen, hatte ich nicht erkannt, wie die Feindseligkeit mir gegenüber angewachsen war. Dass jemand ein Messer in meine Brust stach, war jedoch eine ziemlich zugespitzte Lektion dafür, dass Ignoranz möglicherweise nicht die sicherste Vorgehensweise war.

Darüber hinaus gab es jemanden, mit dem ich wirklich ein Wörtchen reden musste.

Als ich die Tür öffnete, schnaubte ich wütend. Die Vordertür knallte zu, bevor ich das Wohnzimmer betrat und den seelenruhigen Blick des Dschinns sah – meines echten Wächters, meiner Freundin.

»Wie kommt es, dass du mich nicht gewarnt hast?«, blaffte ich sie an.

»Dich warnen? Hätte ich das tun sollen?«, fragte Lily unschuldig.

»Lily.« Ich deutete auf meine Brust. »Erdolcht!«

»Ich weiß«, entgegnete Lily mit ernstem Gesicht. Sie drehte sich zu mir und schenkte mir ein trauriges Lächeln, dabei fixierten ihre mandelfarbenen Augen meine eigenen Schlammtümpel-braunen. »Ich weiß. Ich bin aber durch die Regeln gebunden, die wir aufgestellt haben, so wie du auch. Ich konnte es dir nicht sagen, weil das eine angemessene Bedrohung war. Er hatte keine Pistole. Er hatte keine magische Waffe. Nur ein Messer.«

»Welches beinahe in mein Herz drang«, schnappte ich.

Als ich Lily zusammenzucken sah, kühlte sich mein Ärger ab, ihre Worte erinnerten mich wieder einmal daran, dass der Dschinn durch die Magie des Ringes gebunden war. Sie konnte die Regeln ein wenig drehen, verbiegen, anstupsen oder deren Grenzen ausloten, aber am Ende war sie noch immer gefangen. Ich plumpste auf die Couch und zog mit dem Finger die neue Narbe über meinem Shirt nach.

»Ich weiß. Es tut mir leid ...« Lily atmete tief ein. »Ich wollte. Aber ich konnte nicht. Kann nicht. Du musst vorsichtig sein und mit Bedrohungen auf deinem Level rechnen.«

Etwas an der Art, wie sie es sagte, wie sie mich dabei nicht ansah, ließ mich aufmerken. »Lily ...«

»Mehr kann ich nicht sagen«, erwiderte sie. »Aber hier bist du an einem sicheren Ort.«

Eines Dschinns Wunsch

Stille füllte den Raum, nur begleitet vom Surren ihres strapazierten Laptoplüfters. Aus dem Augenwinkel sah ich, dass ihr Spielcharakter durch andere Spieler getötet wurde, da er unbeaufsichtigt in einer feindlichen Zone stand. Dass Lily das nicht bemerkte, war womöglich das größte Indiz dafür, wie beunruhigt sie war.

Ich löste schließlich die Anspannung, indem ich mich vorlehnte und den Fernseher anschaltete. »Also. Wusstest du, dass letzte Woche ›Ascend Online 3‹ rausgekommen ist? Ich bin noch nicht dazu gekommen, es zu spielen …«

Lily lebte auf, ihre Augen leuchteten vor Begeisterung. »Ooooh! Ich frage mich, ob sie schon den Zeitfehler bei den Fernreisen behoben haben. Jeder hat sich in der vorherigen Edition darüber beschwert …«

***

So fand uns Alexa später am Tag, als sie zu uns stieß. Seitdem sie ihr Einkommen als Novizin verloren hatte, wollte Alexa abwechslungsreiche und originelle Jobs finden. Da ein Großteil ihrer Fähigkeiten das Töten von Übernatürlichen beinhaltete, war ihr erstes Jahr turbulent gewesen. Das änderte sich, als sie ein Jobangebot vom Atlantis erhielt, dem angesagtesten Nachtclub der Stadt. Sie arbeitete dort im VVIP-Bereich, wo sie die verschiedenen übernatürlichen Bewohner in Schach hielt.

Alexa schaute uns kaum an, bevor sie ihr Nachmittagsritual mit Schinken-Salat-Sandwiches, Kaffee, Dehnübungen und noch mehr Kaffee absolvierte. Als sie sich in einen nahen Stuhl plumpsen ließ, widmete sie dem Videospiel nur einen flüchtigen Blick.

»Warum liegt dort eine Tasche voll blutiger Kleidung, die vor sich hin rottet?« Alexas Ton klang weniger nach einer besorgten Wächterin, sondern mehr nach einer erschöpften Mitbewohnerin. »Wir haben doch darüber gesprochen, wie sich Blutflecken festsetzen, wenn sie eintrocknen.«

»Ich fürchte, das Shirt ist nicht zu retten«, erwiderte ich.

»Was ist mit dem Einstichloch? Ich kann nicht weiterhin Shirts verwenden, die du zusammengenäht hast, wenn die Leute mir diesen Blick zuwerfen.«

»Welchen Blick?«

»Den, der fragt, warum jemandes Shirt ein verdächtig aussehendes, zugenähtes Loch an der Stelle hat, an der sich dessen Herz befindet.«

»Herz?« Alexa setzte sich auf, ihre Augenbrauen zogen sich zusammen. »Das ... raus damit. Jetzt.«

Eines Dschinns Wunsch

Ich seufzte, drückte einen Knopf zum Pausieren – zu Lilys Missfallen – und drehte mich zu Alexa, um meine jüngste Nahtoderfahrung zu schildern. Die Ex-Novizin war eine angenehme Zuhörerin, sie fiel mir nur zweimal ins Wort, um konkrete Punkte zu klären.

»Sowohl Lily als auch Caleb haben dir geraten, extravorsichtig zu sein?«, hakte Alexa nach. Sie wartete lang genug, damit ich nicken konnte, bevor sie ihre Kaffeetasse leerte und ohne ein weiteres Wort nach oben lief.

»Alexa?«, rief ich ihr verunsichert hinterher.

»Lass es gut sein. Sie wird zurückkommen«, meinte Lily. »Können wir wenigstens diese Quest beenden?«

»Ich glaube nicht«, antwortete ich, als Gestampfe und Gepolter nach unten durchklangen.

»Bah!« Lily seufzte, speicherte aber das Spiel, bevor sie unglücklich die Arme kreuzte. Einen Moment später ließ sie einen überraschten Aufschrei heraus, als sie ihre offenen Laptops anschaute. »Wann bin ich denn gestorben?«

Kurz darauf kam Alexa mit einigen Ordnern wieder nach unten. Diese legte sie auf den Beistelltisch und lief dann zurück, um weitere zu holen. Neugier ließ mich die sorgsam beschrifteten Ordner durchblättern, nur um zu erschaudern, als ich darin las. Die Illuminati, das Magierkonzil, die Tempelritter, der Druidenorden, selbst der Rat der Schatten und dunklen Rassen war dort vertreten. Jede bedeutende Macht, die ich benennen konnte, hatte ihren eigenen Ordner, einige dicker als die anderen.

»Was ist all das?«, fragte ich, als ich den Ordner für das Magierkonzil aufnahm.

Personalakten vertrauter Gesichter empfingen mich, jede bot eine detaillierte Übersicht und hatte wenigstens ein, wenn nicht gar mehrere Bilder angefügt. Überraschenderweise führten die Akten sogar ihre Werte in diesem Spiel. Doch sollte das, nachdem ich diese Information registriert hatte, keine große Überraschung mehr für mich sein. Immerhin gewährten Lilys Daten passende Einschätzungen des Bedrohungslevels.

»Alles und jeder, der Interesse an dir hat«, antwortete Alexa, auf die Ordner tippend. »Zumindest diejenigen, von denen ich weiß. Einige sind, nun ja, etwas zurückhaltender.« Um das zu unterstreichen, stupste sie einen ziemlich dicken Ordner an, auf dem nur »Sonstige« stand.

»Du hast über alles Aufzeichnungen angefertigt?«, erkundigte ich mich, die Augen vor Fassungslosigkeit geweitet. »Aber warum?«

»Ich bin deine Freundin, das weißt du. Außerdem würde ich gerne wissen, wer möglicherweise das Haus, in dem ich lebe, in die Luft sprengen möchte,«, erwiderte Alexa. »Du hast gesagt, es war ein Doppelgänger?« Ich nickte stumm. Sie blickte finster auf die Ordner. »Dann lass uns den Stapel aufteilen.«

»In was?«

»Fähigkeiten. Dann die Wahrscheinlichkeit, sie zu benutzen.«

Ich grummelte, entschied aber, mich nicht zu beschweren, und nahm meinen Anteil des Stapels. In Wahrheit brauchten wir nicht lange, um die verschiedenen Gruppierungen zu sortieren. Einige – wie das Magierkonzil – hatten die Fähigkeiten, doch nicht die Motivation, während andere – wie die Templer – keine Fähigkeiten und ebenso nicht die Beweggründe dafür hatten. Kurz gesagt: Wir hatten einen nur schmalen Stapel an möglichen Verdächtigen.

»Das Gremium für heidnische Religionen«, äußerte ich und strich mit meinem Finger über den Ordner. Ich bemerkte die zahlreichen kleineren Aktenhefter, die darin enthalten waren. Unter ihnen: die Druiden. »Kannst du mir nochmal etwas über sie erzählen?«

Lily sah Alexa an, die redete, während sie zur Kaffeemaschine lief. »Eine Erfindung aus jüngerer Zeit. Bis in die Sechziger oder so haben die verschiedenen heidnischen Religionen und magischen Gruppierungen unabhängig voneinander gearbeitet. Doch die Hippiebewegung hat einen Interessenanstieg bewirkt. Anstatt am Rand zu stehen und möglicherweise neue Rekruten zu verpassen, vor allem in Anbetracht des langsamen Wachstums der einzelnen Gruppierungen, hat sich das Gremium gebildet. Es besteht aus Vertretern aller Arten, von den Druiden über Wicca bis hin zu Schamanen der amerikanischen Ureinwohner.«

»Gab es da nicht etwas darüber, wie das Magierkonzil und einige der anderen Gruppierungen versucht haben, die Gremiumsmitglieder zu unterdrücken?«, erkundigte ich mich.

»Genau. Die Unruhen, die Reservate für die Ureinwohner Kanadas, all das, weil die anderen Mächte die Fäden gezogen haben.« Alexa verkrampfte das Gesicht. »Nicht dass dafür viele Fäden gezogen werden mussten ...«

Ich brummte verstehend. Obwohl der Einfluss übernatürlicher Gruppierungen auf die Regierungen der Welt nicht unwesentlich war, vollzog sich die Regierungspolitik meist aufgrund gemeinsamer Interessen statt einer einzelnen Macht – oder Mächten –, die die Entscheidungen traf. In den meisten Fällen würde eine übernatürliche Gruppierung eine Reihe von menschlichen

Sonderinteressensgruppen zusammenbringen, um Politik zu führen. Das Problem mit der Einflussnahme auf ganze Nationen war, dass man für Hunderte, Millionen von Menschen verantwortlich war. Und wenn man jemals versucht hat, eine große Dinnerparty zu organisieren, weiß man, wie schwer es schon ist, alle Gäste zu Pizza oder Nachos zu überreden.

»Also sind die Druiden ihre Favoriten, mich zu bewachen. Aber warum hast du sie im Stapel ›Potenziell‹?«, erkundigte ich mich.

»Ich wünschte mir wirklich, du hättest ein Stück vom Doppelgänger aufbewahrt«, entgegnete Alexa kopfschüttelnd. »Ohne das ist es unmöglich einzugrenzen, was du gesehen hast. War es ein Trick? Ein dämonisches Konstrukt, das eine physische Verwandlung nutzt? Ein Shui Gui, der Shanes Körper übernommen hatte?«

»Offenkundig nicht Letzteres«, antwortete ich. »Ein Shui Gui bewohnt die Leiche. Sie hätte sich also nicht verändern können.«

Alexa neigte bestätigend den Kopf, bevor sie fortfuhr: »Es könnte auch ein Wechselbalg gewesen sein.«

»Es war ziemlich abstoßend für eine Fee.«

»Nicht alle Feen sind schön anzusehen«, erwiderte Alexa. »Tatsächlich sind viele es nicht und verbergen dies mit einem *Glamour*.«

»Du willst damit sagen, weil die Druiden und das Gremium Zugang zu diesen anderen Übernatürlichen haben – entweder geschäftlich oder durch eine Mitgliedschaft –, stehen sie auf der Liste?«, wollte ich wissen.

»Exakt.« Alexa zuckte mit den Schultern. »Aber ganz weit unten. Ich tendiere eher dazu, die Gruppierungen zu verdächtigen, die niemanden als Wächter für dich abgestellt haben.«

»Wie dein Arbeitgeber, die Dunkle Instanz.«

Ebenso bekannt als Rat der Schatten und dunklen Rassen. Unter seinen vielen Mitgliedern waren Vampire, Werwölfe, Nagas, Ogbanje und Aswangs. Der Rat akzeptierte grundsätzlich jede Rasse oder Gruppierung, die dazu neigte, sich von der Menschheit und anderen Übernatürlichen zu »ernähren«. Wegen seiner toleranten Aufnahmerichtlinie hatte er im Großen und Ganzen eine ganz schön miserable Reputation erlangt, auch wenn er sich bemühte, seine Mitglieder zu kontrollieren.

»Nicht der Rat selbst«, meinte Alexa. »Sie haben bereits über den Ring abgestimmt und nicht die benötigte Mehrheit erreicht.«

»Die Mehrheit für was?«

»Irgendetwas«, antwortete Alexa und schüttelte amüsiert den Kopf. »Eine Mehrheit wird für jede Aktion benötigt. Sie haben darüber abgestimmt, den Ring mit Gewalt zu nehmen, als Wächter zu agieren, dich zu beobachten, ein Attentat auf dich zu verüben, mit dir zu verhandeln.« Die Blondine zählte mit ihren Fingern mit. »Ich denke, das war es. Jedenfalls gibt es pro Monat eine Abstimmung und dabei ist nichts rausgekommen.«

»Du meinst also, dass manche von ihnen mich möglicherweise töten wollen«, sagte ich. »Und sie hätten offenbar die Kontakte dazu.«

Alexa nickte. »Darum sollten wir vermutlich mit ihnen reden.«

»Großartig.« Ich schüttelte den Kopf. »Können wir das, bevor der Club öffnet?«

Alexa warf mir ein verständnisvolles Lächeln zu. Sie wusste, wie sehr ich diese lauten, mit Schweiß- und Alkoholdunst gefüllten Höllenlöcher hasste. Nicht, dass ich sie nicht ein- oder zweimal ausprobiert hatte in der aussichtslosen Hoffnung, flachgelegt zu werden. Natürlich endeten all meine Expeditionen in einem Misserfolg und einer leeren Brieftasche. Ich musste zugeben, dass das wohl mehr als irgendetwas anderes ein Versagen meiner Technik war. Die hinzugekommene Ebene der Gefahr eines übernatürlichen Hotspots verstärkte nicht die Sehnsucht, dem Atlantis erneut einen Besuch abzustatten.

»Okay. Also wir besuchen die Dunkle Instanz und stellen Fragen. Wen haben wir sonst noch?«, fragte ich und wandte meine Gedanken von diesen depressiven Erinnerungen ab. Und von meiner massiv andauernden Durststrecke. Versucht mal, zwei Jahre lang mit zwei bildhübschen Frauen zusammenzuleben, während ihr regelmäßig verbrannt, erstochen und gebissen werdet. Dann erkennt ihr, wie unwirsch ein Mann werden kann.

»Da Lily verbannt wird, wenn du stirbst, können wir den Großteil der dunklen Kulte ignorieren«, antwortete Alexa und zeigte auf den recht großen zweiten Stapel von Personen mit dem Können, aber der nicht notwendigerweise vorhandenen Motivation. Letzten Endes war Langzeitplanung nicht deren Hauptstandbein. Stattdessen war das Verlangen, den Ring zu besitzen, ihr größter Antrieb. »Wir suchen hauptsächlich nach denjenigen, die Lily nicht in Freiheit sehen wollen.

Beziehungsweise in den Händen des Magierkonzils oder von einem der anderen.«

Lily, von ihren Computern aufschauend, verzog das Gesicht und zeigte ihre Abneigung gegenüber dem Gedanken, erneut in die Hände einer dieser Gruppierungen zu fallen. Ich nickte.

»Übrig bleiben ... die Kuriosen Unglücksraben, die Alfar, die Kaaba, die Neun Unbekannten Männer, der Weiße Lotus und die Blauhemden ...«, ratterte Alexa die Liste herunter.

Ich zuckte bei jedem neuen Namen zusammen. Von manchen kannte ich nur die Reputation – geheime Gesellschaften wie die Neun Unbekannten Männer – während andere einflussreiche, unsterbliche Gruppierungen waren. In einigen Fällen betrafen die Namen Einzelpersonen, die so viel Macht angereichert hatten – wie Annanasi –, dass sie ihren eigenen Ordner benötigten.

»Weißt du, wenn du das so aufzählst, scheint es, dass mehr Leute mich tot als lebendig sehen wollen«, murmelte ich.

»Oh, sie alle wollen dich tot sehen. Die Frage ist, wann«, erwiderte Alexa mit offenkundiger Frustration, weil wir erneut einen alten Streitpunkt aufwärmten.

»Ja, aber nicht auf der Stelle. Das hier klingt so, als wollten die meisten Leute mich sofort tot sehen«, meinte ich.

»Es gibt nur einen Ring. Und deswegen nur einen Besitzer«, entgegnete Alexa. »Einen Gewinner. Viele Verlierer. Und obwohl die Personen, die Lily in Besitz hatten, mehrheitlich zufrieden damit waren, sie lediglich zur persönlichen Bereicherung zu benutzen, ist es im Moment wie?« Sie schüttelte den Kopf. »Jetzt verstehen alle, wozu Lily in der Lage ist. Und fürchten, wozu sie gezwungen werden könnte.«

»So mächtig bin ich nicht. Immerhin würden Lou und Mer größeren Änderungen entgegenwirken«, raunte Lily.

»Du hilfst dir nicht, indem du ihre Namen aufsagst.« Alexa nahm einen tiefen Atemzug, vermutlich um ihre Verärgerung beiseitezuschieben. »Ich habe dir schon erzählt, Henry, dass dieser Ring eine Waffe ist, und dass niemand über seine Nutzung froh sein wird. Die Tatsache, dass du nur einen einzigen Wunsch übrighast, verunsichert viele Leute.«

»Und beschützt ihn außerdem«, unterbrach Lily.

»Und schützt dich. Sollten sie aber den Ring durch das Spiel entfernen können, dann werden sie das auch tun.« Alexa stach mit einem Finger nach mir. »Nur weil du das

Eines Dschinns Wunsch

Problem ignorieren willst, bedeutet das nicht, dass es einfach verschwindet.«

»Und was ändert sich, wenn man sich Sorgen macht?«, schnappte ich die Blondine an, die Arme über Kreuz legend. »Du denkst, ich wüsste nicht, dass die Leute mich tot sehen wollen? Dass sobald ich Level 100 erreiche, sobald der Wunsch vorüber ist, ich in einen Kampf gegen alle gezwungen werde? Aber was kann ich denn tun? Ich kann Lily nicht weggeben. Ich werde es nicht zulassen, dass sie herumgereicht, benutzt oder weggesperrt wird, weil die Leute zu eingeschüchtert sind. Ich kann nicht zu hart trainieren, weil das mein Level erhöhen würde. Ich kann mir keine neue Ausrüstung beschaffen, weil sie davon erfahren würden. Ich kann nur warten.«

»Du könntest die Zeit damit verbringen, mehr über deine Gegner zu lernen.« Alexa stieß die Dokumente an. »Du könntest wachsamer sein.«

Ich brummte kopfschüttelnd. Auch wenn ich das tun würde, wie überzeugt war sie denn von der Richtigkeit ihrer Informationen? Und selbst wenn ich ihre Aufzeichnungen nicht studierte, lernte ich auf jeden Fall bei meinen mannigfaltigen Aufträgen. Aber auch wenn ich mich dort entwickelte, spielte es denn eine Rolle? Viele dieser Organisationen hatten hunderte Mitglieder. Die Leute, die sie schickten, wären nicht diejenigen, die wir kannten. Würden sie auftauchen, hätten sie einen Vorteil an Informationen und Geschwindigkeit. »Es ist nicht genug. Es wird niemals genug sein.«

Alexa öffnete protestierend den Mund, nur um von dem Piepen einer Uhr unterbrochen zu werden. Wir beide starrten auf die Uhr, die Lily soeben abstellte.

»Und, seid ihr fertig? Ihr wart jetzt drei Minuten zugange.«

Alexa schürzte die Lippen, bevor sie schnaubte und den Streit beendete. Ich schenkte Lily ein dankbares Lächeln und bekam einen besorgten Blick zurück. Selbst wenn sie uns mit dem Vorspielen einer Streitschlichterin eine Auszeit erwirkt hatte, war das kein Konflikt, der sich einfach in Luft auflöste. Es war so prekär geworden, dass wir bei dieser Kompromiss-Taktik zum Luftablassen gelandet waren. Aber … Am Ende wandte auch ich den Blick von Lily ab.

Womöglich vermied ich das Thema, weil ich nicht über meinen Tod nachdenken wollte. Doch egal, wie oft wir stritten, weder Alexa noch Lily hatten eine bessere Lösung parat. Gab es eine, die nicht das magische Wegwünschen unserer Feinde beinhaltete, dann waren wir ihr noch nicht begegnet.

Eines Dschinns Wunsch

***

Nachdem sich jeder beruhigt hatte, kehrten wir zu unserer Konversation über diejenigen zurück, die mich möglicherweise tot sehen wollten. Das Problem war, dass die Liste exorbitant lang und die tatsächlichen Fakten extrem dünn waren. Ohne Leichnam und Ergebnisse irgendeiner Analyse konnten wir nur mit der grundlegenden Beschreibung arbeiten. Und die passte leider zu einer breiten Auswahl an Kreaturen.

Gute zwei Stunden später waren wir durch jedes Dokument und jede Website gegangen, die wir finden konnten, und engten die Liste auf ein halbes Dutzend Arten ein. Keine davon sollte eine wirkliche Präsenz in der Stadt haben. Doch die Globalisierung hatte Gutes und Schlechtes bewirkt, einschließlich übernatürlicher Assassinen. Man war nicht länger auf die untalentierte und begrenzte Anzahl von Killern und Schlägern vor Ort angewiesen. Jetzt konnte man, mit entsprechenden Aushängen oder Kontakten, sogar einen internationalen Assassinen engagieren.

Yay.

»Wir kommen nicht voran«, erklärte ich, meinen Laptop beiseiteschiebend. »Wenn wir nicht den Körper bekommen, ist das hier vergebliche Mühe. Und selbst wenn wir herausfinden, wer es war, bringt es uns nicht näher an denjenigen heran, der ihn angeheuert hat.«

»Und was willst du tun?«, erkundigte sich Alexa und legte ein Lesezeichen in ihr Buch, bevor sie es schloss.

»Wir gehen in den Club und reden mit deinen Bossen.« Trotz Alexas Grimasse drängte ich weiter. »Viele unserer potenziellen Täter sind Teil des Rates. Wenn jemand aufgetaucht ist, sollten sie es wissen. Oder zumindest in der Lage sein, etwas darüber herauszufinden.«

»Ich weiß nicht ...«

»Ich aber«, beharrte ich. »Sie sind nicht unsere einzige Spur, aber unsere beste. Lass uns gehen.«

Anstatt auf Alexas Antwort zu warten, lief ich die Treppe hinauf, meine Tasche auf dem Weg mitnehmend. Oben warf ich einen neuen Ziplock-Beutel mit Extrakleidung und einen Reiseverbandskasten hinein. Dann sah ich mich um und entschied, mein jüngstes Experiment mitzunehmen. Puzzleschutzzauberblöcke. Schutzzauber benötigten zwei Dinge: die tatsächlich geschnitzten Schutzzauber und die Kraft, sie aufzuladen. Die beste Option bestand darin, sie zur selben Zeit aufzuladen und einzuschnitzen, sie mit der benötigten Kraft zu durchtränken. Für die überwiegende Mehrheit der

Magier war das genau genommen die einzige Möglichkeit, die sie für die Ausführung kannten.

Ich war nicht die überwiegende Mehrheit der Magier.

Lily hatte Tonnen an Informationen in meinem Gehirn abgeladen, und nachdem mich die Zauberformeln in meinem Verstand anfänglich neugierig gemacht hatten, realisierte ich, dass viele dieser Formeln, insbesondere wenn sie mit einem Schutzzauber verbunden waren, selbstständig funktional waren. Das bedeutete, dass ich individuelle Schutzzauber einschnitzen konnte und geschnitzt hatte – den Code eines Zauberspruchs –, unabhängig von Zweck und Kraft. Es waren simple Blöcke. Wurden sie aber in der korrekten Sequenz zusammengesetzt, erschufen sie einen neuen Schutzzauber.

Darum hatte ich drei Mahagoni-Holzrahmen mit einem zwölf mal zwölf Raster in der Hand mit einer Reihe von geschnitzten Schutzzauber-Holzblöcken, die schon für eine Machtbarriere bestückt waren, und einem Ziplock-Beutel mit anderen »Code-Blöcken«, die bereit für die Veränderung eines Zaubers waren. Natürlich war keiner der Blöcke so leistungsfähig wie ein eigens hergestellter Schutzzauber, aber so war ich unendlich flexibler. Ich musste nicht länger einen speziellen Block für jeden einzelnen Zauberspruch herumtragen. Ich konnte sie nach Bedarf anpassen.

Allerdings griff ich mir obendrein drei meiner Einwegblöcke – einer davon warf Machtwälle in die Luft – und verstaute sie in den Seitentaschen meines Rucksacks. Manchmal waren Wegwerf-Schutzzauber von Vorteil. Aus diesem Grund fügte ich einen Stift hinzu, den ich auf den meisten Materialien benutzen konnte, um Schutzzauber in Wände zu gravieren.

Als ich noch einmal in alle Ecken sah, fiel mein Blick auf meinen Stab. Er war ein neues Projekt – ein langes, mühevolles – und meine Abschlussprüfung bei Caleb. Sobald ich die Schnitzarbeiten abgeschlossen hätte, sollte ich ihn Caleb und dem Rest des Magier-Prüfungskomitees überreichen, die mich, wenn sie zufriedengestellt wären, zu einem richtigen Lehrling des Konzils graduieren würden. Lily fand die Idee einer Promotion amüsant und gleichzeitig beleidigend. Sie merkte an, dass ich auf vielerlei Weisen einen Lehrlingsmagier überflügelt hatte. Gleichwohl würde auch der Dschinn zustimmen, dass ich noch immer einige Defizite auf der theoretischen Seite hatte. Mein theoretisches Wissen war wegen der Art, wie Informationen durch Lily an mich übergeben wurden, durchwachsen.

Eines Dschinns Wunsch

In jedem Fall war der Stab nicht komplett. Ich hatte auf der ganzen Länge eine Reihe von Kraft- und Elementverstärkern ergänzt, was jeden Zauberspruch dieser Form, den ich beschwor, weitaus mächtiger machte. Es gab auch Platz für eine Manabatterie, allerdings musste ich erst noch eine Manaquelle finden, die ich dem Stab hinzufügen wollte. Oder, nun ja, eine Manabatterie, die ich mir leisten konnte. Darüber hinaus gab es das übliche Aufgebot der Zauber *Verbinden* und *Vorhersagen*, um sicherzustellen, dass niemand den Stab stehlen und mit ihm entfliehen konnte. Doch die Hauptzauber waren noch inaktiv – zum Teil bis ich zuversichtlich genug wäre, sie einzuschnitzen.

»Jedenfalls brauche ich die zusätzliche Feuerkraft nicht«, murmelte ich, während ich auf meine Hände blickte. Ich konnte jeden Zauberspruch, den ich kannte, schneller beschwören als jeder mir bekannte Magier auf meinem Level. Geschwindigkeit war mein Vorteil, darum war der Stab darauf abgestimmt, Kraft bereitzustellen. Und wenn ich nicht ein Gebäude in die Luft sprengen wollte, brauchte ich ihn nicht.

Nachdem mir klar war, dass ich kein Gebäude explodieren lassen musste, blieb nur noch die Auswahl von Defensivausrüstung. Ich hatte zwei wesentliche Methoden der Verteidigung. Die erste war meine magisch geschützte Jacke. Natürlich war mir in die Brust gestochen worden, während ich sie getragen hatte, aber das war nicht der Fehler der Jacke: Ich hatte den Reißverschluss nicht bis oben zugezogen. Und die zweite war ...

»Immer noch etwas mädchenhaft«, flüsterte ich, als ich auf den geschnürten Armreif sah, bevor ich ihn ansteckte. Ich hatte ihn geflochten und mit Perlen versehen, er sah wie eine Mischung aus dem Freundschaftsarmband einer Fünftklässlerin – mit seinen hellen Farben und bezaubernden Perlen – und einem billigen Tand für Touristen aus. Das verzauberte und geschützte Armband erlaubte mir, einen temporären Ganzkörperschutz zu beschwören. Der handgewebte Teil hatte mir ermöglicht, den Armreif mit meiner eigenen Aura zu durchdringen, während die individuell gravierten Farb- und Metallperlen den Machtschutzzauber steuerten. Das war der mächtigste verzauberte Ausrüstungsgegenstand, den ich jemals erschaffen hatte, und das strahlte er auch aus.

Ich wünschte mir nur, er wäre nicht so farbenfroh.

Ausgerüstet und umgezogen lief ich nach unten und stellte fest, dass Alexa bereit war. Die Frau sah nicht anders aus, als sie es normalerweise in ihren Arbeitsklamotten tat. Sie war eingezwängt in ein dünnes Bustier, dessen Reibung durch die Kombination aus Kevlar und Kettenhemd auf einem Minimum gehalten wurde. Darüber trug sie ein dunkelblaues Shirt, das sie nicht in die Hose gesteckt hatte, um die Pistole zu verbergen, die sie in einer kleinen Tasche auf dem Rücken trug. Die verzauberten Armschienen komplettierten den Gesamteindruck ihres Oberkörpers. Eine lange Trainingshose verbarg die Position der Messer in ihren Stiefeln und in der Hose selbst, während sie gleichzeitig Komfort bot – ebenso wie ihre flachen, gewölbten Stiefel.

»Fertig?«, fragte ich.

»Ja«, antwortete Alexa, indem sie ihre Sporttasche hochnahm. Eine Tasche, die eine Auswahl weiterer spitzer und schlagkräftiger Spielzeuge enthielt. Natürlich stellte ein simpler Schutzzauber auf der Oberseite der Sporttasche sicher, dass selbst wenn uns jemand anhielte, kein Polizeibeamter ihr jemals Aufmerksamkeit schenken würde.

»Lass uns gehen. Wir sehen uns, Lily.« Ich winkte dem Dschinn zum Abschied. Lily winkte zurück.

Kapitel 3

Zum Schluss gingen wir zu den einzigen Leuten, die möglicherweise im Bilde waren, wer jemanden angeheuert hatte, mich zu töten. Zur Dunklen Instanz. Beziehungsweise zum Rat der Schatten und dunklen Rassen, wie er offiziell hieß. Bei diesem Namen sollte man annehmen, der Rat wäre gefährlich. Und einige Mitglieder waren es tatsächlich. Es gab nicht viele Optionen, wenn man zum Überleben Blut trinken oder Leichen essen musste. Selbst wenn man nach den Regeln spielte – Spenden entgegennehmen, in Gothic-Clubs abhängen, oder Leichenhallen betreiben –, manche Mitglieder begingen Fehler. Und sobald sie das taten, geschahen fatale Dinge. Meistens anderen Leuten, bis jemand, wie die Vollstrecker des Rats oder die Templer, sie erwischte.

Der Rat war vor Ort eine Macht moderater Größe. Viele seiner Mitglieder bevorzugten es, in großen Städten zu leben. Sie fanden die Klüfte perfekt, durch die sich die Menschheit bewegte. Große Städte ließen sie Subkulturen und Gruppierungen etablieren, die selten oder gar nicht mit dem Rest der Gesellschaft interagieren mussten. Kleinere Städte machten es schwerer, und Dörfer ... Nun ja, lasst uns einfach sagen, dass es einen Grund gab, dass sich ihre Anzahl deutlich verringert hatte – bis zu der kürzlichen

Bevölkerungsexplosion. Selbst jetzt war die Zahl der Vampire, Ghule, Penanggalans, und weiterer Kreaturen auf einem niedrigen Niveau.

Ich sprang aus Alexas winzigem blauen Auto mit seinem großen Kofferraum, reckte den Hals und erblickte die Rückseite des Clubs. Wir standen daneben auf dem offenen Parkplatz, hinter der abgesperrten Fläche, die für Mitarbeiter reserviert war. Ein gewohnheitsmäßiger Blick erfasste die sechs Sicherheitskameras an dem Backsteingebäude. Direkt vor mir befand sich ein leicht verblasstes Wandgemälde mit einem dunklen, beklemmenden Wald. Eine eindrucksvolle Arbeit, durch meine Manasicht verstärkt. Das Gemälde selbst sorgte dafür, die zahlreichen auf die Wand gepinselten Verzauberungen zu verbergen. Die Runen des Schutzes, der Entdeckung und der Verstärkung fügten sich in die wabernde Masse ein. Ich benötigte einige Zeit, um festzustellen, dass ich auf keinen Fall durch ihre Verteidigung kommen würde. Nicht auf meinem aktuellen Wissensstand.

»Henry?«, drängte Alexa.

»Ich überprüfe nur das Gebäude«, entgegnete ich schielend und blendete dann meine Sicht aus.

Die späte Nachmittagssonne fiel auf mich und ließ mich unentwegt blinzeln, während sich mein Sehvermögen wieder normalisierte. Es war ungewöhnlich heiß für einen Tag im Herbst. Das war nervig, insbesondere weil die Hälfte der Schutzvorkehrungen in meine Jacke genäht und inskribiert war. Leider war mir der Platz für einen Kühlungzauber ausgegangen. Das bedeutete, dass das Tragen der Jacke in der Hitze schweißtreibend und unkomfortabel war.

Es war nicht verwunderlich, dass so viele Magier wie Berufstätige in Anzüge und Mäntel gekleidet waren – die Extraschichten der sozialen Förmlichkeit und der Professionalität waren die perfekte Tarnung für die Verzauberungen und Schutzzauber, die wir alle trugen. So sehr ich ihre Auswahl auch verstand, weigerte ich mich trotzdem, meinen Style aufzugeben. Würde ich wie eine zugeknöpfte Fachkraft aussehen wollen, wäre ich Buchhalter geworden, was meine Eltern begeistert hätte. Nein. Ich schwitzte lieber in meiner stylischen schwarzen Lederjacke.

»Komm schon, du warst schon mal hier«, meinte Alexa, griff meinen Arm und zog mich vorwärts. Kurz darauf stoppte sie, zog die Augenbrauen zusammen und drehte den Kopf, um mich anzusehen. »Du warst bereits hier, oder?«

»Im stilvollsten, teuersten und lautesten Club der Stadt?«, zählte ich auf und sah Alexa an, als wäre sie verrückt.

Nach einem Moment lachte Alexa prustend los. »Richtig. Tut mir leid. Ich hatte vergessen, dass ich mit einem Introvertierten rede.«

»Nicht so drastisch. Ich bin in Clubs gegangen ...« Ich hielt inne, als Alexa an den Mitarbeitereingang klopfte, die schwere Sicherheitstür gab eine dumpfe Antwort auf ihr hartnäckiges Klopfen. »Aber dieser Club ist ein wenig außerhalb meines Spektrums. Ich glaube, dass sie mich nicht einmal durch den Nebeneingang lassen würden, wenn dies nicht mein Glückstag wäre.«

»So schlimm ist es nun auch nicht«, murmelte Alexa, als es summte und sie die Tür öffnete.

Der Eingangsbereich war gefüllt mit Metallregalen, in denen zusätzliche Tischdecken, Kartons mit unbekanntem Inhalt und Putzzeug gelagert waren. Die langweilig cremefarbenen Wände waren ein krasser Gegensatz zu der glamourösen Haupttanzfläche des Clubs, oder zumindest nahm ich das an. Es war ja nicht so, als hätte ich jemals die Tanzfläche dieses Clubs betreten. Während Alexa um die

Ecke lief und die Tür öffnete, die zur Kellertreppe führte, erkannte ich, dass ich sie auch diesmal nicht betreten würde. Und wenn ich einen Anflug von Enttäuschung empfand, schob ich ihn beiseite. Die Frustration war nur gering, lag es doch daran, dass ich aufgrund meines Ranges und mangelnder Geldmittel von solchen Orten ferngehalten wurde.

Nach unten, nach unten gingen wir. Wir durchquerten den irdischen Keller, der all den Wein, das Bier, die Bühnenausstattung und andere Güter enthielt, die für einen Club dieser Größe benötigt wurden. Wir hielten nicht an, gingen immer weiter nach unten. Wir mussten durch eine zusätzliche schwere Sicherheitstür mit Summer und dann durch einen weiteren Zugang am Ende der Treppe. Hinter der zweiten Tür befand sich ein kleiner Vorraum, besetzt mit drei Zyklopen.

Ausnahmsweise fand ich es erheiternd, zu bemerken, dass die Zyklopen meine alten Gamer-Geek-Instinkte nicht enttäuschten. Jeder von ihnen war kahlköpfig – in der Mehrzahl der Fälle aus freien Stücken, das stimmt, aber nichtsdestominder glatzköpfig –, mit dem einzelnen Auge, wie man es sich vorstellte, und muskulös wie ein schwergewichtiger Bodybuilder. Die einzige größere Abweichung von meiner Fantasie waren die zwei

Schrotflinten, die sie auf mich richteten. Wenigstens der Anführer trug nur einen Knüppel – eine verzauberte Natter – aber das verhinderte nicht den plötzlichen Ausbruch von kaltem Schweiß quer über meinen Rücken.

»Alexa. Hexenmeister Tsien. Ihr werdet erwartet. Ich fürchte jedoch, wir müssen euch beide filzen«, setzte uns der Anführer der Zyklopen in Kenntnis und kam auf uns zu, die Hand an der Seite seines Körpers nach unten gerichtet.

»Klar, Nicos«, gab Alexa zur Antwort und ging einen Schritt vorwärts, nur um von mir wieder zurückgezogen zu werden.

»Nein. Wir werden den Rat ohne eine Überprüfung treffen«, ordnete ich mit flacher Stimme an. »Wir werden nicht zulassen, dass ihr uns einer solchen Demütigung aussetzt.«

»Henry, es ist okay. So erledigen wir hier die Dinge«, meinte Alexa und sah wegen meines plötzlichen Anfalls von Starrsinn beleidigt aus. »Und Nicos wird uns nichts tun. Es wird nur eine Minute dauern.«

»Wenn du zur Arbeit gehst, dann ist das in Ordnung. Aber wir sind wegen meiner Angelegenheiten hier«, konterte ich. Meine Augen verengten sich beim Blick auf Nicos, der angehalten hatte und sich nicht weiterbewegte.

»Und deshalb erwarte ich, dass wir wie die Mächte behandelt werden, die wir sind.«

»Mächte?«, fragte Nicos, sein einzelnes Auge triefte vor Herablassung, genauso wie seine Stimme.

»Ex-Templernovizin Alexa Dumough und Magier Henry Tsien. Individuen mit einer Stärke, euch alle drei zu besiegen, ohne dabei ins Schwitzen zu kommen«, antwortete ich, trat neben Alexa und bot dem Trio ein kaltes Lächeln. »Und obwohl ich nicht garantieren kann, es mit eurem Rat aufnehmen zu können, vermag er uns gleichermaßen nicht anzurühren. Das weiß er auch.«

Nicos schürzte verärgert die Lippen, aber ich hörte eine Stimme in sein Ohr zwitschern. Ich sah die Veränderung in seiner Haltung, als Befehle über den Ohrhörer durchgegeben wurden, und der Zyklop trat zurück. Ein Zucken von Nicos Kopf deutete an, dass wir durchgehen konnten, gerade als sich die Tür des Vorraums öffnete.

Hinter der Tür erwartete uns ein neues Bild. Die Kreatur war in ein traditionelles Butler-Kostüm gekleidet, aber das half nur wenig, die Nähte zu verbergen, die ihren Körper zusammenhielten. Ihre Haut war nicht einheitlich, verschiedenfarbige blasse Teile waren zusammengenäht, um das Wesen in einem Stück zu halten, was ihm ein flickwerkartiges und fahles Aussehen verlieh. Als ich an ihm vorbeischritt, rümpfte ich die Nase, einen Gestank von Formaldehyd und Fäulnis erhaschend. Das brachte Erinnerungen an die Beerdigung meines Großvaters zurück, dessen einst robuster, quicklebendiger Körper für die Lebenden aufgebahrt gewesen war. Fehlte nur der Geruch nach Weihrauch, um das Dreigespann zu vervollständigen.

»Willkommen, Magier Tsien«, sprach die Kreatur in einem klaren Mid-Atlantic-Dialekt, nur verfälscht durch ein feines Lispeln.

»Danke«, erwiderte ich und trat beiseite, um die schmollende Alexa hereinstürmen zu lassen. Ich zuckte zusammen und wusste, dass ich mich später vor ihr rechtfertigen musste. Sie an ihrem Arbeitsplatz vorzuführen und in eine prekäre Lage zu bringen, würde mich etwas kosten. Vermutlich etwa drei Eisbecher. Aber im Moment hatte ich mich um wichtigere Dinge zu kümmern. Wie … »Du bist ein Frankenstein, stimmt's?«

»Ja«, antwortete die Kreatur. »Bronislav, zu Ihren Diensten.«

»Schön, dich zu treffen, Bronislav«, formulierte ich. »Ich bin überrascht, dass du hier beim Rat bist. Nichts für ungut. Es ist bloß …«

»Die meisten meiner Brüder und Schwestern sind gestorben, das stimmt«, entgegnete er. »Und nur wenige werden neu erschaffen. Aber nicht durch die traditionellen Methoden.«

»Oh?« Ich hob eine Augenbraue. »Es gibt mehr … Experimente?«

»Dauernd«, antwortete Bronislav. »Aber die neuen, die sind keine Frankensteins, verstehen Sie?«

»Ich glaube ja«, erwiderte ich, als ich mich an eine späte Nacht mit vielen Pizzas erinnerte, in der Lily sich beredt über die verschiedenen Arten der magischen Reinkarnationen ausgelassen hatte. Alexa hatte unserer Diskussion mit geneigtem Kopf ein wenig zugehört.

Die Frankensteins waren ihre eigene Art und unterschieden sich von Zombies, Ghulen, Vampiren und anderen magischen Untoten. Sie waren keine leeren Hüllen, denen Fortbewegung geschenkt wurde, oder Geister, die in verwesende Körper zurückgezogen wurden, um sie in Bewegung zu halten. Stattdessen waren sie eine neue Form der Existenz, die durch die Vermischung von Magie und Wissenschaft zum Leben erweckt wurde, spontan entstanden durch eine alchemistische Mischung des Doktors und die Kombination mit Blitzen.

Neuere Methoden der Lebensverlängerung durch Reinkarnation der Toten trachteten danach, die Toten zurückzubringen. Leider waren die jüngsten Erfolge nur Verbesserungen alter Formen der Magie – Geister, die in weniger verwesenden Körpern hausten. Oder in einigen Fällen Leichname, die angetrieben und zusammengewürfelt wurden, um den Geistern das Überleben zu ermöglichen. Wiedergänger in Leichen, die nur von Magie zusammengehalten wurden. Aber sie bedeuteten kein neues Leben.

Was der Doktor tat, war – wie Lily eloquent formuliert hatte – eine Sache von Chance und Genie. Seitdem wurden Geister hineingezogen, Kombinationen von alchemistischen Tränken genutzt, aber das hatte zu keinem Erfolg geführt. Leben, wie das des Frankensteins, weigerte sich, wiederzukehren. Weigerte sich, erneut geboren zu werden. Doch im Wissen, dass es möglich war, versuchte immer wieder jemand, die Methoden des Doktors zu replizieren.

»Hier entlang.« Bronislav führte uns bis ans Ende des Aufenthaltsraums.

Jetzt, da ich nicht mehr den Frankenstein ansah, konnte ich den Raum völlig in mich aufnehmen. Der Keller war mehr Zigarren-Lounge als Hip-Hop-Tanzfläche, mit

Plüschledersesseln, kleinen Couchtischen und dunklem Chrom überall. Es war keine Überraschung, dass es hier weitere Bewohner gab – wie ihr Namenspatron waren die meisten Mitglieder des dunklen Rates von Natur aus nachtaktiv. Wir passierten die Bar und Lounge und betraten einen weiteren Korridor – üppiger, mit rot gepolsterten Wänden und schummriger Beleuchtung bestückt –, um zum nächsten Areal geführt zu werden.

Dieses war, anders als die vorherigen, ein kahler, mit fluoreszierenden Röhren beleuchteter Raum. Darin stand ein einzelner Konferenztisch, hinter dem der Rat saß. Dass es keine Stühle für uns gab, war eine Erinnerung daran, dass wir Bittsteller waren. Und dass es in der Mitte des Bodens, dort wo wir standen, einen unauffälligen, aber großen Abfluss gab, ließ nichts Gutes erahnen. Genau wie die dunklen Verfärbungen rund um den Abfluss. Gerüchte über selbst durchgeführte Prozesse und Bestrafungen stiegen in meiner Erinnerung auf, und bei Alexa ebenso, wie ich an ihrer plötzlichen Vorsicht merkte.

»Ich war noch nie hier«, äußerte Alexa und ihre Hand glitt an die Seite. Ich wusste, dass sie dort ihre Messer trug. Sie hatte ihren Speer zurückgelassen, da wir nicht zum Kämpfen gekommen waren. Egal, wie angriffslustig ich womöglich sein mochte.

»Ich bezweifle, dass sie hier die freundlichen Angestellten herbringen«, meinte ich.

»Ich werde Euch wiedersehen, wenn Ihr fertig seid.« Bronislav verbeugte sich vor mir und trat beiseite, so dass wir die Schemen sehen konnten, die hinter dem Tisch saßen. Nach seinem ersten Schritt hielt der Frankenstein noch einmal an und fügte hinzu: »Und, Magier Tsien?«

»Ja?«

»Ihr seid immer willkommen, den eigentlichen Club zu besuchen. Die Türsteher werden Euch hereinlassen. Wir hoffen trotz alledem, dass Sie sich anständig kleiden werden«, äußerte Bronislav, während er sich zurückzog und uns mit dem Rat alleinließ.

Hinter dem Tisch saßen drei Gestalten – der Vorsitzende und zwei weitere. Den Vorsitzenden kannte ich sogar, ich hatte am Anfang meiner Karriere eine seiner Familienhochzeiten beleuchtet. Die elfte Hochzeit, und davon ein halbes Dutzend mit der gleichen Person. Vampire hatten den Abschnitt »bis dass der Tod uns scheidet« verändert und gelobten stattdessen »bis ein Jahrhundert vergangen ist«. Wenn man theoretisch ewig lebte und untot war, wurde eine lebenslange Verpflichtung im Grunde ... herausfordernd. Und so waren Hochzeiten – beziehungsweise Wiederverheiratungen – eine große

Sache bei ihnen. Und einen Magier zu engagieren, der die Wirkung von Tageslicht erschaffen konnte – ohne Verbrennungen, Schmerz und Tod –, war ein Statussymbol.

Ein Status ohne hohe Vergütung. Um ehrlich zu sein, hatte ich damals nicht erkannt, wie wichtig das für sie war, und wurde daher für meine Leistungen mit einem Hungerlohn abgespeist. Aber man lebte und lernte. Auf jeden Fall war der Vorsitzende eine namhafte Größe, der älteste Vampir in der Stadt. Wegen seines Alters und seiner Weisheit – und ja, auch aufgrund seines Reichtums – führte er den Rat an, war aber dafür bekannt, in allen Angelegenheiten in hohem Maße diplomatisch zu sein.

Die anderen beiden waren mir unbekannt. Einer war ein amerikanischer Ureinwohner, seine Haut hatte die Farbe von dunklem Lehm, seine Augen die Tiefe von schwärzestem Marmor. Das Haar, das ihm bis knapp unter die Schultern fiel, wurde durch ein simples Steinhaarband zurückgehalten. Neben ihm lag ein Stock. An der Seite des fast normal aussehenden Ureinwohners saß ein ausgewachsener Troll, eine Kreatur, die man ohne einen *Glamour* niemals im normalen Tageslicht erblicken würde. Grüne Haut, mindestens 2,70 Meter groß, Warzen und gewaltige Zähne. Er trug eine dunkle Robe und eine Brille, die auf seiner knollenförmigen Nase hockte.

»Magier Tsien. Alexa«, grüßte der Vorsitzende – Roland – uns neutral, als wir uns näherten und unter die Lichtquelle traten.

Jetzt, da wir in Position waren, leuchteten die drei regelrecht auf. Ich war fast beeindruckt. Wäre da nicht die Tatsache, dass ich den Machtfluss sehen konnte. Die Art und Weise, wie Mana und Licht manipuliert wurden, um sie zuerst in Schatten zu hüllen und uns jetzt die Augen zusammenkneifen zu lassen aufgrund der plötzlichen Helligkeit. Ebenso, wie ihre Worte durch die Kammer zu hallen schienen. Tricks. Aber effektive Tricks, wenn man die Verzauberungen und Runen in dem Raum nicht erkannte. Nichts Offenkundiges, nur kleinere Dinge, um zu verunsichern und zu entmutigen.

»Ihr seid vor den Rat getreten. Was sucht ihr bei uns?«

Ich verengte die Augen bei der Wortwahl des Vorsitzenden. Verdammte Machtspiele. Ich hatte im Moment des Eintretens gewusst, dass dies passieren würde, deswegen hatte ich mich einer Überprüfung verweigert. Seitdem klar geworden war, dass das Magierkonzil mich als einer der ihren beanspruchte, waren meine Interaktionen mit anderen kompliziert geworden.

»Informationen.« Ich hielt inne, entschied mich aber, die Karten auf den Tisch zu legen. »Wir suchen nach

Informationen. Und wir sind bereit, dafür einen Handel abzuschließen.«

»Nach den alten Edikten?«, erkundigte sich der Troll, während er sich vorlehnte. Der simple Akt war schon einschüchternd, wenn die sich vorbeugende Kreatur so groß war.

»Zur Hölle, nein«, antwortete ich kopfschüttelnd. »Erstens, ich bin ein Kind der Neuzeit. Und zweitens bin ich kein Idiot.«

»Schade«, äußerte der amerikanische Ureinwohner.

Ich verengte die Augen und sah dabei zu, wie Mana über seinen Körper glitt, hineingezogen wurde und wieder entfleuchte. Die Aura dieses Wesens war imposant und kräftig, aber gleichzeitig in Harmonie mit dem Mana. Und daher war es vermutlich nicht menschlich. Es gab zu viel »Erde« in seiner Aura, selbst für einen Schamanen. Und ich war mir sicher, dass es einer war.

»Nicht aus meiner Sicht«, erwiderte ich. »Ein Doppelgänger hat mich attackiert. Ein Gestaltwandler irgendeiner Form. Wir konnten nicht viel herausfinden, bevor die Magier dazustießen. Aber wenn irgendjemand von einer Kreatur wie dieser wüsste, die in der Stadt arbeitet …«

»Dann wären das wir?« Roland schnaubte. »Nur weil solche Kreaturen in unseren Zuständigkeitsbereich fallen, bedeutet das nicht, dass wir sie kontrollieren.«

»Nein, aber ihr habt eure Ohren überall.« Ich ließ meinen Blick über das Trio gleiten und versuchte, aus ihnen herauszulesen, ob die Nachricht von meinem Angriff irgendeine Reaktion auslöste. Leider bot mir niemand irgendwelche eindeutigen Anzeichen. Nicht, dass ich solchen Zeichen getraut hätte. »Ihr könntet herausfinden, wer ihn angeheuert hat. Mich interessiert die Kreatur nicht so sehr wie ihr Auftraggeber.«

»Wir könnten uns erkundigen. Aber was bietet uns der Magier?«, fragte Roland und tippte mit einem manikürten Nagel auf ein vor ihm liegendes Notizbuch aus Maulwurfsfell. Manikürt oder nicht, die Unebenheiten und die verschlissene Beschaffenheit seiner Hände waren ein Beleg für seinen vampirischen Hintergrund.

»Geld. Oder eine Dienstleistung«, antwortete ich und hob einen Finger. »Nach den neuen Regeln.«

»Wir nehmen das Geld«, entgegnete der Troll. »Ein Gefallen mittlerer Größe, die aktuelle Rate ist …« Er runzelte die Stirn, seine breiten Augenbrauen zogen sich nachdenklich eng zusammen.

»Zehntausenddreihundert und achtzehn Dollar auf dem Markt«, sagte der normal Aussehende.

Jedes Mal, wenn er seinen Mund öffnete, pulsierten meine Instinkte und signalisierten mir, dass er der Gefährlichste der Drei war. Ich blickte finster und suchte tief in meinem Verstand, um endlich zu erkennen, was der langhaarige Mann war. Ein Nun'Yunu'Wi. Darum war er so mächtig. Quasi …

»Mittlere Größe …« Ich zuckte zusammen. »Akzeptiert ihr Ratenzahlungen?«

»Nein.«

Ich seufzte, griff in meine Jacke und fand den Umschlag, in dem ich mein Geld aufbewahrte. Ich sortierte mein Kapital und überreichte die Summe. Amüsanter Fakt zur Arbeit mit Übernatürlichen: Die meisten nahmen keine Schecks entgegen, daher war die Aufbewahrung großer Geldreserven – in diesem Fall fast all meine Ersparnisse – im Haus üblich. Da so viele von uns in einer Graumarktwirtschaft lebten, ging in dieser Zone haufenweise Geld von Hand zu Hand. Ich ließ den Umschlag hinüberschweben und mit einem dumpfen Schlag auf den Tisch fallen.

»Ich danke dir. Du wirst informiert, wenn wir etwas erfahren«, verkündete Roland.

Keiner von ihnen sah zu dem Umschlag. Ich wusste, sie würden ihn überprüfen, sobald ich gegangen war, aber Vertrauen und Reputation geboten, nicht sofort nachzuschauen. Erst später. Doch wir würden zumindest eine Antwort bekommen. Eventuell.

Weil ein Ergebnis, für das ich bezahlt hatte, nicht garantiert wurde. Nur, dass sie nachforschten. Aber besser als nichts. Glaubte ich.

***

Draußen schwieg Alexa, bis wir im Auto saßen und einen Block vom Club entfernt waren. Sie wurde langsamer, fuhr an die Seite und blitzte mich wütend an. »Warum hast du mir nicht erzählt, was du geplant hast?«

»Ich … habe nicht daran gedacht? Ich meine, dass ich geglaubt habe, dass du weißt, dass wir als, nun ja, dass wir gemeinsam hineingehen. Und nicht du als Alexa, die Angestellte.«

»Also ist es meine Schuld?«, wetterte Alexa.

Ich zuckte alarmiert zusammen, diesen Ton kennend. Nachdem ich so viele Jahre mit den zwei Frauen im selben Haus lebte, hatte ich ein paar Dinge gelernt. Man musste Kompromisse eingehen. Manchmal war es besser, zuzugeben, dass man unrecht hatte, statt bis zum Ende über etwas zu streiten, das potentiell diskutabel war. Und ich hatte vergessen, es zu erwähnen oder Alexa auf das Problem vorzubereiten. Obwohl sie, technisch gesehen, die Erfahrenere von uns beiden war. Mehr oder weniger.

»Es tut mir leid«, entschuldigte ich mich.

Alexa schwieg für eine Sekunde, nickte dann und ließ ein Lächeln aufblitzen. »Mir auch. Ab jetzt wird es nur noch peinlich für mich sein. Und sie hatten gerade damit begonnen, mich als eine der ihren anzusehen, weißt du?«

»Ja«, antwortete ich. Während Lily und ich möglicherweise von Natur aus Einzelgänger waren, zählte Alexa eher zu den geselligen Menschen. Sie war mit einer Organisation aufgewachsen, einem ganzen Waisenhaus voller Menschen, auf die sie sich verlassen und mit denen sie reden konnte. Sie besaß eine Familie, die sie unterstützte, und einen Glauben, von denen sie sich gelöst hatte. Nun, außer vom Glauben. Ich wusste, dass sie immer noch an ihm festhielt. Es war nur ... anders. »Alles wird gut.«

Alexa schüttelte den Kopf und hämmerte auf den Knopf, um die Autotüren zu öffnen. Sie hielt inne, als ich von einem Telefonanruf unterbrochen wurde. Meine Augenbrauen zogen sich zusammen und ein Schauer des

Eines Dschinns Wunsch

Grauens durchfuhr meinen Magen, als ich den Namen des Anrufers auf dem Display sah.

Kapitel 4

»Wei?«, fragte ich in das Telefon und verband damit eine traditionelle Begrüßung mit einer gleichzeitigen Erkundigung.

»He! Du. Ruf Mama an. Du hast dich seit einem Monat nicht mehr gemeldet, verstehst du?« Die schrille Stimme meiner Schwester drang durch das Telefon. Ältere Schwestern waren auf der ganzen Welt gleich, davon ging ich aus. Sie waren herrisch und hatten immer recht.

»Ist das schon einen Monat her?« Ich zuckte zusammen. Ich wünschte, ich könnte sagen, dass ich mich vor dem Anruf gedrückt hätte. Aber auf der ganzen Welt erwarteten chinesische Eltern, dass man sie anrief, nicht umgekehrt. Es war meine Pflicht – welche ich, wie gewöhnlich, nicht erfüllte. Ich war wirklich kein guter Sohn. »Sorry. Ich werde es morgen machen.«

»Du … du … weißt du was? Lass uns zu Abend essen. Jetzt.«

»Was?«

»Abendessen. Am üblichen Ort.« Als wollte sie mich ködern, nachdem sie mich gescholten hatte, fügte sie hinzu: »Ich bezahle.«

»Okay, schön«, erwiderte ich kapitulierend.

Eines Dschinns Wunsch

Es waren Monate vergangen, seitdem ich sie zuletzt gesehen hatte. Seit dem letzten Familienzusammentreffen, das ich auszurichten geschafft hatte. Manchmal war es seltsam, dass ich so nah bei meiner Familie wohnen konnte und sie doch nie wirklich sah. Ich mochte meine Familie. Ihr wisst schon, abstrakt betrachtet.

Von Natur aus war meine Familie mürrisch, aufdringlich und neigte dazu, Schuldgefühle zu wecken. Selbst wenn ich es meist verdiente, wollte ich solch einer Umgebung nicht ausgesetzt sein. Natürlich gab es auch Vorteile, bei Familienabendessen aufzutauchen – zum Beispiel die Kochkünste meiner Mutter.

Nachdem ich Alexa die Angelegenheit erklärt hatte, beharrte sie darauf, mich am festgelegten Treffpunkt abzusetzen – dem einzig vernünftigen Hong-Kong-Dessertladen in der Stadt. Es gab andere Läden in der Gegend, aber nur in diesem wurden die Desserts korrekt zubereitet. Ob es daran lag, dass es ein Familienbetrieb war oder weil wir damit aufgewachsen waren, ähnliche Nachspeisen zu essen, meine Schwester und ich stimmten überein, dass es keinen weiteren vergleichbaren Ort gab. Ordentlich gepresste Getränke aus Sojabohnen, heißer Tofu-Pudding mit genau der richtigen Menge an Rohrzucker, knusprige Pfannkuchen mit gesprühter

Kondensmilch. Bei dem Gedanken lief mir das Wasser im Mund zusammen. Wieder einmal fragte ich mich, warum ich so lange gebraucht hatte, hierher zurückzukommen.

Als ich aus dem Auto stieg und mich nach der langen Fahrt streckte, hielt ich die Tür offen, um mit meiner Freundin zu sprechen. »Bist du dir sicher, dass du nicht mitkommen willst?«

»Es ist ein Familientreffen«, entgegnete Alexa kopfschüttelnd. »Und deine Schwester kann dich genauso gut nach Hause fahren. Aber bring uns ein paar Snacks mit.«

»Als würde Lily mich das vergessen lassen«, schnaubte ich.

Alexa kicherte, während wir die Quest betrachteten, die in unserem gemeinsamen Sichtfeld erschienen war.

Quest erhalten: Besteche den Spielleiter
Bring köstliche Snacks für den Spielleiter mit
Belohnung: Variabel, hängt von der Qualität der Zufriedenstellung durch die Bestechung ab

Selbstverständlich wussten wir beide, dass diese spezielle Quest nicht viele Erfahrungspunkte bieten würde. Aber den Spielleiter zu bestechen, war eine langjährige

Tradition in Tabletop-Spielen, daher war es laut Lily »erlaubt«. Ich glaubte zwar, dass sie den Wunsch etwas zu sehr ausdehnte, aber da es mir half, würde ich mich nicht beschweren. Ich schloss die Autotür und winkte Alexa, bevor ich mich umdrehte.

Die Front des Dessert-Cafés wurde durch große Schaufenster bestimmt, die den fluoreszierend erleuchteten Innenbereich zur Geltung brachten. Innen säumten einige quadratische Tische die cremefarbene Wand, eine Theke trennte die Tafel mit der Dessertkarte und die Küche dahinter ab. Zwei Kellnerinnen in legerer Kleidung arbeiteten am Tresen und im Café. Studenten auf der spätnächtlichen Suche nach Essen, abgespannte Berufstätige und eine vierköpfige Familie füllten den Raum, doch meine Schwester war nicht unter den Anwesenden.

Nach gründlicher Sondierung des Standorts lief ich hinein und wurde unverzüglich an einen Platz geleitet. Der rot gepolsterte Stuhl quietschte leicht, als ich mein in eine Jeans gekleidetes Hinterteil darauf platzierte und die mir ausgehändigte Speisekarte aufklappte. Nach der Bestellung eines nicht koffeinhaltigen Bubble Teas lehnte ich mich entspannt an den harten Stuhlrücken, als meine Schwester hereinspazierte.

Schrecken meiner Vergangenheit, Ärgernis meiner Gegenwart, stolzierte meine alsbaldige Ausschimpferin auf mich zu. Ihr Körpermaß reichte kaum über die Höhe von 1,50 Meter, allerdings sah man das nicht, da ihre acht Zentimeter hohen Absätze sie von vertikal winzig auf einfach nur klein katapultierten. Kleinformatig oder nicht, meine Schwester hatte genug Attitüde, einen ganzen Raum zu erobern, und die spezielle Charakteristik, Männer um sich zu scharen, wann immer sie einen Club besuchte.

»Hey, Sis«, winkte ich von meinem Platz aus.

Katie – Katherine, aber sie hasste ihren vollen Namen – nahm Platz und betrachtete die Speisekarte. »Hast du schon bestellt?«

Ich verneinte.

»Gut. Du machst es nämlich immer falsch.« Mit der Hand wedelnd, machte sie eine Kellnerin auf sich aufmerksam und feuerte einige Bestellungen ab, bevor sie ihre durchdringende Aufmerksamkeit wieder mir zuwandte. »Du siehst gut aus. Hast etwas an Muskeln zugelegt. Und die Jacke ist neu.«

Ich blickte auf die verzauberte Jacke und zuckte mit den Schultern. Ich war froh, dass sich die Verzauberungen innen befanden. Nicht, dass sie irgendwie anders aussahen als seltsame runische Glyphen, schlecht eingenäht beziehungsweise eingebrannt. In all den Büchern und Fantasien wurde eine Sache nicht besprochen: Wie schwer es wirklich war, diese Tätigkeiten zu verrichten. Ich könnte schwören, bei einem ordentlichen Spielsystem wäre ich beim Nähen schon auf Level 5.

»Danke?«, erwiderte ich zögerlich.

»Demnach läuft dein neuer Job gut?«, erkundigte sich Katie mit verengten Augen.

»Es kommt alles stückchenweise rein, aber ich bekomme genug Geld dafür.« Ich verstand, dass ihre Frage mehr das Geld betraf, da Geld einen großen Teil unserer Konversationen ausmachte. Schließlich war es schwierig, gesund und glücklich zu sein, wenn man darum kämpfte, über die Runden zu kommen. Nicht unmöglich. Nur schwierig.

»Und was genau tust du nochmal?«

Ich unterdrückte das Lächeln, das sich auf mein Gesicht zu schleichen versuchte. Ich war meiner Familie gegenüber absichtlich vage geblieben. Es war kompliziert zu sagen »Ich gehe auf Quests, erschaffe kleinere magische Gegenstände und töte gelegentlich Monster«, ohne eine Miene zu verziehen. Meine liberalen, zivilisierten, aber schwarzsehenden Eltern würden wahnsinnig werden bei der Vorstellung, dass ich verletzt werden könnte. Selbst wenn ich eine magische Heilung besaß, war das nur eine beschleunigte Methode. Keine sofortige Reparatur mit einem Handwedeln.

»Kunst und Handwerk«, antwortete ich. »Ich stelle Dinge her und verkaufe sie an Leute.« Diese Antwort war nicht wesentlich besser, nicht für eine asiatische Familie, aber sie reichte aus. »Und ich erledige Besorgungen für einige meiner reicheren Kunden.«

»Du weißt, was Mama und Papa sagen würden, richtig?«, meinte Katie mit sich verengenden Augen.

»Warum bleibe ich ihnen wohl fern?«

»Dem Streit auszuweichen, wird ihren Standpunkt nicht verändern«, erwiderte Katie. »In Wirklichkeit lässt es dich wie ein Kind aussehen, das eine Zigarette zu verstecken versucht.«

»Aber mit ihnen zu reden, wird keinen Sinneswandel auslösen. Du kennst sie. Hast du jemals einen Streit für dich entschieden?«, konterte ich kopfschüttelnd. »Es ist einfacher, sie einfach im Unklaren zu lassen.«

»Mit einer Armlänge Abstand?« Katie öffnete den Mund, um mich weiter zu schelten, wurde aber durch das ankommende Essen unterbrochen. Als die Kellnerin ging, nahm ich eine Sesamkugel auf und ließ sie auf ihren Teller plumpsen. »Das ist nicht vorbei!«

Eines Dschinns Wunsch

»Erst das Essen.« Ich legte eine Kugel in meinen Mund. Katie seufzte, ließ aber die Diskussion sausen und ermöglichte damit, dass wir uns auf die Gerichte konzentrieren konnten. Kurze Zeit später waren wir fertig, satt und weniger wütend.

»Henry, du musst sie öfter anrufen und besuchen. Es verletzt sie, wenn du wegbleibst. Du weißt das. Ich weiß, dass du es weißt, also warum tust du das?«

Ich verzog das Gesicht, schwieg aber, da ich keine besonders originelle Antwort darauf hatte.

Katie seufzte, schüttelte den Kopf und deutete auf mich. »Seitdem du diesen neuen Job hast, ist es so. Und glaub ja nicht, dass wir die neuen Narben und Muskeln nicht bemerkt hätten. Bist du Teil einer Triade? Einer Gang?«

»Natürlich nicht!«

Katie lächelte, als ich so schnell antwortete, und nahm es als die Wahrheit, die es auch war. Ich war froh, dass ich die Frage nicht überdenken musste, da das Magierkonzil eigentlich als ein schräger Kult angesehen werden konnte. Nicht als Triade oder Gang, aber ihr wisst schon.

»Woher kommt dann all dieses Geld? Ich glaube nicht, dass du so gut verdienst, wenn du nur ›Besorgungen erledigst‹.«

»Es kümmert mich nicht, ob du es glaubst. Denn es ist die Wahrheit.« Ich hielt inne und fügte dann hinzu: »Okay, ich erledige nicht nur Besorgungen. Ich bekomme etliches Geld durch das Zeug, das ich verkaufe.«

»Dein … Zeug.« Katie wackelte mit den Augenbrauen und ich schnaubte.

»Nicht dieser Art.«

»Stimmt. Du hast keine Chance, in dieser Form deinen Lebensunterhalt zu bestreiten«, meinte Katie.

Ich schnaubte erneut, musste aber zugeben, dass ich froh war, dass unser Gespräch eine neue Richtung genommen hatte. Eine Zeitlang wandten wir uns angenehmeren Dingen zu, wie Gesprächen über das fehlende Liebesleben von Katie, die eine Karriere in der Finanzbranche verfolgte, über alte Freunde und vergangene Erfahrungen. Wir redeten, wie es eine Familie tat, über nichts Wichtiges und über alles. Und ich konnte nicht anders, als einige meiner Sorgen zu vergessen, die Tatsache zu verdrängen, dass mich jemand zu Beginn dieses Tages ermorden wollte. Ich genoss die Normalität dieser Konversation, und meine Schwester, als die schlaue Frau, die sie war, bemerkte es.

Schließlich warf uns die Kellnerin einen Blick zu und deutete damit an, dass es Zeit war, den Tisch freizumachen.

Ich zahlte die Rechnung und hinterließ reichlich Trinkgeld. Eine Geste, die Katie aufmerken ließ, doch sie sprach es nicht an.

Unsere entspannte Atmosphäre dauerte an, bis sie mich zuhause absetzte. Sie legte eine Hand auf meinen Arm und wurde ernst. »Henry. Ruf sie an. Und ... denk darüber nach, dich uns anzuvertrauen. Was auch immer vor sich geht, du weißt, dass wir dich unterstützen werden.«

Ich schenkte ihr ein kurzes ironisches Lächeln und nickte, meinen Arm aus ihrem lösend, als ich die Tür öffnete. Familie, Verpflichtung, Verantwortung. Ich war nie gut darin gewesen. Nicht zuhause, nicht in persona. Aber ich würde versuchen, sie regelmäßiger anzurufen, selbst wenn ich lügen musste. Denn trotz allem, dass ich es gern anders hätte und möglicherweise auch haben würde: Mein Leben war nichts, in das ich sie hineinziehen wollte.

Kapitel 5

Am nächsten Morgen tauchten wir am Tatort auf. Nicht meinem, weil dieser immer noch von Regierungsvertretern und meinen Wächtern abgeschirmt wurde. Nein, dem ursprünglichen Tatort. Shanes Ermordung. Gewiss, ich wusste nicht genau, wo er ermordet worden war, aber seine Wohnung war unser erster Gedanke.

Wir näherten uns dem Apartment und ließen Alexas Auto in einiger Entfernung stehen. Die Ex-Novizin trug eine Sporttasche über ihrer Winterjacke auf der Schulter. Echt nett von ihren Templer-Freunden, ihr zu Weihnachten diese Jacke zu schicken, auch wenn die Notiz, die Alexa die Schuld an ihrem Ausstieg gab, in reichlich passiv-aggressivem Ton verfasst war. Dennoch war die Jacke gepanzert und gleichzeitig mit Glaubensmagie erfüllt, so dass Alexa besser als ich gegen böswillige Magie geschützt wurde.

Die Wohnung befand sich in einem dieser Betonblöcke, einem Gebäude für Einkommensschwache, das in den 1960ern gebaut und niemals wirklich modernisiert worden war. Selbst die Tapete in den Korridoren sah von Jahren der Nutzung verblasst und fleckig aus, egal wie hoch der Aufwand der Pflege gewesen sein mochte. Trotz all des Verschleißes erkannte man sofort, dass sich die Bewohner des Hauses gut darum kümmerten. Die Flure waren gefegt und gewischt, außerdem drang der Geruch von Reinigungsflüssigkeit in meine Nase, während ich den hell erleuchteten Korridor entlanglief.

Shanes Apartment war noch eines der Größeren, ein Zeugnis dafür, wie lange der Zwerg dort gelebt hatte. Auf die grüne Tür starrend, benötigte ich nur einen Moment, um den Schutzzauber zu lokalisieren, der ungewollte Besucher raffiniert zurückwies. Dieser schien weiterhin intakt, Spuren seines Nutzers leuchteten nach wie vor.

»Gehen wir rein?«, fragte Alexa ungeduldig. Einbrechen machte Alexa nervös, insbesondere seit sie den Schutz ihres Ordens verloren hatte.

»Eine Sekunde«, antwortete ich, den Schutzzauber berührend. Ich manipulierte ihn und zog die Aura des Zaubers hervor.

Kurz darauf nickte ich und ließ den Schutzzauber los, ich hatte mir die sich noch immer darauf befindlichen Spuren der magischen Signatur eingeprägt. Der Zauber hatte sich so weit abgebaut, dass ich nicht in der Lage war, dem Beschwörenden nachzuspüren, aber wenn dieser Jemand Magie in meiner Nähe benutzte, könnte ich ihn vermutlich identifizieren. Höchstwahrscheinlich war der

Beschwörer des Schutzzaubers tot, gestern durch meine Hand getötet. Aber ... man weiß ja nie.

Also benötigte der Einbruch zwei Zauber – einen, um den Schutzzauber zu umgehen, der zweite öffnete die Schlösser. Magie machte Verbrechen viel zu leicht. Das war einer der Gründe, warum wir uns gegenseitig so oft kontrollierten – wenn dann die Regierungen einschritten, hatten sie die Tendenz, zu heftig zu reagieren. Oder sie fanden womöglich keinen Mittelweg, weil wir ihnen nie wirklich eine Chance gaben, zu reagieren.

Als ich hineingehen wollte, drückte Alexa mich zur Seite und warf mir einen so wütenden Blick zu, dass ich mich duckte, um diesem zu entgehen. Sie lief hinein, den Faustschild trug sie in ihrer Sporttasche in der einen Hand, während sie einen kurzen Stock in der anderen hielt. Dieser Stock, das wusste ich, konnte sich ausdehnen, um eine von Mana durchtränkte Machtspitze zu formen. Dies war eine meiner besseren Erfindungen, allerdings hielt die Auflading nur für etwa zehn Minuten.

Es war gut, dass Alexa voranging, weil sie nach drei Schritten in die Wohnung hinein von einem wildgewordenen Fellknäuel attackiert wurde. Sie fing den Angreifer mit ihrem Schild ab, die Klauen von ihrem Gesicht fernhaltend. Nach einigem Ringen und drei tiefen

Kratzern ließ ich den Kater mitten in der Luft schweben, von wo aus er uns anfauchte.

»Ich hatte Charlie vergessen«, stellte ich fest.

»Ich nicht«, entgegnete Alexa und blickte auf die tiefen Kratzwunden in ihrem Handgelenk.

Sie winkte mich heran, damit ich mich um den Kater kümmerte, während sie den Rest der Wohnung erkundete. Als Alexa zurückkam, hatte ich einen Machtwall errichtet, der den Kater in Schach hielt. Sie fand mich, wie ich auf der Suche nach Restbeständen von Katzenfutter Schränke durchstöberte.

»Würde es dir etwas ausmachen, das Fenster zu öffnen?«, gestikulierte ich in Richtung Außenwelt.

Aufgeregt und alleingelassen, gezwungen, zu Hause zu bleiben – was er hasste –, hatte Charlie seinen Widerwillen kundgetan. Katzenurin, Erbrochenes und Fäkalien ließen das Innere der Wohnung für normal denkende und atmende Kreaturen abscheulich wirken.

Alexa willigte schnell ein, steckte dann den Kopf nach draußen, um die Feuerleiter zu beäugen, bevor sie ihn vorsichtig zurückzog. Shanes Residenz war, über das katzenbedingte Chaos hinaus, relativ hübsch anzusehen. Der Zwerg war ein Sammler von Puzzlesteinen und Gesteinen. Den ganzen Raum füllten Einweckgläser voller

Steine, alle waren willkürlich platziert – zumindest in meinen Augen –, ohne Beachtung der geologischen Arten. Was Shanes Möbel betraf, war das meiste abgenutzt und markiert, einige Kissen waren aufgerissen, die Füllung fiel schon heraus. Jenseits dessen empfand ich ein leichtes Unbehagen, in diesem Raum zu sein, was ich erst später deuten konnte.

Alles war etwas kleiner, als es sein sollte. Ich war schon nicht sehr groß, aber Shane war ein Zwerg – gewesen. Also ... genau. Die Stühle waren niedriger und die Tische passten perfekt zu jemandem, der 1,40 Meter groß war. Selbst der Tritthocker ergab so auf irgendeine Art Sinn.

»Also, was jetzt?«, fragte Alexa und beobachtete den nun zufriedenen Kater, nachdem ich seinen Napf aufgefüllt hatte.

»Jetzt suchen wir nach einem Hinweis.«

Alexa seufzte, half mir aber dabei. Nach einem gemeinsamen Rundgang durch das Wohnzimmer und die Vorratskammer wies sie mir das Schlafzimmer zu. Sie sagte, es wäre zu bizarr, wenn sie dort reinginge. Während ich mich durch Schubladen mit Socken und anderen Kleidungsstücken wühlte und Inhalte fand, die nur allzu typisch waren, hörte ich einen lauten Ruf von Alexa.

»Was ist denn?«, erkundigte ich mich und lief zu ihr, froh, das Schlafzimmer verlassen zu können.

»Sein Terminkalender«, zeigte sie auf den Schreibtisch, hinter dem sie im Moment saß. »Ich glaube, ich habe seinen Todestag ermittelt.«

Ich nickte, das Buch entgegennehmend. Wir waren uns sicher, dass Shane nicht hier gestorben war. Das Sterben hatte die Tendenz, eine große Menge an Energie und Emotionen freizulassen. Das führte dazu, dass jeder Praktizierende der magischen Künste einen kürzlichen Tod herauslesen konnte. Außer es waren Schritte unternommen worden, die nachklingende Aura des Todes und die freigesetzte Magie zu zerstreuen. Aber diese Aktionen hinterließen oft selbst eine Spur.

Der Terminkalender war gut organisiert und es wurde klar, warum Alexa sich mit dem Todeszeitpunkt sicher war. Shane hatte die Neigung, Bemerkungen zu Terminen und zum Verlauf am Ende jedes Tages aufzuschreiben. Das machte aus dem Buch halb Kalender, halb Tagebuch. Am fraglichen Datum gab es keine zusätzlichen Notizen – und das war zwei Tage her. Was perfekt zu unseren Überlegungen passte.

»Die White Scarves?« Ich hob die Augenbrauen und tippte auf den einzigen bedeutungsvollen Termin. Sollte er nicht während des Einkaufens von Lebensmitteln geschnappt worden sein, wäre das unsere beste Spur.

»Das ist diese chinesische Gruppierung. Tong? Triade?« Alexa kratzte sich am Kopf. »Der Geheimbund, der sich in eine übernatürliche Gruppierung verwandelt hat und nun eine Art Verbrecherbande ist?«

»Ich weiß, wer sie sind. Ich weiß nur nicht, wo sie sich aufhalten.« Ich hielt nachdenklich inne. »Eine Sekunde.« Nach einer kurzen Suche auf meinem Handy nickte ich und warf den Terminkalender zurück auf den Tisch. »Hab sie.«

»Du hast nach ihnen gesucht? Was hast du eingetippt? ›Übernatürliche Geheimgesellschaften, chinesisch‹?«, vermutete Alexa.

»So ähnlich. Diese Vereinigungen sind mehr oder weniger wie die Yakuza. Sie haben offizielle Versammlungsstätten, die dem Beitritt neuer Mitglieder dienen. Clan-Zusammenschlüsse, Geheimgesellschaften, was auch immer. Da die White Scarves keine wirkliche Triade sind, fiel es leicht, sie aufzuspüren«, entgegnete ich. »Wir können hier vermutlich aufhören, das scheint unsere beste Option zu sein.«

Alexa nickte und drehte sich zurück, um weitere Hinweise im Büro aufzuspüren. Ich kehrte wieder ins Schlafzimmer zurück, schaute unter das Bett und suchte nach anderen verräterischen Anzeichen. Erst als ich fertig war – ich hatte nichts gefunden außer Staubflocken und einem kleinen Safe, der eine Pistole enthielt –, erinnerte ich mich an etwas Wichtiges.

»Lily, bekomme ich keine Quest oder so?«, fragte ich in die leere Luft, im Wissen, dass der Dschinn über mich wachte.

Logischerweise konnte sie nicht direkt mit mir reden, aber ich bekam trotzdem eine Antwort.

Quest: Tu das, was du ohnehin beabsichtigt hattest
Finde die Leute, die dein Todesurteil unterschrieben haben und kümmere dich um sie.
Fehlschlag: Tod
Belohnung: Du lebst. Und eine Levelsteigerung.

Die Questbenachrichtigung lag innerhalb meiner Erwartungen. Die Belohnung eher weniger. Ich registrierte, wie mein Mund trocken wurde, bevor ich die Nachricht wegwischte. Wie jedes hochwertige Spiel basierten die Belohnungen auf dem Schwierigkeitsgrad. Wenn Lily bereit war, mir eine komplette Levelsteigerung zu ermöglichen – insbesondere angesichts der Tatsache, wie schwer Level inzwischen zu erreichen waren –, erwartete sie, dass meine Aufgabe in dieser Quest mein Überleben wäre.

»Warum habe ich eine Quest bekommen, die mir aufträgt, dich am Leben zu halten?«, wunderte sich Alexa und erwischte mich dabei, wie ich in die Luft starrte, als ich über diese neue Information nachdachte.

»Sorry. Lily. Sind wir …« Ich leckte mir die Lippen und hielt inne. »Bist du dir sicher, dass du das tun willst?«

»Was tun?«

»Bei mir bleiben. Du musst nicht …« Ich verstummte kurz, als Alexa mir einen stechenden Blick zuwarf. »Du bist frei, das weißt du.«

»Und ich renne weg, wenn meine Freunde mich brauchen? Zum Teufel damit.« Alexa schnaubte. »Selbst wenn die Templer davon ausgehen, dass ich nicht mehr geeignet bin: Das Orakel wollte, dass ich hier bin. Und ich bin hier.«

Ich blinzelte und machte mir klar, was Alexa gesagt hatte. Und ich realisierte, dass sie in der ganzen Zeit, die wir zusammen waren, nicht mehr davon gesprochen hatte. Von dem Grund, warum sie am Anfang in mein Leben getreten war. Selbst wenn sie keine Novizin, keine künftige Templerin mehr war, ihr Glaube an das Orakel und an ihre Vorbestimmung war jetzt unerschütterlich.

»Ich danke dir«, ließ ich sie wissen und schenkte ihr ein halbes Lächeln. Ich hoffte, dass sie die richtige Wahl getroffen hatte.

Wir schwiegen, bis ich das Schlafzimmer verließ und Charlie entdeckte. Er lag zusammengerollt in der Ecke und sah zufrieden aus. Der Kater hatte sich auf Essen und Wasser gestürzt und schlief nun friedlich.

»Was machen wir mit Charlie?«

Alexa runzelte die Stirn. »Hatte Shane Freunde? Jemanden, der sich um ihn kümmern könnte? Familie?«

Ich schüttelte den Kopf und blickte auf den Kaminsims. Dort standen Bilder seiner verstorbenen Mutter. Sonst hatte er keine weiteren Fotos – keine Brüder oder Schwestern. »Sein Clan?«

Alexa nickte langsam. »Wir sollten das überprüfen.«

»Ja ...«

Aufgelöst und irgendwie trauriger als jemals zuvor liefen wir aus der Wohnung des kürzlich verstorbenen Zwergs. Es ist eine bedrückende Sache, nach dem Tod niemanden zu haben, der sich um deine Haustiere kümmert. Oder die Besitztümer. Oder ...

»Hey«, rief ich und stoppte Alexa, als wir auf den Fahrstuhl zuliefen. »Ich bin gleich zurück.«

»Was?«

Ich winkte bei Alexas Frage ab, während ich mir in Erinnerung zu rufen versuchte, ob in der Küche irgendwelche Müllbeutel gelegen hatten. Dann ging ich zurück in Shanes Schlafzimmer und zur Sockenschublade. Einige Dinge ... nun, was ich tat, war das Richtige.

Kapitel 6

Wir hielten gegenüber dem Treffpunkt der White Scarves an, einem unscheinbaren zweistöckigen Privathaus mit verschlossenen Fensterläden und einer einzelnen Holztür, das am Rande vom zwei Blocks umfassenden Chinatown lag. Das Gebäude besaß ein kleines, halb verstecktes Schild, worauf »White Scarves Chinesischer Kulturverein« stand, das Einzige, was seine Bestimmung kennzeichnete. Offiziell nahm Chinatown erst einen Block entfernt seinen Anfang. Gleichwohl wurde es wie die meisten solcher Viertel durch überteuerte Restaurants, Touristenläden und ein paar Lebensmittelgeschäfte entstellt.

Wir blieben sitzen und beobachteten das Gebäude einige Minuten lang, nachdem Alexa das Auto eingeparkt hatte. Wir nahmen den Schauplatz und seine verschiedenen Schutzzauber in Augenschein. Magie selbst war wie Mathematik. Selbst wenn die zur Bestimmung der Formel genutzten Symbole unbekannt waren, besaßen sie alle die gleiche der Symbologie zugrundeliegende Logik. Obwohl ich etwas Zeit benötigte, die Zeichen zu bestimmen, hatte ich Erfolg.

»Nichts sehr Ungewöhnliches«, resümierte ich. »Schutzzauber zur Verstärkung. Schädlingsbekämpfung. Ablenkung. Es gibt auch einen Angriffsschutzzauber, doch ich kann nicht sagen, was genau er bewirkt. Allerdings ist er mit vielen Blitzen ausgestattet.«

Alexa verzog das Gesicht, öffnete aber zu guter Letzt ihre Tür. Gemeinsam verließen wir das Auto und liefen zum Eingang. Nachdem wir eine Weile geklopft hatten, wurde uns endlich aufgemacht.

»Nur für Mitglieder«, blaffte uns der korpulente, schnurrbärtige Mann von drinnen an, bevor er die Tür wieder schließen wollte.

»Ich bin hier, um mit den White Scarves zu sprechen«, erklärte ich, eine Hand auf die Tür legend. Leider bewirkte meine Aktion nichts, sie vom Zugehen abzuhalten.

»Nein.«

Als die Tür fast zu war, klatschte Alexa ihre Handfläche mit einem kräftigen Schlag dagegen und verhinderte, dass sie sich schloss. Sie drückte und schob den stolpernden Mann rückwärts.

»Der Magier will mit deinen Leuten reden.« Mit diesen Worten schoss sie an mir vorbei, um nach drei Schritten zu erstarren.

»Alexa?« Ich blinzelte, als sie steif da stand, und schaffte es, mich an ihr vorbei zu drängen. Nur um das zu erblicken, was sie aufgehalten hatte. »Oh.«

Ein halbes Dutzend Männer saß um runde Klapptische herum, Bierflaschen und Schüsseln mit Sesamsamen waren vor ihnen aufgereiht. Alle schauten uns an, die Läufe von Revolvern und Pistolen waren direkt auf uns gerichtet.

Der beleibte Mann grinste höhnisch. »Nur für Mitglieder.«

»Ja, nein«, meinte ich und ließ die Hand zur Seite schnellen. Das war nicht die Art und Weise, wie ich die Sache eigentlich handhaben wollte, doch jetzt, da wir hier waren, würde ich nicht zulassen, dass meine Freundin mit Blei vollgepumpt wurde. Meine Macht schwoll an, während ich einen Machtwall formte, aber noch nicht beschwor. Er war bereit, ihre Kugeln abzufangen. Ernsthaft, sie hätten uns gleich erschießen sollen, wenn sie unbedingt ihre Schusswaffen ins Spiel bringen wollten. »Wir sind nicht hier, um Unruhe zu stiften. Wir haben nur ein paar Fragen.«

»Nur für Mitgl…«

»Das habe ich schon verstanden. Hört zu. Ihr werdet nicht auf uns schießen. Hauptsächlich deshalb nicht, weil eure schalldämpfenden Schutzzauber hinüber sind.«

»Unsere Schutzzauber sind nicht …« Die Augen des Türstehers weiteten sich, als er die Lichtshow entlang der Grundstücksgrenze erblickte. Die Schutzzauber waren nicht wirklich defekt, aber als Irdischer würde er das nicht erkennen.

»Also. Holt eure Bosse. Wir könnten auch problemlos den ganzen Tag hier herumstehen«, teilte ich ihnen mit.

Die Lippen des Türstehers kräuselten sich. Dann lief er zur Treppe und ging sie hoch. Er war für etliche Minuten verschwunden, Minuten, die wir vor den Läufen der Schusswaffen verbrachten. Freilich vergeudete ich diese Zeit nicht. Ich drehte mich zur Seite, so dass sie meine Finger nicht sehen konnten, während ich vorhandene magische Mechanismen manipulierte und neu verbundene Schutzzauber um das Gebäude herum und in den Beton unter unseren Füßen einbrannte.

Beschwörung Machtschutzzauber
Synchronität: 86%

Beschwörung Disruptiver Schutzzauber
Synchronität: 37%

Zauber um Zauber überlagerte ich ihre Verteidigung mit meinen Abwehrzaubersprüchen. Ich schichtete einen Schutz um uns herum. Nur für alle Fälle, falls die Dinge aus dem Ruder liefen. So arbeiteten vorausschauende Magier.

Sie nahmen sich die Zeit, ein Szenario zu errichten, das sie gewinnen konnten. Dennoch behielt ich ein Auge darauf, wie viel Mana ich übrig hatte, im Wissen, dass ich es brauchen würde, falls es wirklich schlecht lief. Man sah niemals komplett voraus, wie sich alles abspielen würde, darum wurden Sofortbeschwörungszauber, wie ich sie jetzt nutzte, gegenüber Schutzzaubern und Verzauberungen bevorzugt.

Als der Türsteher endlich wieder herunterkam, sah er äußerst verärgert aus. Nach einigen ruppigen Anweisungen wurden die Schusswaffen weggesteckt und wir über die Treppe nach oben eskortiert. Zugegebenermaßen juckte es mir die ganze Zeit im Rücken und ich fragte mich, ob es einen heimlichen Befehl gab, uns zu erschießen. Erst als ich fast oben war, sprach einer der bisher schweigenden Männer von unten.

»Verdammte Banane.«

Ich versteifte mich und Alexa schaute zurück, auf irgendeine Art den Wechsel in meiner Bewegung spürend. Ich schüttelte den Kopf und wies ihren besorgten Blick ab, um mich wieder darauf zu konzentrieren, was wichtig war. Auf unser bevorstehendes Treffen.

***

Oben erwartete uns ein simpler Empfangsbereich, und dann wurden wir durch einen Sitzungssaal zu einem Büro geführt. Hinter einem braunen Schreibtisch mit einem Monitor und einem dieser überteuerten, mit nur wenig Power ausgestatteten Mini-Computer saß ein geschätzte 50 Jahre alter chinesischer Mann. Die Haare seiner Halbglatze, in denen Spuren von Grau auftraten, waren nach hinten gekämmt. Er sah von seiner Tastatur hoch, die hinter Papieren und drei Fotorahmen verborgen war.

Neben ihm stand ein weiterer Chinese. Anders als sein Bürokollege war er größer, ein Mann, der scheinbar relativ regelmäßig ein Fitnessstudio von innen sah. Muskulös, aber mit einer Schicht Fett, die sich bildete, wenn man älter und träger wurde. Das T-Shirt vom Konzert einer Boygroup stand in heftigem Kontrast zu seinem riesigen einschüchternden Auftreten. Machtvoll – in einer irdischen Form. Aber irdisch oder nicht, er war mit der größten Vielfalt und Qualität an verzauberter Ausrüstung ausgestattet, die ich je gesehen hatte. Alles, von den Armschienen an seinen Handgelenken bis zu seiner Halskette und seinem Haarband, war verzaubert. Das Messer in seinem Stiefel und die Pistole an seiner Hüfte waren ebenfalls von Magie durchdrungen. Und das leuchtende Paar Rechtecke in seinen Taschen sagte mir, dass er aller Voraussicht nach die einzelnen Kugeln in der Waffe verzaubert hatte.

»Magier Tsien. Du bist in unser Haus gekommen und verlangst Antworten. Warum?« Der sitzende Chinese sah mich direkt an und warf dann Alexa einen abschätzigen Blick zu, die sich seitlich bewegt hatte, um den Vollstrecker zu beobachten.

»Ich würde gerne deine Fragen beantworten, aber ich möchte erst wissen, mit wem ich spreche«, teilte ich ihm mit.

»Du kannst mich Manager Kim nennen. Und das ist Bruder Lu«, antwortete er.

»Okay. Zuerst danke ich dir. Es tut mir leid, dass wir hereingestürmt sind, ohne dass es uns erlaubt war. Wir haben nur eine Frage über Shane Travertine. Er soll dich vor ein paar Tagen besucht haben.«

»Wir haben von dem Angriff auf dich gehört. Und von seinem Tod. Du glaubst, wir hätten etwas damit zu tun?«, fragte Lu mit anklagender Stimme.

»Nein. Ich muss nur wissen, aus welchem Grund er herkam«, erwiderte ich. »Und wann er gegangen ist.«

»Das geht dich einen Dreck an«, schimpfte Lu.

Alexa bewegte sich bei seinen Worten, aber ich hob eine Hand und hielt sie zurück.

»Sieh mal, es geht uns nichts an, was er hier gemacht hat. Aber du weißt, dass er gestorben ist, richtig?« Als ich von Kim ein Nicken erhielt, fuhr ich fort. »Nun ja, ich will herausfinden, warum er sterben musste. Bestimmt gewährst du ihm das.«

»Er ist tot. Es kümmert ihn nicht.«

»Ich wette, sein Geist würde das nicht so sehen«, konterte ich.

Die zwei tauschten angsterfüllte Blicke aus. Es überraschte mich nicht, dass sie besorgt waren. Immerhin waren Geister lästig. Einige von ihnen hatten die Kraft, wirklichen Schaden anzurichten. Einen Geist zu haben, der einen heimsuchte, konnte frustrierend sein. Und potenziell gefährlich, wenn man ein Neugeborenes hatte. Das Fenster in Lus Rücken spiegelte die Bilder von Kims neuer, glücklicher Familie.

»Er schien nie wie einer, der einen heimsuchen würde. Und sein Clan wird sich doch um ihn kümmern«, meinte Lu, aber ich hörte eine Spur von Unsicherheit.

»Ich benötige nur eine Bestätigung, dass er angekommen ist, und die Uhrzeit, wann er gegangen ist«, überredete ich sie.

»Zwei Uhr nachmittags«, antwortete Kim kopfschüttelnd. Als ich mich bewegte, um ihm zu danken und zu gehen, hob er eine Hand, um mich aufzuhalten. »Warum hast du deine Leute verraten?«

»Was?«

»Du hast dir ausgesucht, ein … Magier … zu werden.« Kim spuckte das Wort beinahe aus und schüttelte erneut den Kopf. »Du verbindest dich mit den westlichen Imperialisten. Warum?«

»Wo sind wir, in einem zweitklassigen Hongkong-Film der 90er?«

Die beiden warfen mir aufgrund meiner Worte einen wütenden Blick zu. Alexa wirkte ernst für jemanden, der sie nicht kannte, doch ich erkannte eine leichte Belustigung in ihrer Miene.

»Du scherzt, aber du hast deine Leute verraten. Du lernst unsinnige Magie von denen, die unsere Fundamente zerstört haben. Warum hast du dich nicht uns angeschlossen?« Kim klatschte die Hand auf den Tisch. »Kümmert es dich nicht, dass sie unsere Leute vernichtet haben, uns geschwächt haben, so dass wir unser Mutterland verlassen mussten?«

»Nicht wirklich.«

Wie konnte ich erklären, dass das, was Caleb mir beibrachte, überwiegend Magietheorie, Konzepte und Geschichte waren, statt des umfangreichen Beschwörens von Zaubern. Sicher, einige der Grundlagen waren nützlich, aber die Magie, die Lily in mein Gehirn gepflanzt hatte, war oft fortgeschrittener und komplexer als alles, was ich von Caleb gelernt hatte.

Selbst wenn ich das erklären könnte, ich würde es nicht tun. Für die letzten zwanzig Level würde ich das, was ich kannte und beschwören konnte, mental so herunterschrauben, dass ich Caleb nicht die gesamte Bandbreite meines Wissens offenbarte. Oder, weitaus wahrheitsgemäßer: Nicht die Art und Weise, wie Lily mich lehrte, Zaubersprüche zu kombinieren.

»Ich bin den Magiern beigetreten, weil sie auf mich zugekommen sind und weil sie mir etwas beibringen«, erklärte ich. »Sie haben mir Schutz und Unterricht angeboten. Wärt ihr auf mich zugekommen, dann …«

»Dann?«

»Hätte ich vielleicht die Wahl getroffen, von euch zu lernen. Aber ich wusste bis heute nicht einmal, dass ihr existiert«, antwortete ich. »Was mir auf irgendeine Art zeigt, dass ihr nicht viel Macht besitzt. Zumindest nicht in dieser Stadt.«

Lu bewegte sich, eine Hand wanderte zum Griff seiner Pistole. Alexas Augen verengten sich, doch Lus Bewegung sah mehr nach einer unbewussten statt einer absichtlichen Drohung aus. Trotzdem, Vorsatz oder nicht, es war eine Drohung.

»Wir mögen gegebenenfalls nicht sehr präsent in dieser Stadt sein, aber in Asien sind wir noch immer eine mächtige Institution. Du tätest gut daran, uns nicht zu unterschätzen«, merkte Lu an.

»Tue ich nicht. Ich spreche nur eine Tatsache aus.« Und ich meinte es so. Lily hatte etwas Zeit benötigt, um Lu zu klassifizieren. Er war innerhalb des Bereichs, eine Bedrohung für mich darzustellen. Ein Irdischer zu sein und verzauberte Ausrüstung zu haben, bedeutete, dass er mich ohne ihre Einmischung theoretisch töten konnte.

Lu (Level 48 – Mensch)
LP: 100/100
Mana: 0/0

Kim war immerhin in den Zehnern, ein normaler Mensch nach Lilys Maßstäben. Aber als Manager, als lokaler Boss, bestand seine Gefährlichkeit nicht darin, wie hart er zuschlagen, sondern wie viele Leute er für den

Angriff losschicken konnte. Weil es am Ende des Tages egal war, wie viel Magie ich wirken konnte, darunter war ich trotz allem ein Mensch aus Fleisch und Blut.

»Und wenn du uns drohen willst, kannst du dich gerne hinten in der Schlange anstellen«, meinte Alexa und fauchte die beiden an.

»Es gibt keine Schlange, Templerin«, äußerte Kim verächtlich. »Wünschten wir uns euren Tod, würden wir nicht zögern. Und eure Aktionen haben viele zu solchen Taten getrieben.«

»Taten?« Ich hob den Kopf und sah finster zurück. »Schau, wir sind unhöflich gewesen, aber uns zu töten, scheint zu viel des Guten zu sein, oder nicht?«

»Nicht das. Dieser ... Dschinn von dir. Sie ist eine Gefahr. Für uns alle«, erwiderte Kim kopfschüttelnd. »Ihre Anwesenheit ist eine Bedrohung. Hätten wir nicht unsere eigenen Artefakte, wären wir sehr beunruhigt.«

Fraktionsinformation: White Scarves
Ehemals auf dem chinesischen Festland gegründet, nach Taiwan emigriert wie viele andere Geheimbünde aufgrund von Säuberungen durch die Volksrepublik China. Eine von elf führenden Geheimgesellschaften in Taiwan, die den Großteil der übernatürlichen Aktivität innerhalb des Landes kontrollieren.

Eines Dschinns Wunsch

Besitzt mannigfache Niederlassungen weltweit, dennoch hat keine die gleiche Stärke wie das Hauptquartier. Bekannt für die Nutzung interner und externer Magiequellen, basierend auf Irrglauben der Magietheorie von Taoisten und Legalisten.

Bekannte Artefakte: Bogen und Pfeile von Yi, die 24 Ozeanischen Perlen der Stille, der Goldene Ziegelstein

Ich brummte, als Lily endlich die Fraktionsinformation aktualisierte. Es war witzig, weil ich das meiste dieses Wissens niemals bekommen hätte, wäre Lily nicht der Meinung gewesen, dass ein Wikipedia-Eintrag Teil der Spielerfahrung sein sollte. Die Artefakte der Scarves waren alle nur machtvolle, verzauberte Objekte – imstande, das Spielfeld anzugleichen, aber sie auf eine Stufe mit meinem Ring zu stellen, wäre übertrieben. Dennoch ... ein goldener Ziegelstein?

»Sicher, sicher«, entgegnete ich und entschied, mich ihnen entgegenzustellen. »Ich kann verstehen, dass Lily jemandem Sorge bereitet. Aber sie wird nirgendwo hingehen, für eine lange Zeit. Doch deine Warnung ist angekommen.«

»Lily.« Lu schnaubte. »Du magst deine weißen Freunde wirklich.«

»Erstmal ist Lily ein Dschinn. Sie ist nicht weiß oder braun oder … was auch immer. Zweitens, du bist ein Arsch«, blitzte ich ihn wütend an. »Zu guter Letzt: Ich mag meine Freunde.« Mich auf meinen Absätzen umdrehend, lief ich zur Tür und nickte Alexa zu. »Lass uns gehen.«

Ich sah, wie Kim etwas zu sagen versuchte, aber ich war so aufgebracht, dass ich nicht anhielt. Es brachte ohnehin nichts, mit ihnen zu reden. Ich hatte genug rassistische Arschlöcher an beiden Enden des Spektrums getroffen. Einige, die ordentlich vermöbelt worden waren, entschieden sich, unablässig die Opferkarte auszuspielen. Es wurde immer erschreckender, wenn sie mit ihren eigenen Leuten abhingen und nur bei denen blieben, die ihren Hintergrund, ihren Menschenschlag und ihre Ansichten teilten. Sie versuchten nie, eine andere Sichtweise einzunehmen, und sie verreisten nie. Dieser Prozess des Erschaffens von Blasen erschuf Glaubenskammern mit einem Echo. Sie verstärkten ihre Überzeugung, dass ihr Leid wichtiger als das der Anderen war. Und es reichte schon, dass alle ihren Schmerz rechtfertigten und das Opfer spielten. An einem bestimmten Punkt musste man sich einfach weiterbewegen.

Wir sprachen erst wieder, als wir mit dem Auto einige Entfernung hinter uns gebracht hatten. Als wir uns auf etwas anderes konzentrieren konnten, über das es sich zu reden lohnte.

»Sie sind über Lily im Bilde«, merkte ich an. »Sie wissen, dass uns jemand auf den Fersen ist.«

»Das habe ich ebenfalls herausgehört. Klingt danach, als wäre es nicht nur eine Gruppierung«, entgegnete Alexa, ihr Stirnrunzeln vertiefte sich. »Ich frage mich, wie viele es sind.«

»Ich weiß es nicht. Aber ich glaube, wir kennen jemanden, der es wissen könnte. Und vielleicht bereit wäre, uns mehr darüber zu erzählen.«

»Du meinst doch nicht ...«

»Doch.«

»Du ...« Alexa schnaubte verärgert und murmelte dann etwas Unverständliches. Trotzdem wendete sie das Auto und fuhr uns von dort weg.

Wenigstens hatten wir die Bestätigung – zumindest vermuteten wir das –, dass Shane am Leben war, als er das Gebäude der Scarves verlassen hatte. Falls die Namen derjenigen, die uns verfolgten, bekannt waren, besaßen wir womöglich einen neuen Hinweis.

Kapitel 7

Nora's hatte sich nicht verändert. Selbst wenn ich nicht alle paar Monate vorbeikäme, wäre der Kleidungsladen noch derselbe. Für irdische Augen war der Laden mit billigen, aber erstklassig gepflegten Kleidungsstücken gefüllt, hierher gebracht von geizigen Menschen, Resteverwertern und Schrankaufräumern, wie ich einer gewesen war. Die einzige magische Abweichung waren die hölzernen Schränke, die die Wände säumten. Sie wurden nur selten geöffnet, wenn nicht-magische Personen hier waren. Simple »Beachte mich nicht«-Schutzzauber entlang der Schränke gewährleisteten, dass ihnen niemand Aufmerksamkeit schenkte. Natürlich waren diese Zauber so bescheiden, dass jeder Übernatürliche und einige wenige begabte Menschen sie automatisch durchschauen würden. Aber das war sogar beabsichtigt.

Letzten Endes musste El irgendwo Kunden für ihr echtes Geschäft finden. Als die führende Materialhändlerin der Stadt war El Sammlerin und gleichzeitig eine bemerkenswerte Verkäuferin. Und obwohl es meist Magier waren, die ihre Dienste in Anspruch nahmen, beschäftigte sie sich nebenbei noch mit anderen verzauberten Objekten. Und sie wusste, wer sie verkaufte oder mit ihnen handelte.

Was bedeutete, dass sie unzählige Geschäftsbeziehungen in der gesamten Stadt unterhielt.

»El!« Ich winkte ihr zu, nachdem ich eingetreten war, bei dem Weihrauch leicht die Nase rümpfend. Ich stellte meine Augen für einen Moment unscharf, um zu sehen, welche Art von *Glamour* die Pixie nutzte. Die alte, matronenhafte Frau, die ich vorher gekannt hatte, erschien schärfer, in ihrem eintönigen pink-grün geblümten Kleid, einem Stück, das geradewegs aus ihren Regalen stammen könnte. Dann aktivierte ich erneut meine Magiesicht, und die rothaarige Pixie mit den langen spitzen Ohren trat hervor. »Hast du einen Moment?«

»Ich mache nur Inventur«, erklärte El und kräuselte die Nase in solch einer hinreißenden Manier, dass ich hätte seufzen können. »Das dämliche Geschäft läuft besser.«

»Was?«

»Das Kleidungsgeschäft. Ich glaube, es wird eine weitere Rezession geben«, meinte El sorgenvoll. »Jedes Mal kurz vor einem Rückgang der Konjunktur bekommen wir vermehrt Kunden. Das bedeutet, dass ich schneller durch das Inventar gehen und obendrein mehr ankaufen muss. Ich sollte auch noch jemanden einstellen.«

In die Konversation gezogen, lief ich zur Theke, wo El Klamotten sortierte, und lehnte mich dagegen. »Du stellst also Übernatürliche aufgrund deiner anderen Geschäfte ein?«

»Genau. Aber du wärst überrascht, wie schwierig es ist, irgendwen ordnungsgemäß zu engagieren. Jeder mit etwas Ehrgeiz wird einem vorher weggeschnappt. Selbst wenn man jemand Gutes findet, ist er nach einiger Zeit fort. Entweder wegen eines anderen Jobs oder ... nun ja.«

So wie ich El kannte, kamen viele ihrer Angestellten von der schlimmeren Seite der Straße – Orks, Goblins und Weitere, die nicht trendig genug waren, um als »dunkle Rasse« angesehen zu werden, die aber trotzdem die Konsequenzen tragen mussten, nicht als Mensch gelten zu dürfen. An den Rändern der Gesellschaft festsitzend, fanden viele von ihnen schwer legale Arbeit und endeten daher in einer illegalen oder übernatürlichen Beschäftigung. Keine davon war sicher.

»Tut mir leid, das zu hören.«

»Vergiss es. Willst du einen Job?«, fragte sie.

»Nein.«

»Bah. Seitdem du deine Magie hast, bist du ziemlich abgehoben.« El schniefte, mich neckend. Sie sah zu Alexa, die formschöne Augenbraue in Richtung der Blondine hebend.

»Nein, danke. Ich bin nicht sehr geeignet für ...« Alexa suchte nach dem richtigen Wort.

»Mode?«, fügte ich hilfreich hinzu, bevor ich aufschrie, als sie mich trat.

»Warum bist du hier?«, erkundigte sich El und brachte so die Konversation zum Ursprung zurück.

»Ah. Ähmmm ... hast du von Shane gehört?«, fragte ich, die Stimme senkend.

Als El signalisierte, dass sie das nicht hatte, stutzte ich und erzählte ihr die Geschichte. In die Stille, die danach den Laden durchströmte, kamen zwei Besucherinnen und schwatzten unbeschwert, während sie in den Regalen für Damenmode stöberten.

Ich beäugte die Mädchen, Teenager, die keine Ahnung hatten, worüber wir sprachen, und senkte meine Stimme weiter. »Jedenfalls hatte ich gehofft, dass du von den Leuten gehört hast, die hinter mir her sind.«

»Hinter dir sind sie her?« El schüttelte den Kopf. »Es gab Gerede über deine Level und über Lily, aber niemand hat von einem Angriff auf dich gesprochen. Ich hätte es dir sonst erzählt.«

»Okay ... glaubst du, du könntest nochmal nachforschen?« Ich grinste sie an und fühlte mich dabei lächerlich. »Wir haben keinerlei Anhaltspunkte. Zumindest, bis uns jemand verrät, was vor sich geht. Aber ich bin kein Fan davon, still zu halten, weißt du?«

El nickte und richtete sich dann auf. »Oh, zur Hölle. Ich muss mich um die Kunden kümmern.«

Die kleine Pixie stürmte zu den Beiden, die extrem ruhig geworden waren. Ich neigte den Kopf zur Seite, wurde aber am Arm gepackt und weggezogen.

»Was?«

»Ladendiebe.«

»Oh.«, ächzte ich und ließ El sich darum kümmern.

Draußen starrten Alexa und ich einander an und diskutierten darüber, was wir als Nächstes tun sollten. Es war ja nicht so, als hätte ich irgendeinen Ansatz.

Als mein Magen knurrte und der Himmel langsam dunkler wurde, seufzte ich. »Lass uns etwas essen gehen.«

***

Es war einer der Vorteile, dass wir, wenn wir El besuchten, bei meinem Lieblingsrestaurant für griechisches Essen vorbeischauen konnten, einem Ort, wo man gleichzeitig Quantität und Qualität servierte. Die Lammschulter war vom Knochen fallend saftig, und der Reis genau richtig gekocht, gewürzt und in Butter sowie den Säften des

Lamms getränkt, als wir zuhause ankamen. Ich hatte mein Geld verschwenderisch ausgegeben, indem ich auch noch Calamari und Moussaka holte, um sie mit Lily zu teilen, neben ihrer eigenen Portion Lamm. Alexa hatte einen großen griechischen Salat bestellt, den sie aß, bevor sie weitaus köstlicheres Essen von uns beiden stahl. Was sollte ich sagen? Wir hatten die Frau verdorben.

Die Atmosphäre beim Essen war gut, wenn auch verhalten. So sehr ich es auch genoss, zu glauben, dass Leute mich tot sehen wollten, war es etwas komplett anderes, wenn sie tatsächlich irgendetwas in der Richtung unternahmen. Ich verdrängte die Gefahr weitestgehend aus meinem Verstand. Ich würde ernsthaft darüber nachdenken, wenn ich Level 80 erreichte, oder auch schon vorher. Aber es konnte sein, dass mein kontinuierlicher Fortschritt Besorgnis darüber erregt hatte, wie mächtig ich auf Level 100 sein würde.

Ich packte soeben die Reste zusammen, als ich die Frage stellte, die in unseren Köpfen herumspukte. »Was jetzt?«

Es folgte tiefes und unangenehmes Schweigen, das sich entfaltete und ausdehnte. Niemand hatte irgendetwas anzubieten. Sollten wir umstandslos wieder in die Normalität zurückkehren? Sollten wir weiterhin an Türen klopfen und darauf hoffen, dass es etwas für uns zu tun gab? Sollte ich Caleb fragen, unsere einzige Quelle bei den Wächtern, und hoffen, dass er sich dazu herabließe, uns etwas zu erzählen?

»Nun ja, wir könnten ...« Alexa öffnete den Mund, schien dann aber ihre Meinung zu ändern. »Ich könnte vielleicht meine Freunde fragen? Im Orden.«

»Reden sie noch mit dir?«, fragte ich mit erhobener Augenbraue.

»Einige wenige, aber die sind nicht wirklich vertraut mit der Angelegenheit. Die meisten sind noch im Training ...«

Okay, das ergab Sinn. Ihre Freunde waren Novizinnen, wie sie eine gewesen war. Menschen, mit denen sie womöglich zusammen aufgewachsen war. Was bedeutete, dass sie vielleicht nicht viel wussten, fraglich, ob überhaupt irgendetwas.

»Nein. Noch nicht. Ich meine, es ist unwahrscheinlich, dass sie uns etwas sagen können, richtig?« Alexa nickte. »Lass uns das zurückstellen. Ich werde Caleb morgen damit auf den Wecker gehen ... «

Ich hielt inne, ein Gefühl der Bedrängnis baute sich von der Tür her auf. Ich war alarmiert, bevor daran geklopft wurde. Die Person dahinter war so kraftvoll, dass ihre Aura wie ein physisches Etwas erschien.

Als ich zu Lily sah, lächelte sie mich an. »Keine Sorge. Meilenweit außerhalb deines Levels.«

Ich konnte nicht anders, als dankbar zu nicken. Wäre sie nicht schlau genug gewesen, Individuen mit Macht von der direkten Interaktion mit mir abzublocken, hätte ich den Ring vor langer Zeit verloren – oder mein Leben. Dennoch hatten Leute Wege gefunden, das zu umgehen, insbesondere in letzter Zeit.

Als ich die Tür öffnete, starrten mich drei Personen an, jede so machtvoll wie Caleb, wenn nicht gar mächtiger. Als erste eine kleine Frau mit ergrauenden, langen, braunen Haaren, die ein blumiges Kleid trug, das ihren knochigen Körper bedeckte. Sie zupfte gerade gedankenverloren an den ausfransenden Rändern der weiten Ärmel ihres Kleids herum, mich gänzlich ignorierend. Ich hätte sie für jemandes Mutter halten können, wären da nicht meine magischen Sinne.

Andererseits könnte der große Mann, der an der Spitze stand – vermutlich derjenige, der an die Tür geklopft hatte –, aus einem Holzlager gekommen sein. Ein rot und schwarz kariertes Hemd, ein ausladender, buschiger Bart und dicke Stahlkappenschuhe vervollständigten den Gesamteindruck. Er blickte mich von einer Kopflänge über mir finster an. Ich musste zugeben, dass ich aufgrund der erstickenden physischen Präsenz, die er ausstrahlte, einen Schritt rückwärts machte.

Als letztes Mitglied des Trios sah der uramerikanische Mann am normalsten aus. Gekleidet in ein simples Shirt und eine Jeans, trug er eine grüne Windjacke über seinem Oberkörper und hatte die Hände in die Taschen gesteckt. Als Indikator seiner Stärke war das Glühen des Talismans um seinen Hals jedoch kraftvoll genug, meine Sensibilität einen Gang zurückzuschalten. Es war so, als würde man die Angestellten eines Magiers des Dritten Zirkels in Aktion erleben. Etwas zu viel für einen ungezwungenen Abend.

»Mr. Tsien, dürfen wir hereinkommen?«, sprach der Mann an der Spitze und nahm mir somit die Gelegenheit, die Gruppe weiter zu begutachten.

»Ähmmm ... wer seid ihr?« Nicht, dass ich es mit all diesen Hinweisen nicht erraten konnte, aber es war immer besser, nachzufragen.

»Ich bin der Druide Osian Carr. Das sind die Hexe Milli Cook und Doktor Chunta David. Wir sind Teil einer Gruppierung von besorgten Individuen«, antwortete Osian.

»Doktor?« Ich runzelte die Stirn, Chunta anblickend.

»Mediziner. Ich bevorzuge diese Bezeichnung«, klärte er auf.

Nun, ich würde das ebenso, hätte ich eine halbe Million Dollar für solch eine Ausbildung bezahlt. Andererseits hatte er sie vermutlich aufgrund seines hohen Alters in der Vergangenheit günstiger erworben. Wenn nicht sogar leichter.

»Ja, also dann ...« Ich machte einen Schritt zurück und winkte sie herein, während Lily ihre Computer aus dem Weg räumte.

Als alle durch meine Schutzzauber gelaufen waren, wurde eine kleine Lichtshow ausgelöst. Die pure Anwesenheit der drei wirkte auf meine Zauber und strapazierte sie. Sie waren nicht von geringer Qualität – zwar nicht herausragend, aber auch nicht grauenhaft –, doch jeder der Besucher war das magische Äquivalent einer Atombombe. Die schiere Menge an Energie, die sie durch ihre bloße Existenz absonderten, reichte aus, dass meine Schutzzauber darauf reagierten.

»Das ist der Dschinn, stimmt's?«, erkundigte sich Milli, als sie ins Wohnzimmer lief und Lily anstarrte.

Während die anderen zwei den Raum, unsere Unterlagen und Alexa, die lässig mit ihrem Speer an der Wand lehnte, in sich aufnahmen, war Milli ausschließlich auf Lily fokussiert. Sie blickte sie mit einer Intensität an, die man Milli zuvor nicht angesehen hatte, und vermischte unbewusst das Umgebungsmana mit der Geisterwelt. Ich sah, wie meine Schutzmechanismen darauf reagierten, als die Seelen und Geister sich erhoben, mit denen die Hexe – und vermutlich ebenso Wahrsagerin – interagierte. Sie schickte unterschwellig Befehle, die danach abgeblockt wurden.

»Ja.« Lily neigte den Kopf.

Plötzlich stoppte die Lichtshow um meine Schutzzauber herum. Lily verteidigte sie, indem sie die Seelen und Geister fortschickte. Es gab keine Welle der Macht, keine magische Warnung. Sie musste sie bloß ansehen und sie rannten weg.

»Du bist es, nicht wahr?«, fragte Milli und nickte zugleich. Dann lief sie zu dem bequemsten Stuhl im Haus – meinem – und lümmelte sich hinein. »Bekommen wir Tee? Ich mag Tee. Aber nicht dieses blumige Zeug. Echten Tee.«

Ich war fast überwältigt von dem Wandel, dass nun mehrere extrem machtvolle Persönlichkeiten in meinem Wohnzimmer Platz genommen hatten und Getränkebestellungen in Auftrag gaben. Anstatt dagegen anzukämpfen, holte ich Getränke, Kekse, Cheetos und andere Snacks von unserem letzten Gaming-Tag heraus.

Chunta trank Cola, während Osian ein Bier bekam. Er rümpfte die Nase über das Bier, das ich ihm reichte, etwas darüber murmelnd, dass es abscheulicher als Wasser wäre, aber ich ignorierte ihn geflissentlich. Als hätte ich mir Craft-Bier leisten können.

»Also. Was suchen die drei Gründungsmitglieder des Heidnischen Gremiums in meinem Wohnzimmer?«, fragte ich, als ich mich endlich hinsetzte.

»Nur zwei«, erklärte Milli und schenkte mir ein halbes Lächeln. »Ich war eine Nachzüglerin.«

»Okay, okay. Aber ...«

»Wir würden gerne mit dir sprechen. Und mit deinem Dschinn«, antwortete Osian, lehnte sich vor und lenkte unsere Aufmerksamkeit durch diese kleine Bewegung auf sich. »Der Angriff auf dich war meisterhaft koordiniert. Die nachfolgende Attacke hätte uns ebenfalls fast überrascht.«

»Nachfolgende Attacke?«, fiepste ich.

»Ja. Eine weitere Gruppe hat versucht, sich an deinen Wohnsitz anzuschleichen, während wir uns auf den ursprünglichen Angriff konzentrierten. Glücklicherweise hat Milli davon sowie von den bestochenen Magiern Wind bekommen«, antwortete Osian kopfschüttelnd. »Wir haben es geschafft, uns darum zu kümmern, aber es scheint, dass deine Feinde hartnäckiger geworden sind.«

»Das muss komplett geräuschlos gewesen sein«, warf ich leise ein. »Ich habe es nicht mitbekommen.«

»Ein simpler Isolationszauber.« Nur dass es nichts Simples an einem Zauberspruch gab, der das Äquivalent eines magischen Kampfes direkt vor meiner Tür verheimlichen konnte, egal was Osian sagte. Selbst wenn es möglich wäre, gab es nichts Leichtes daran. »Aber das, beziehungsweise unsere Verluste sind nicht die Gründe, worüber wir mit dir sprechen wollen.«

»Was ist es dann?«, fragte ich, den Kopf neigend.

»Wir sind hier, um über deine Zukunft zu reden«, entgegnete Osian. »Wir nehmen an, dass wenn du dein … Level steigerst, unabhängig sein wirst. Ein freier Akteur. Du hast in der Vergangenheit Geringschätzung gegenüber Autorität und Organisationen aufgezeigt. Aber kürzlich habt ihr, du und das Magierkonzil, euch über diese Auffassung hinweggesetzt.«

Ich blickte düster. »Caleb gibt mir Unterricht.«

»Und deine bevorstehende Graduierung«, fügte Osian hinzu. »Beabsichtigst du, dem Konzil beizutreten?«

»Ich … nun …« Ich lehnte mich zurück, mein Verstand rotierte. Teile, die ich noch nicht gänzlich an ihren Platz gepackt hatte, fanden ihre Position und ich atmete fluchend aus. »Natürlich. Ihr alle geht davon aus, dass ich ihnen beitreten und Lilys Ring geben werde.«

»Bei deinem Tod, ja. Oder schlimmer, dass du ihnen das magische Wissen des Dschinns verleihst.« Osian nahm einen Schluck vom Bier und verzog beim Abstellen das Gesicht. »Das bedeutet nichts Gutes, besonders nicht für uns.«

»Besonders nicht für euch?«

»Wir«, er schloss mit einer Handbewegung sich und die anderen beiden ein, und ich war im Bilde, dass er in Wirklichkeit ihre Gruppierung meinte, »sind Vertreter einer Fraktion aus einer Reihe von Lehren, die nicht zu deinem Magerkonzil passen. Sie mögen womöglich denken, dass wir böse sind, und ...«

»Und sie sind die größere Organisation und würden euch gegebenenfalls ausmerzen?« Ich wusste auf irgendeine Art, worüber er redete. Caleb hatte die Neigung, selbstgefällig zu sein, und der Rest seiner Leute war sogar noch schlimmer. Weitaus schlimmer. »Ihr macht euch Sorgen, dass sie eure Leute abwerben und euch eurer Mitglieder berauben? Und womöglich eure Traditionen auslöschen?«

»Würde ich eure Leute unterrichten, wäre es für euch besser«, meinte Lily kopfschüttelnd. »Eure Magie, das alles ist so verdammt ineffizient.«

»Lily ...«

»Nein. Lass den Dschinn sprechen«, erwiderte Chunta, Lily mit seinem Blick fixierend. »Erzähl uns, wie wir versagen.«

»Es ist keine Sache des Versagens. Ihr seid bloß nicht gut in dem, was ihr tut«, entgegnete Lily. »Oh, ihr habt vielleicht ein paar neue Tricks auf Lager und einige Fortschritte erzielt, aber wie ihr mit der Kraft umgeht, ist nicht effektiv. Eure Vorfahren vor zweihundert Jahren haben das besser verstanden.«

»Beschuldigst du uns, einen Teil unseres Wissens verloren zu haben?« Chunta knurrte.

»Beschuldigen? Habe ich jemals von Schuld gesprochen? Nein. Ich habe nur gesagt, dass sich eine große Menge der Magie, die ihr einst zur Verfügung hattet, verflüchtigt hat. Und dass ihr damit beschäftigt seid, sie nachzuformen.« Lily deutete auf jeden Einzelnen. »Ihr drei habt so immense Macht, dass ihr Henrys schlampige Schutzzauber außer Kraft setzt.«

»Hey!«

»Und es geht nicht einmal darum, dass ihr eure Magie umherwerft. In der Tat kann keiner von euch seine Aura kontrollieren.« Lily schnaubte abfällig. »Ihr alle, von Magiern bis hin zu Druiden, ihr seid so mit dem Streit beschäftigt, wessen Magie besser ist, wessen Magie richtiger oder traditioneller ist, dass ihr ignoriert, was wirklich das Beste ist. Mer, Yup'ik, Solomon, niemand von ihnen wäre jemals so oberflächlich gewesen. Bei Magie geht es um Willenskraft und Training. Es geht um Formeln, Weitblick und Übung. Und ihr alle meint weiterhin, dass euer Weg der beste sei. Aber der Beste, der Klügste, der Mächtigste … sie haben aus jeder Tradition gestohlen, die Zauber genutzt und angepasst. Also ja. Wenn ich sie unterrichten würde – dann würde das Magierkonzil eure ›Leute‹ wegschnappen wollen und sie wären die Besten. Weil ich sie lehren würde, wie man echte Magie wirkt, nicht die Partytricks, auf die ihr so stolz seid.«

»Ich habe es dir doch gesagt. Sie ist ein Dämon«, unterstrich Chunta und lehnte sich zurück, sein vorheriger Zorn war verflogen, als er zu seinen Freunden sah. Für einen Mann, der Lily erzürnt und ihre Tirade losgetreten hatte, schien er in ihrer Gegenwart vollkommen unbeschwert zu sein. »Sie kümmert sich nicht um unser

Volk oder unsere Traditionen. Es wäre am besten, wenn man sie vernichten würde.«

»Ich stimme nicht zu«, erwiderte Osian kopfschüttelnd. »Obwohl sie vielleicht ungehobelt ist, hat sie recht, dass wir alle einen Großteil unseres Wissens verloren haben. Falls sie – falls Henry – bereit wäre, uns etwas unserer alten Magie zu lehren ...«

»Bah, der Junge wurde schon von ihr und dem Konzil korrumpiert«, meinte Chunta. »Zu gefährlich. Lass sie sterben.«

»Hey!«, rief ich, die Hand auf den Tisch schlagend. »Ihr wisst schon, dass wir auch anwesend sind?«

»Ihr Schicksal zu entscheiden, war nicht, womit wir vom Gremium beauftragt wurden. Wir sind hier, um Erkundigungen anzustellen.« Osian fuhr fort, mit Chunta zu diskutieren, mich ignorierend.

Milly schwieg, als sich die Männer stritten, nippte an ihrer Tasse dampfenden Tees und schien über all dem zu stehen.

»Ich bin auch noch da!«, insistierte ich erneut, stärker auf den Tisch klopfend. »Also warum versucht ihr nicht, mit mir zu reden, statt Prognosen abzugeben?«

Und dann wurde mein Wunsch erfüllt. Beide wandten sich mir zu, um mich zu betrachten. Meine Kehle wurde trocken, während sie mich ansahen, als erwarteten sie, dass ich etwas sagte.

Ich wand mich einen Moment lang, dann räusperte ich mich und sprach: »Schaut. Ich weiß nicht viel über Tradition oder welche Magie besser ist. Nun, ich ahne es irgendwie. Weil Lily recht hat. Sie lehrt Magie, pure Magie. Ich habe ... Informationen, Zaubersprüche, Zahlen, die in meinem Kopf herumgeistern. Und manchmal ist das, was ich von den Magiern lerne, nicht korrekt. Und was ich innehabe, funktioniert besser. Und ja, ich absolviere trotzdem ihren Test für Lehrlinge. Weil sie es mir angeboten haben. Sie haben mir versprochen, mich zu unterrichten.«

Ich atmete tief ein und hastete weiter, nicht vollkommen sicher, wohin ich damit wollte. Aber ich wusste, dass ich es durchziehen musste, bevor sie entschieden, mich zu unterbrechen. »Und ihr habt das nicht getan, ihr habt nur über mich gewacht. Habt ihr auf irgendeine Art geglaubt, dass ich euch aus irgendeinem Grund beitrete? Zur Hölle, ich habe niemals auch nur mit euch oder euren Wächtern gesprochen. Soweit ich es sagen kann, wolltet ihr mich genauso tot sehen wie die Templer. Daher ging ich wohl davon aus, dass das Magierkonzil meine einzige Möglichkeit wäre, denn sie hatten mir als Einzige eine andere Option angeboten. Jetzt, da ihr wahrhaftig mit mir redet ... nun, die Dinge haben sich geändert, oder nicht? Und vielleicht werden wir in der Lage sein, über Alternativen zu reden. Aber auch wenn es keine gibt, warum glaubt eigentlich jeder, dass ich im Gleichschritt mit dem Konzil marschiere? Sie sind ein Haufen aufgeblasener Arschlöcher.«

Ich war außer Atem und griff nach meiner Tasse. Ich leerte sie, um meinen trockenen Mund zu füllen, und um etwas, irgendetwas anderes tun zu können. Als ich meine Tasse absetzte, tauschten die drei Blicke untereinander aus, bevor sie aufstanden.

»Was?«, fragte ich.

»Ich glaube, wir haben alles erfahren, was wir in Erfahrung bringen mussten«, antwortete Osian.

Chunta schnaubte, schritt zur Tür und wartete nicht einmal auf seine Begleiter, damit sie aufholen konnten. Alexa beobachtete die Gruppe beim Hinausgehen – die anderen beiden entfernten sich etwas höflicher, aber genauso schnell. Binnen kurzer Zeit waren wir drei wieder allein.

Nachdem ich mich mit einem Softdrink auf die Couch gelümmelt hatte, ließ ich meinen Kopf sinken und seufzte leise. »Ich habe es vergeigt, stimmt's?«

Eines Dschinns Wunsch

»Ich bin nicht sicher, ob es jemals etwas gab, das du hättest erreichen können«, erwiderte Alexa und ließ die Jalousien los, durch die sie gespäht hatte.

»Osian und Milli sahen aus, als könnten sie ihre Meinung ändern ...«

»Milli war nur hier, um mich zu sehen«, warf Lily ein. »Ich glaube nicht, dass das, was du gesagt oder getan hast, einen Unterschied ausmacht. Sobald sie meine Stärke beurteilt hatte, war sie zu einer Entscheidung gekommen.«

»Wie ...« Ich presste die Lippen aufeinander. Ich war mir nicht sicher, ob ich ihre Einschätzung teilte. Ich hatte nichts gesehen, was Milli getan hatte, um diese Überzeugung zu rechtfertigen. »Aber ist das so, weil ich mich den Magiern annähere? Ist es der Grund für all das?«

Alexa zuckte mit den Schultern. »Vermutlich. Es könnte auch eine passende Ausrede sein. Es könnte sein, dass die Zeit der Abmachungen vorbei und das Gleichgewicht zu denen, die dich tot sehen wollen, gekippt ist.«

Ich seufzte traurig. »Hoffentlich denken sie darüber nach. Vielleicht, vielleicht werden sie sogar helfen.«

Alexa sah mich mitleidig an, gab aber letzten Endes nach. »Vielleicht.«

Kapitel 8

»Schön, dich so früh hier zu sehen«, grüßte ich Caleb, meinen sogenannten Lehrer. Und es war sehr früh – wir hatten gerade erst mit dem Frühstück begonnen, bevor es an der Tür geklopft hatte.

»Was hast du zu den Heiden gesagt?«, blaffte Caleb und drängte sich an mir vorbei.

Ich seufzte. Einer der Aspekte meiner Schutzzauber war, dass ich sie so kodiert hatte, dass alle ohne feindselige Absicht durchgelassen wurden. Obwohl es simpel genug für jemanden auf Calebs Level wäre, den Zauber auszutricksen, war er – wie unsere letzten Besucher – weiterhin durch Lily limitiert. Nur für jemanden auf meinem Level wäre es schwierig, die Schutzzauber zu durchbrechen.

»Was ist denn passiert?«, fragte ich und wurde ernst. Ich sah, wie aufgewühlt der Magier war, an seiner Art, wie er mich anblickte, an mir vorbeistürmte und Lily und Alexa in ihren Morgenklamotten kaum einen Blick zuwarf. Obwohl sie einen stattlichen Anblick boten, da Lily in einem pinken Häschen-Einteiler steckte und Alexa schon für ihre Morgenübungen gekleidet war.

»Sie haben heute Morgen ihre Unterstützung zurückgezogen«, antwortete Caleb, die Lippen geschürzt.

»Genau wie zwei Drittel derer, die über dich wachen. Selbst die Templer haben angedeutet, dass der Orden eine Konferenz einberufen hat, um zu beraten, ob sie uns weiterhin helfen werden.«

»Warte mal. Was? Ich dachte, sie wollten den Ring ...« Ich sah zu Alexa. Ich war mir nicht ganz sicher, warum sie den Ring wollten. Sie hatten es niemals exakt erklärt.

Auf meinen Blick hin zuckte Alexa mit den Schultern.

»Wollten sie. Aber sie sind nicht mehr so groß, wie sie einst waren. Und es gibt Bedenken, dass dein Schutz den Verlust von noch mehr Templern nicht wert ist.« Calebs Augen verengten sich, als er fortfuhr. »Ich wurde angewiesen, mit dem Konzil selbst zu sprechen. Zum gleichen Thema.«

Mein Kiefer klappte herunter. »Gebt ihr mich auch auf?«

»Nein. Nicht, wenn ich auch ein Wörtchen mitzureden habe«, konstatierte Caleb. »Aber einige Zugeständnisse wären beruhigend.«

»Zugeständnisse welcher Art?«

»Dass du uns beitreten wirst. Dass wenn du mit dem Ring fertig bist, ihn uns zur Verwahrung geben wirst.« Caleb hob den Zeigefinger. »Egal, was alle über uns sagen, wir sind erstklassig darin, die wirklich bösen Artefakte aus dem Verkehr zu ziehen.«

»Böse Artefakte?«

»Ja. Wie Blackbeards Truhe. Muhammads Gefäß. Das strangulierende Seil von Kuching.«

»Nie davon gehört.«

»Eben!«

Anstatt Caleb zu antworten, sah ich zu Lily, die auch mit den Schultern zuckte. »Er hat nicht gany unrecht. Das Gewölbe endlosen Raums des Magierkonzils ist dafür bekannt, außergewöhnlich sicher zu sein.«

Ich schenkte Lily ein knappes Nicken, bevor ich Caleb ansah und murmelnd Zeit schindete, während meine Gedanken kreisten. »Du weißt doch, der Grund für den massiven Widerstand ist, dass das Magierkonzil versucht, alles an sich zu reißen. Jeder ist besorgt, dass ich mich zu sehr zu euren Gunsten verbiege. Dass es unterm Strich kein fairer Wettkampf wird und ihr sie allesamt unterjochen werdet.«

Caleb hob ratlos die Schultern. »Lilys Wissen wirkt gewiss wie ein Magnet auf uns. Genauso wie der Ring und die Macht, die er innehat. Aber versteh doch, wir haben vor allem an dir Interesse. Ungeachtet deiner unorthodoxen Einführung in unsere Welt hast du dich wunderbar eingefügt. Deine Magie und deine Zaubersprüche bieten dir eine präzedenzlose Flexibilität, insbesondere verglichen mit unseren eigenen Lehrlingen. Wir passen bereits Unterrichtseinheiten entsprechend an. Ich erwarte außergewöhnliche Dinge von dir. So wie viele im Konzil.«

Ich bemerkte, wie Caleb den wunden Punkt mied, wie er mir Honig ums Maul zu schmieren versuchte. Nicht, dass es nicht gut tat. Der normalerweise wortkarge Magier machte mir tatsächlich Komplimente, was eine nette Abwechslung war. Aber ... »Ich weiß nicht. Du bist ziemlich entgegenkommend, aber ich bin mir nicht sicher, ob ich zu einem Teil deines Konzils gemacht werden will. Ich kenne es kaum.«

»Dann triff dich mit uns.«

Ich schüttelte den Kopf. »Noch nicht.«

Calebs Augen verengten sich. »Solltest du uns keine Zusicherung anbieten, wird es schwierig, das Konzil zu überzeugen, mehr Ressourcen aufzuopfern. Im besten Fall. Vielleicht werden wir ebenfalls dazu gezwungen sein, uns zurückzuziehen.«

»Ich weiß.«

Caleb starrte mich an und ließ seinen Blick das Reden übernehmen. Doch ich weigerte mich, mich von ihm abzuwenden oder meine Meinung zu ändern. Im Endeffekt lief Caleb hinaus, vor sich hin murmelnd. Ich blieb ernst, bis er gegangen war. Doch als Lily Calebs letzte Momente nachäffte, murmelnd und mit dem Fuß tippend, die Arme unter ihren Brüsten, brach ich in Lachen aus.

»Stopp. Bitte«, flehte ich.

»Aber ich bin doch so enttäuscht von dir«, jammerte Lily in einem mürrischen Ton.

Alexa kicherte und hielt dann die Hand vor den Mund. Ich lachte. Eine Zeitlang teilten wir uns diesen Lacher, dann wandten wir uns dem Essen zu. Erst als wir fertig waren und aufgeräumt hatten, kehrten unsere Gedanken zu dem Besuch zurück.

»Bist du dir sicher, dass du das Konzil treffen willst?«, fragte Alexa, sich aufrichtend.

»Nicht wirklich. Sie sind ... gefährlich«, erwiderte ich. »Selbst wenn Lily jedem Einzelnen von ihnen in den Arsch treten könnte ...«

»Oder allen gleichzeitig!«

Ich ignorierte Lily und fuhr fort. »Sich an ihren Ort der Macht zu begeben, würde selbst für Lily einen Nachteil bedeuten. Sie hatten Hunderte von Jahren Zeit, um Verteidigungen aufzuschichten. Ich bin nicht sicher, ob Lily sie davon abhalten könnte, mich zu töten, falls sie das vorhätten.«

»Stimmt ...« Alexa neigte den Kopf von einer Seite zur anderen. »Tut mir leid, ich bin nur daran gewöhnt, dass Lily, nun ja, Lily ist.«

»Sie ist machtvoll, aber nicht allmächtig«, entgegnete ich. »Bis ich nicht aus eigenen Kräften entkommen könnte, werde ich mich nicht in solch eine Situation begeben.«

»Aber wir werden unsere gesamte Unterstützung verlieren.« Alexa sah zur Tür und dem, was dahinter lag. »Glaubst du, die Regierung ...?«

»Sie wird sich da raushalten.« Nachdem ich das restliche Geschirr im Trockengestell mit den Tellern zusammen platziert hatte, trocknete ich mir die Hände ab und wandte mich von der Spüle ab. »Das ist ihre Herangehensweise, oder nicht? Sie überlassen es uns, untereinander auszukommen, während sie ein Auge offenhalten, dass die Dinge nicht außer Kontrolle geraten. Uns loszuwerden, verursacht zu viele Probleme, zumal die übernatürliche Welt langsam ausstirbt.«

Alexa verzog das Gesicht, musste aber zustimmen. So machtvoll Magie war, so mächtig wir individuell waren, die Menschheit hatte ihre schiere Anzahl und die Technologie, die Chancen mehr als auszugleichen. Darum lebte die übernatürliche Welt friedlich neben der Menschheit. Zum größten Teil. Es gab noch immer einige Länder, die von

Übernatürlichen geführt wurden, aber meist im Hintergrund als Strippenzieher.

»Was tun wir denn dann?«, erkundigte sich Alexa, während sie sich eine weitere Tasse Kaffee eingoss.

»Nun ja, die Magier und der Orden haben uns noch nicht verlassen. Also finde ich, wir sollten uns überlegen, was wir tun können, um unsere Verteidigung aufzurüsten«, antwortete ich und sah mich im Haus um, die mittlerweile verstummten Schutzzauber beäugend. Um sicherzustellen, dass wir nicht die Kaution verlieren würden, hatte ich die Schutzzauber tatsächlich mit einer metallischen Farbe aufgemalt, als ich sie erschuf. Dort, wo ich es konnte. In besonders sensiblen Bereichen – wie an unserer Haustür und ihrem Rahmen –, hatte ich sie in das Holz geschnitzt. Vorwiegend waren die Schutzzauber aber durch Farbe und Mana verankert, was, wie ich zugeben musste, nicht die leistungsfähigste Methode war. »Dafür brauchen wir mehr …«

»Geld.« Alexa nickte. »Dann werde ich mal auf die Suche nach ein paar Quests gehen.«

Ich nickte und lief zu meinem Computer hinüber. Es war an der Zeit, die gute alte Stellenbörse zu durchforsten.

***

Eines Dschinns Wunsch

Es war aufschlussreich, wie in den letzten Jahren mehr und mehr Angebote auf die Stellenbörse übertragen wurden. Zuerst meldeten sich nur Grenzfälle und diejenigen im Forum, die verzweifelt nach trivialer Hilfe suchten. Es half, dass Bast, der Eigentümer des Forums, die Funktionalität verbessert hatte. Jetzt bekam jeder, der es nutzte, sein eigenes Profil. Jobs wurden nach ihrer Schwierigkeit charakterisiert, und diejenigen, die nach Jobangeboten suchten, wurden mit ihrem Profil ebenfalls eingestuft, da sie jeden Job öffentlich und offiziell annahmen.

Um mit dem Wachstum der Stellenangebote Schritt zu halten, hatte Bast sogar Arbeit ausgelagert, jede Region hatte ihre eigenen Moderatoren, die die Nutzer überprüften und sicherstellten, dass niemand doppelte Profile erstellte und dass alle Jobs angemessen klassifiziert wurden. Letzteres war vermutlich ihre größte Sorge, da ein fehlerhaft kategorisierter Auftrag ohne Verschulden des Arbeitnehmers zu einem körperlichen Schaden oder einem Misserfolg führen konnte. Darum wurden die Bewertungen für beide Seiten erstellt.

Ein weiterer Grund, warum die Jobbörse so gefragt war, bestand darin, dass alle hochrangigen Jobs von Bast selbst verifiziert wurden, was diese weniger riskant machte.

Verständlicherweise mussten die verschiedenen User für das Recht, diese Aufträge zu übernehmen – oder sie zu posten – sich hocharbeiten und eine qualifizierte Abschlussrate im Forum besitzen.

Das alles bedeutete, dass ich jetzt die Möglichkeit hatte, die breite Vielfalt der Jobs sehen zu können, die für jemanden wie mich zur Verfügung standen. Auch daran lag es, dass El mich nicht mehr so oft sah, da ich relativ beschäftigt war.

Diesmal änderte ich allerdings meine Filtereinstellungen.

Normalerweise suchte ich nach komplexen, gewinnbringenden Aufträgen ohne Gewalt. Da ich kein traditioneller RPG-Charakter war, musste ich nichts töten, um mein Level zu steigern. Und obwohl Kämpfe mein Level erhöhen würden, führte ich sie nur, weil ich damit zwangsläufig besser im Beschwören von Zaubern wurde. Natürlich kombiniert mit dem Wissen, das in mein Gehirn gesteckt worden war, sowie den Kenntnissen, die ich in meinen Studien erlangt und gespeichert hatte. Nicht, weil ich vom Kämpfen irgendwelche seltsamen »Erfahrungspunkte« bekam.

Daher vermied ich generell gewalttätige Missionen. Als einer der stärkeren Übernatürlichen in der Stadt –

zumindest einer der stärkeren freiberuflichen Übernatürlichen – endete ich logischerweise ohnehin oft in Situationen mit äußerst üblen Problemen. Aber die meisten davon waren persönliche Anfragen, und nicht meine freie Entscheidung.

Heute war es anders.

Heute suchte ich nach Jobs, die üppig bezahlt wurden und in einem Tag oder weniger erledigt werden konnten. Was selbstverständlich Sammelaufgaben, Schutzzauberverstärkungen, Verzauberungsfixierungen und das Brauen von alchemistischen Tränken oder die Ausarbeitung einer Show ausschloss. Das bedeutete, dass ich mich um die Art Dinge kümmern musste, mit denen sich ein Mensch mit klarem Verstand normalerweise nicht befassen wollte.

Eine übernatürliche Pilzinfektion in einem Lagerhaus eines Alchemisten, die zur Hälfte ein fühlendes Wesen und zur anderen eine fleischfressende Pflanze geworden war.

Eine entkommene Chimäre.

Eine neue Gang von Rotkappen, die ihre Präsenz im Südwesten manifestierten und hauptsächlich Teenager ausnahmen, indem sie die angesagteste Droge vertickten.

Berichte über eine Schattenkreatur gleich in einem nahegelegenen Viertel, die sich in Schlafzimmer schlich und dann wieder entkam. Sie hinterließ meist einen erstickten Leichnam und Alpträume.

Es gab weitere Meldungen, aber diese vier Angebote waren die bestbezahlten. Die nächsten Stunden begutachtete ich Informationen über jeden dieser Jobs. Nur weil ein Auftrag weitestgehend korrekt in seiner ursprünglichen Beschreibung war, bedeutete das nicht, dass die Details nicht ein anderes Bild zeichnen konnten.

Der Beitrag über die pilzartige Infektion war seit drei Monaten online, zwei Andere hatten schon versucht, sie zu beseitigen. Zunächst hatte der Alchemist vor Ort versucht, den Pilz mit einem Trank zu vernichten, und es hatte funktioniert. Außer bei einem kleinen versteckten Teil, der der Säuberung entgangen war. Als der Pilz zurückkam, war er resistent gegen den alchemistischen Trank und die zwei weiteren Tränke, mit denen es der Alchemist probierte. An diesem Punkt wurde das Lagerhaus aufgegeben und der Auftrag ins Forum gestellt. Der erste Bewerber, der das Depot zu säubern versuchte, war ein Schamane, der zahlreiche Geister ins Spiel gebracht hatte, die das wesenlose Geflecht des Pilzes zerstören sollten. Das hatte verständlicherweise nicht einwandfrei funktioniert – zum einen war der spirituelle Körper eines Pilzes von Natur aus fast nicht existent und zum anderen war er enorm robust.

Eines Dschinns Wunsch

Der Pilz hatte es erneut geschafft, seiner totalen Vernichtung zu entgehen. Als nächster Anwärter kam eine Gruppe von empfindungsfähigen Slimes, die den gesamten Schauplatz gesäubert hatten. Bis der Pilz, er war erneut mutiert, die Slimes davonjagte, indem er die Hälfte von ihnen vernichtete.

»Also. Fleischfressend, halb empfindungsfähig, in der Lage, Slimes abzuwehren. Und der wurde als schwieriges C eingestuft.« Ich prustete erheitert. Es hatte womöglich als simples Problem auf Rang D begonnen, aber jetzt würde der Job bald Basts Aufmerksamkeit erregen. »Ich würde den hier nicht mal mit der Kneifzange anfassen. Speziell weil das verdammte Unternehmen seine Güter ›intakt‹ haben will.«

Als Nächstes waren die Rotkappen an der Reihe. Eine schnelle Überprüfung des Auftrags ließ alles klar erscheinen. Neben anderen Dingen war ein Grund für die hohe Bezahlung, dass die Übernatürlichen im örtlichen Viertel reichlich irdische Polizei vor Ort entdeckt hatten. Meine aktuellen Probleme berücksichtigend, war es keine gute Idee, in eine verdeckte Ermittlung verwickelt zu werden. Das ließ ich lieber sein.

Die Schattenkreatur war dagegen ein nächtliches Problem. Sie war unberechenbar, was bedeutete, dass ich

Zugriff auf die Häuser von Personen benötigte, die vielleicht – oder auch nicht – glauben würden, dass ich dort war, um Schutzzauber aufzustellen und zu versuchen, die Kreatur aufzuspüren. Wenn ich Glück hätte, gäbe es genug Spuren, das zu tun. Höchstwahrscheinlich musste ich aber weit reichende Verfolgungszauber aufstellen und darauf hoffen, die Kreatur zu fangen. Auf jeden Fall keine fixe Lösung. Was bedeutete, dass das nicht als »schneller« Job klassifiziert sein sollte. Die kleinen Freuden bei der Arbeitssuche – niemand stufte diese Dinge jemals korrekt ein.

Die gefährlichste Quest blieb also übrig – ein solides C+, schon an B grenzend. Die Chimäre töten. Die positive Nachricht war, dass ich alles hatte, was ich benötigte – ihr Unterschlupf war bekannt, die Bezahlung bereits auf einem Treuhandkonto, und ich musste die Chimäre nur töten, weil sie wild geworden war. Die unangenehme Nachricht war, dass es eine Chimäre war. Das hieß, dass meine Magie aufgrund ihrer angeborenen Widerstände weniger nützlich wäre.

»Alexa. Chimäre?«

Die Blondine blinzelte, ihr Haar nach dem Duschen gedankenverloren trocknend. »Fragst du, was sie sind, oder ob wir eine bekämpfen sollten?«

»Kämpfen. Es gibt dafür eine Quest.«

»Ich werde die meiste Arbeit bewältigen müssen ...« Alexa grinste. »Wie üblich.«

»Lustig. Dann machen wir uns mal fertig. Und bring dein Netz mit.«

***

Die Chimäre war dort zu Boden gegangen, wo sie schon einmal entkommen war – im High Park, einer kleinen Oase des Grüns in unserem urbanen Dschungel. Die Parkanlage war unter Joggern und Wanderern beliebt, weil sie ein Trio sanft ansteigender Hügel beinhaltete, mit einer Joggingstrecke, die die tieferen Areale der Hügel umkreiste und gelegentlich auch über sie hinweg verlief. Es war ein angenehmes Workout von 5 Kilometern, wenn man durch den gesamten Park lief. Ich war einige Male während der Sommermonate mit Alexa dort gewesen.

Im Park gab es außerhalb des Hauptweges Trampelpfade, die für diejenigen, die eine Herausforderung und eine grünere Strecke suchten, in Schuss gehalten wurden. Ich musste zugeben, dass ich es bevorzugte, auf den Hauptwegen zu joggen. Das Ausbleiben von

Stolperfallen und Spinnweben im Gesicht machte mich glücklicher.

Alexa fühlte sich dagegen auf diesen Pfaden wohl. Während wir tiefer in den Wald gingen, nutzte sie ihren Speerschaft dabei als Wanderstock. Wir liefen schweigend und hielten ein Auge nach potentiellem Ärger offen, auch wenn die Stellenbeschreibung angab, dass die Chimäre sich im Moment ruhig verhielt.

Als wir den ausgetretenen Pfad verließen, zeigten sich Anzeichen der Präsenz der Chimäre. In erster Linie war da der Mangel an Geräuschen. Nicht, dass der Park lärmintensiv war, aber der gelegentliche Ruf eines Vogels, das Herumhuschen eines Eichhörnchens, oder das Summen von Insekten, all das war zur Gänze verschwunden. Kein Wesen wollte etwas mit der Chimäre zu tun haben.

Als Nächstes kam der Gestank. Er begann subtil, ein Hauch von nassem Hund, und er wuchs an, bis er mir mit seiner Intensität fast den Atem raubte. Dass der Geruch korrumpierten Manas, welches die Kreatur ausströmte, sich genauso immens in meinem Kopf ausbreitete, schwächte meinen Würgereflex nicht ab. Doch wenigstens wussten wir, dass wir auf der richtigen Spur waren.

»Netz?«, gestikulierte ich zu Alexa.

Die Blondine nickte, stellte die Tasche ab und setzte ihre Ausrüstung zusammen. Ich nahm ebenfalls meinen Rucksack ab und zog den Reißverschluss weit auf, griff aber nicht nach einem meiner Schutzzauberblöcke. Wir hatten unsere optimale Strategie auf der Fahrt hierher besprochen, und jetzt mussten wir nah genug herankommen, um die Anwesenheit der Chimäre zu bestätigen.

Als magisches Konstrukt besaßen Chimären einige bemerkenswerte Charakteristika, die sie zu schwierigen Gegnern für Magier machten. Sie hatten eine hohe Widerstandskraft gegen jede magische Beschwörung auf oder gegen sie. Selbst ein Zauberspruch wie *Machtpfeil* oder *Feuerpfeil* wäre in seiner Effektivität massiv eingeschränkt, weil das korrumpierte Mana, das sie verdorben aussonderten, die Zauberformen aufspaltete. Dicht an ihrem Körper würde der Pfeil abgewendet werden beziehungsweise sich wegdrehen, seine innere Kraft würde sich auflösen. In manchen Fällen war es ihnen sogar gelungen, Stärke aus der Magie zu ziehen, die gegen sie eingesetzt wurde. Die effektivsten Mittel, sich um eine Chimäre zu kümmern, war die Nutzung von Elementarpfeilen oder Machtstößen und das Loslassen genau dieser Zauber, direkt bevor sie die Kreatur trafen.

Aufgrund der Korrumpierung, des Miasmas, und ihrer ursprünglich magischen Natur konnte man mit Vorhersage- und Verfolgungszaubern nur wenig anfangen. Die empfindlichen Zauberformen zerlegten sich in kurzer Folge nahe der Kreatur oder ihrer Wohnorte. Außerdem würden sie das Monster auf unsere Gegenwart aufmerksam machen. Zudem wäre es der Chimäre möglich, den »Geschmack« meiner Magie zu verkosten. Daher wurde eine derartige Überprüfung besser nicht angewendet.

Der andere Aspekt, der es schwierig machte, mit Chimären umzugehen, war ihre schiere Vielfalt. Das gewöhnliche Bild eines Löwen, einer Ziege und einer drachenköpfigen Kreatur war nicht falsch, nur unvollständig. Chimären waren magische Konstrukte, die aus einer Reihe von Geschöpfen zusammengepresst wurden. Die Resultate waren so unterschiedlich wie die wahnsinnigen Magier und »Wissenschaftler«, die sie zusammenstellten. Es gab eine kleine, aber beträchtliche Industrie für »markierte« Chimären – eine Formulierung für Kreaturen, die als Haustiere oder Wachhunde verkauft wurden. In diesem Fall traten wir einer der Letzteren gegenüber, ihre Kontrollzauber waren nach einem »Unfall« beschädigt, ohne die Möglichkeit einer Reparatur.

Nein. Ich wusste nicht, was bei dem Vorfall passiert war. Und ich hatte nicht gefragt.

Sobald Alexa bereit war, in ihrem gepanzerten Mantel und einem Schuppenpanzerrock, der gleich über ihren gepanzerten Knien endete, schlichen wir näher. Die Ex-Novizin hatte die Speerspitze angeschraubt und trug das beschwerte Netz in der Hand, behutsam das Blattwerk mit der Spitze ihres Speers beiseiteschiebend.

Während ich mich unter einen Ast duckte und eine Grimasse zog, als ein verstecktes Spinnennetz über mein Gesicht strich, entdeckte ich die Höhlung, die die Chimäre zu ihrem Unterschlupf gemacht hatte. Ein kleiner Erdhügel erhob sich vor der Öffnung, die sich unter einem umgestürzten Baum befand, das Innere des Verstecks war dunkel und nicht besonders einladend. Ich hob die Hand, um Alexa ein Zeichen zu geben, die daraufhin nickte. Wir beide hockten uns hin, um verborgen zu bleiben. Als wir keine Bewegung erblickten, runzelte ich die Stirn, unsere Optionen abwägend.

Falls die Chimäre ihr Versteck verlassen haben sollte, wäre das Platzieren von Schutzzaubern Zeitverschwendung und könnte ihr ermöglichen, uns zu erwischen. Befand sie sich dagegen drinnen, so wären die Zauber die sicherste Möglichkeit, sie zu fangen. Ich blickte auf die dunklen

Stellen der Blätter um das Loch herum. War die Kreatur wiederum draußen auf der Jagd, dann waren Menschen in Gefahr.

Ich sah zu Alexa, die ihr Netz hob und in Richtung des Schlupfwinkels gestikulierte. Ich nickte und entschied mich dafür, an unserem ursprünglichen Plan festzuhalten. Wir entfernten uns etwas voneinander und taten unser Bestes, lautlos zu dem Loch zu schleichen. Leider schenkte ich dem Unterschlupf selbst zu große Aufmerksamkeit, und nicht dem Untergrund. Ich trat auf einen trockenen Zweig, der ein schallendes Knacken durch den stillen Wald sandte.

Ich erstarrte. Alexa nicht. Sie huschte vorwärts und wirbelte das Netz umher, damit es sich leicht öffnete. Ich spannte mich an und erwartete, dass die Kreatur jeden Moment heraussprang. Alexa rutschte direkt bis zum Eingang und stoppte dort. Sie hielt inne und spähte in die Dunkelheit, bevor sie sich zu mir umdrehte, längst den Kopf schüttelnd. Ich seufzte, entspannte mich und sah dann aber, wie sich ihre Augen vor Schreck weiteten.

Geübt durch jahrelange Praxis warf ich mich instinktiv nach vorne, gerade als ich den Zauber *Machtwall* formte. Doch während sich die Zauberformel in meinem Verstand erschuf, fühlte sie sich glitschig und falsch an. Der Wall ließ sich nicht wie üblich zusammensetzen.

Eines Dschinns Wunsch

Die Chimäre traf meinen Rücken und verwandelte meine geplante elegante Rolle in einen Purzelbaum, bei dem mein Kopf zu Boden gedrückt wurde und mich mit einem Geschmack von Erde und Blättern im Mund zurückließ. Sie war schwerer, als ich erwartet hatte, die bärenhundartige Mischung verschaffte dem Monster Muskeln und Knochenmasse. Glücklicherweise verhinderte der beschworene Erdwall wirklichen Schaden, auch als ich mich verzweifelt zur Seite rollte.

Beschwörung Machtwall
Synchronität: 31%

Ich spreizte die Finger vor meinem Gesicht, und der *Machtwall* erwischte die geifernde Chimäre, just bevor sie sich in mein Gesicht fetzen konnte. Zum ersten Mal sah ich das Monster in voller Größe. Je zwei extralange Fangzähne oben und unten. Eine kurze Zunge, die vor schäumendem Speichel triefte. Zwei wütende, winzige Augen starrten mich an, während die Kreatur erneut gegen den *Machtwall* schlug. Irgendwie hatte ich es mit meiner Drehung geschafft, die Chimäre, die ihren Körper im Gleichgewicht hielt, so von mir fortzudrücken, dass ihre lange und flache, mit schwarzem Fell bedeckte Gestalt nur zur Hälfte auf mir lag. Selbst so nahm ich wahr, wie sich die Verzauberungen meiner Jacke aktivierten, als sie gegen das Gewicht ankämpften.

Obwohl ich sie weiter wegzudrücken versuchte und mit dem *Machtwall* von mir fernhielt, spürte ich, wie sich die Zauberformel krümmte und verdrehte. Die Formel hielt nicht stand, als die Essenz der Chimäre meinen Zauber fraß. Ein scharfer Schmerz traf meine Beine, dann noch einer, wie von einem harten Stock, der dagegenknallte und ein stechendes Gefühl hinterließ. Die Attacken ließen den Zauber wanken, da mir meine Konzentration entglitt. Als ich nach unten blickte, bemerkte ich die drei Schwänze – jeder lang und muskulös, wie der Körper einer Schlange – vor meinen Füßen hin und her peitschen. Gäbe es nicht die Verzauberungen, die ich in meine Jeans genäht hatte, wären meine Oberschenkel und Waden bedenklich zerquetscht worden. Oder noch schlimmer.

Ein ausholendes Schnappen wurde durch ein erneutes Komprimieren des *Machtwalls* aufgefangen. Meine Attacke prallte vom Gesicht der Chimäre ab und zermalmte ihre Nase, bevor sie den Kopf für einen weiteren Angriff hob. Nur um einen Speer in den Oberkörper zu bekommen, geworfen von meiner muskelbepackten Freundin. Er erwischte die Kreatur genau hinter ihrem Vorderlauf, warf sie durch den blanken Kraftimpuls von mir weg und ermöglichte mir, mich wegzurollen.

Alexa stieß zu mir, bereits das Netz über dem Kopf schwenkend, als ich auf die Beine kam. Ein halbherziger Wurf mit dem Netz bekam den Rücken des Monsters und einen Teil des Speergriffs zu fassen. Es wand sich heraus, stellte sich auf und schüttelte den Körper, um Speer und Netz abzuwerfen. Was für ein Pech für die Chimäre, dass jetzt ich an der Reihe war.

»*Sumpfiger Boden*«, schnipste ich und deutete nach unten, die Finger umherschnellend und drehend, bevor ich sie spreizte.

Mehrfach verbundene Zauberbeschwörung Sumpfiger Boden
Synchronität: 64%

Der Zauber setzte ein, beschworenes elementares Wasser füllte den Grund unter dem Monster. Zur selben Zeit verringerte sich die Viskosität des Bodens, was die Chimäre einsinken ließ. Sie kämpfte dagegen an, daher sank sie umso schneller. Ich versuchte nicht, den Zauberspruch zusammenzuhalten, sondern sandte eine Manawelle in sein magisches Gefäß, bevor ich es losließ, um meinen nächsten Spruch zu beginnen. *Sumpfiger Boden* war ein mehrfach verbundener Zauber, der *Beschwören*, *Temperatur verändern*, *Machtfinger* und *Resistenz verringern* miteinander verknüpfte. Deswegen begann er in dem Moment zusammenzubrechen, in dem ich ihn freiließ.

Als Nächstes formte ich einen *Eisspeer* und warf ihn auf das Monster. Der Zauber *Sumpfiger Boden* hatte sich aufgelöst und der Boden blieb trocken und hart zurück. Die Chimäre knietief darin versunken. Die Scherbe aus Eis schlug in ihre Brust ein, während sie sich freikämpfte, und warf sie nach hinten. Alexa sprang mit der Machete in der Hand hinüber und stutzte der Chimäre damit ein Ohr. Daraufhin jaulte diese auf.

Sie war gefangen, verletzt und umstellt, damit stand der Ausgang des Kampfes außer Frage.

***

Reinigen war ein bedeutender und nützlicher Zauberspruch. Während ich die Kampf- und Blutspuren an uns säuberte, betrachtete Alexa die Überreste der Chimäre. Sie rümpfte die Nase über den beschleunigten Verfall der Körperteile. Es erzeugte einen scheußlichen Gestank und stellenweise blieben Fleisch und Innereien zurück.

»Ist es erforderlich, dass wir irgendetwas davon mit zurückbringen?«, fragte Alexa und sah gänzlich unbeeindruckt aus bei dem Gedanken, die Finger in diese Sauerei stecken zu müssen.

»Nein. Das sollte in Ordnung sein. Wenn unsere Auftraggeber Zweifel haben, werden sie hier einen Vorhersagezauber beschwören.«

Mit einem Nicken beendete Alexa die Reinigung ihrer Klinge und gab mir einen Wink. Zusammen liefen wir zum Auto, während ich gedanklich schon unsere Belohnung ausgab. Probleme lösen würde teuer werden.

Kapitel 9

»Wie gewonnen, so zerronnen«, murmelte ich und starrte auf die Handvoll Kleingeld, die ich übrig hatte.

Im gesamten Wohnzimmer waren die von mir getätigten Käufe ausgebreitet, der Großteil kam von El, wohingegen der Rest aus dem lokalen Hardwareladen stammte. Nach einigem Überlegen entschieden wir uns gegen die Verstärkung der sich im Haus befindenden Schutzzauber. Der Zeitaufwand für die Entwicklung widerstandsfähigerer und mächtigerer Zauber war zu hoch.

Stattdessen hatte ich mich zur Arbeit an einer tragbaren Schutzvorrichtung entschlossen. Darum hatten wir unseren Couchtisch zur Seite geschoben, der Anfang eines Schutzzauberkreises lag ausgerollt auf dem Fußboden. Als Basis hatte ich Leder genommen – genau genommen Troll-Leder. Das Material war sorgsam gehärtet worden und hatte trotzdem einen Teil seiner regenerativen Eigenschaften und seinen makellosen Zustand behalten.

Nachdem ich über meine begrenzten Mittel nachgedacht hatte, wandte ich mich wieder dem Leder zu. Ich nutzte einen Stangenzirkel, um die Ränder des Kreises auf ein riesiges Blatt Papier zu zeichnen, das auf dem Leder selbst steckte. Sobald ich die mannigfaltigen Runen mit einem Bleistift vorgemalt und genug Platz für alles geschaffen hätte, müsste ich das Ganze noch verzaubern.

Anders als die meisten meiner sonstigen Schutzzauber wäre der portable Schutz eine Abwehr von kurzer Dauer. Er war nicht dafür gedacht, ewig zu halten. Bei der Menge an Kraft, die ich hindurch zu pumpen beabsichtigte, vermutete ich obendrein, dass er selbst ohne Attacke innerhalb von fünf Minuten erlöschen würde. Aber diese fünf Minuten würden ausreichen, dass die sekundären Verzauberungen sich aktivierten.

Bevor ich diese allerdings erschaffen konnte, musste ich sicherstellen, dass die primären Verzauberungen funktionierten. Um mich herum lagen die weggeworfenen Blätter vorheriger Versuche. Jedes Mal ruinierte ein klitzekleiner Fehler – oder eine bessere Idee – mein Werk. Als ich endlich die Arbeit mit dem Zirkel beendete, entspannte ich mich und seufzte erleichtert. Schritt eins war getan.

»Du weißt schon, dass es der zweite Tag in Folge ist, an dem du daran arbeitest?«, fragte Alexa kopfschüttelnd, während sie sich gegen die Wand lehnte. »Und du wolltest mehr Waffen bauen, stimmt's?«

»Ja. Aber das hier ist wichtiger«, erwiderte ich, auf das Leder deutend. »Wie du weißt, sind defensive

Verzauberungen langlebiger, wenn sie vorher beschworen wurden. Ich kann zwar einen machtvollen Zauber ohne jedes Nachdenken anbringen, doch ein ordnungsgemäß verzauberter Kreis könnte alle meine Attacken abwehren, und der Gegner darüber nur lachen. Deshalb sind ja allumfassende Angriffe gegen den Turm eines Magiers so selten. Wie auch immer, ich werde bald fertig sein.«

»Du hast noch nicht einmal angefangen, die Runen einzuschnitzen.«

»Aber ich habe herausgearbeitet, was ich überhaupt will. Hast du den Rest von meinen Sachen bekommen?«

»Ja. Zerdrückten Gescheckten Pochkäfer, das extrahierte Gift einer Naga, und die Lymphdrüsen eines Chupacabras«, antwortete Alexa naserümpfend.

»Spitze. Ich habe die Anweisungen irgendwo aufgeschrieben …« Ich beschwor einen Zauber und bewegte damit etliche Papiere, bis ich das gesuchte Dokument gefunden hatte. Ich winkte Alexa damit zu. »Hier. Folge den Instruktionen.«

»Ich …«

»Lily! …« Ich wartete, bis der Dschinn meinen Ruf zur Kenntnis genommen hatte, bevor ich fortfuhr. »Kannst du Alexa beaufsichtigen und sie warnen, falls sie irgendetwas falsch macht?«

Eines Dschinns Wunsch

Lily kam die Treppe herunter, die Stirn vor Konzentration runzelnd. Ich wartete, während sie die Restriktionen ihres Rings und des Wunsches überprüfte, bis sie ihr Gesicht entspannte. »Ja. Ich denke schon.«

»Siehst du. Leicht!«, rief ich Alexa heiter zu, die mir eine Grimasse schnitt.

Ich lachte, denn ich hatte die Arbeit weitergereicht, die am zeitintensivsten und unangenehmsten war. Natürlich hätte ich es selbst tun können – und tat es auch oft –, aber Alexa hatte klargestellt, dass wir nicht viel Zeit hatten. Es wäre besser, jetzt damit fertig zu werden, als zu warten.

***

Auf das langsam trocknende Stück verzauberten Leders starrend, beäugte ich im schwindenden Abendlicht kritisch den magischen Kreis. Nicht, dass es im Wohnzimmer dunkel war – mit dem Licht, das ich angeschaltet hatte, war es sogar heller als am Tag. Den verschiedenen verzauberten Materialien, dir wir vermischt hatten, wurden Gold- und Silberstaub beigefügt, bevor ich mir die Ruhe nahm, das Ganze gewissenhaft zu inskribieren. Statt Zeit damit zu verschwenden, Farbe aufzutragen, nutzte ich Magie, um die Mixtur zu schmelzen und zu verrühren, während die

Machtfinger vorsichtig die zähfließende Masse in die richtigen Bahnen lenkten. Währenddessen ließ ich mein Mana in das Gemisch strömen und schrieb die Runen mit der Zauberformel in das Leder.

Der Prozess hatte mich mehr erschöpft als irgendeine meiner anderen Verzauberungen jemals zuvor, und er hatte den Großteil von vier mühsamen Stunden eingenommen. Das finale Ergebnis war, für mein Auge, perfekt. Leider nicht für die anspruchsvolle Natur des Dschinns.

Beschwörung Inskribierte Runische Portable Zuflucht

Zaubergenauigkeit: 87,4%

Verzauberungshaltbarkeit: 34%

Maximale Dauer: 6,7 Minuten

Portable Zuflucht

Diese portable Zuflucht ist ein Zerrbild von Magie und Intention. Anstatt einen permanenten, sicheren Ort zu erbauen, konzentriert sich diese Zuflucht auf die Verstärkung der defensiven Mauern der Wohnstätte. So wird sichergestellt, dass sie sogar einem Treffer eines Erzmagiers widerstehen kann. Jedenfalls glaubt das der Erschaffer. Aktuell ist das eine unvollständige Verzauberung mit einem Verlust von 5,8% Effizienz aufgrund unvollendeter Verbindungen im Zentrum.

Erschafft bei Auslösung einen 5'x5'x8' großen geschützten Ort.

»Hart«, meinte ich, Lily beobachtend.

»Aber fair.« Lily schüttelte den Kopf. »Ich hätte etwas Traditionelleres bevorzugt. Aber ich verstehe deinen Gedankengang.«

Ich nickte. Die zweite Arbeit, die ich noch abschließen musste, war eine Teleportationsverzauberung. Das war im Grunde eine mit einer räumlichen Komponente verbundene Verzauberung. Der Plan schien simpel – man trat in den Kreis, löste die Zuflucht aus und die schützenden Wände zogen sich hoch. In der Zwischenzeit würde die Teleportationsverzauberung die Verbindung zum Zielort herstellen, bevor man hindurchgeschickt wurde.

Statt eines einfachen Teleportationskreises hatte ich es so aufgebaut, dass es fünf Minuten durchhielt. *Teleportation* war ein unglaublich komplexer Zauberspruch. Genau genommen war er so komplex, dass ich ihn nicht einmal beschwören konnte. Nicht die echte Teleportation.

Also würde ich stattdessen schummeln. Der Plan war, die Zauber *Verbinden*, *Verankern* und *Beschwören* zu nutzen, um das Prinzip der Teleportation zu umgehen. Ich würde uns mit dem Zauber *Beschwören* an den neuen Ort versetzen, dabei unternahmen die Personen innerhalb des Kreises eine kurze Reise durch eine andere Dimension. Viel, viel sicherer als ein tatsächlicher Teleportationszauber.

Immer noch wahnsinnig gefährlich, aber viel sicherer.

»Jetzt, da du diese Perversion fertiggestellt hast: Wie lautet der nächste Teil deines Plans?«, erkundigte sich Lily und sah auf die drei Plastikschläuche, die an der Seite lagen.

»Oh. Die. Einwegzauberstäbe«, entgegnete ich grinsend. »Ich hatte die Idee, wenn ich, statt die Luft selbst zu generieren, hohles Plastik nutze, einfach den Zauber *Windstoß* hineinstecken könnte.«

Lily verengte schon die Augen, aber bevor sie loswerden konnte, was ich falsch machte, lenkte uns ein Klopfen an der Tür ab. Nur wir beide waren anwesend, denn Alexa ging ihrem nächtlichen Job nach.

»Ärger?«, befürchtete ich und lief zur Tür, dabei griff ich nach meinem Stab. Ich hatte ihn außer Sichtweite gestellt, hinter die Tür, aber in den letzten Tagen war ich etwas paranoid geworden.

»Ärger klopft normalerweise nicht«, überlegte Lily.

»Hm. Stimmt.« Ich öffnete die Tür.

Draußen stand zu meiner Überraschung ein Fahrradbote, die Hand zum erneuten Klopfen gehoben.

»Herr Henry Tsien?«

»Ja?«

»Ein Dokument für Sie.« Der Bote händigte mir ein Klemmbrett für eine Unterschrift aus, bevor er mir den simplen Umschlag überließ.

»Danke.«

Ich schloss schon die Tür, als ich bemerkte, dass der arme Kerl ein Trinkgeld erwartete. Leider hatte ich meine Geldbörse nicht bei mir. Den magischen Stab, klar. Aber kein Geld. Bedauernd schüttelte ich den Kopf, schloss die Tür ganz und lief zurück zu Lily, den violetten Briefumschlag betrachtend. Für einen kleinen Umschlag war er ziemlich schwer und fest, was für ein hochqualitatives, dickes Papier sprach. Eine Einladung – überdies von alter Schule, mit einem Siegel auf der Rückseite.

»Seltsam.« Ich wedelte mit dem Brief vor Lilys Gesicht herum.

Als Lily das Siegel sah, versteifte sie sich. Es war dunkelrot, die Farbe etwas verwischt, und als ich den Umschlag höher hielt, spürte ich ein leichtes Prickeln von Magie. Nicht, dass ich mir Sorgen über einen magischen

Angriff machte, gleichwohl war hier definitiv Magie im Spiel.

»Hast du es erkannt?«

Anstatt direkt zu antworten, nickte Lily steif. Als ich erkannte, dass ich keine weitere Information von dem Dschinn erhalten würde, lief ich zur Küchentheke und legte den Brief vorsichtig beiseite. Ich griff nach meinem Rucksack, zog meine modifizierbaren Schutzzauberblöcke heraus und schnipste sie herum, bis die verzauberten Runen bereit waren. Ich platzierte den Umschlag in meinem Rucksack, ließ eine Machtwelle in den Schutzzauberblock strömen und versiegelte damit den Umschlag.

Sobald das erledigt war, konzentrierte ich mich abermals, beschwor *Machtfinger* und manipulierte ihn so, dass er sich öffnete. Als ich das Siegel brach, entkam ein Flimmern von Macht und rotierte umher, während der Zauber der Nachricht auf die Grenzen meiner Barriere traf und sich, nicht imstande ihr zu entfliehen, selbst zerstörte. Meine Augen verengten sich, bevor ich die Karte darin herauszog.

Die Einladung war von auserlesenem violettem Papier, die Mitteilung darauf in einer kursiven Handschrift, die an mittelalterliche Bibeln erinnerte, nicht die funktionale Kursivschrift, die uns beigebracht worden war. Ich legte den Kopf schräg und entschlüsselte die Worte, bevor ich die Karte umdrehte, um nach einem Postskriptum zu suchen. Nichts auf der Rückseite oder im Umschlag findend, löste ich den Zauber *Machtfinger*, ließ den Brief aber eingeschlossen.

»Interessant«, murmelte ich. »Ich wusste nicht, dass Rihanna eine Nutzerin von Magie war.«

»*Rhiannon*! Du ignoranter Popkultur liebender Nerd! Rhiannon. Die Feengöttin!« Lily konnte nicht ruhig bleiben, schloss aber sofort ihren Mund, als sie die Fältchen an meinen Augen und mein unterdrücktes Lachen bemerkte. Sobald ich es geschafft hatte, mich wieder einzukriegen, fuhr sie fort. »Da gibt es nichts zu lachen. Sie ist die Königin der Feen. Du kannst diese Einladung nicht ausschlagen.«

Ich wurde wieder ernst, neigte den Kopf und wendete mich Lily zu. »Wie mächtig ist sie wirklich?«

»Als Einzelne?« Sie spielte mit einer Haarsträhne, ging zurück zu ihrem Spiel und drückte einige Knöpfe, um den Abbau mit ihrem Schiff fortzusetzen, bevor sie mit leiser Stimme antwortete. »Wir messen Dinge nicht auf diese Weise. Oder taten es nicht. Sobald man einen bestimmten Punkt erreicht, ist ein Vergleich schwierig. Mächtig genug, Henry. Das sollte dir ausreichen.«

Ich grummelte, erneut auf den Umschlag tippend. »Und warum lädt sie mich ein? Uns?«

Lily zuckte mit den Schultern, ohne eine Antwort zu geben. Womöglich konnte sie es nicht.

Es war auf jeden Fall egal. Ich deutete auf die Einladung. »Also kann ich annehmen, dass es ungefährlich ist?«

Als ich keine Antwort von Lily erhielt, seufzte ich und pumpte etwas mehr Mana in den Schild. Lieber auf Nummer sicher gehen, als es am Ende zu bereuen. Trotz alledem hatte ich mir die Adresse eingeprägt. Ich nahm mir einen Notizblock, schrieb eine Nachricht für Alexa und zog mich um. Wenn man Lilys Reaktion bedachte, und dass die Einladung einen schnellstmöglichen Besuch verlangte, wäre es eine schlechte Idee, Rhiannon warten zu lassen.

***

Es gab viele Orte, an denen ich ein Portal zum Feenland vermuten würde. Zum Beispiel einen Kreis aus freistehenden Steinen auf einer von Misteln umsäumten Bergspitze. Wenn man ein Tolkien-Fan war, würden die Elben womöglich in die Oper oder ins Theater gehen – ihr wisst schon, kultiviert und versnobt. Ich würde sogar einen Park oder ein sicheres Lagerhaus akzeptieren. Eins, das die

Bewegung größerer Gruppen ohne Probleme erlaubte – insbesondere, wenn das Portal über einem Zusammenfluss von Kraftlinien lag.

Ich hätte nicht erwartet, dass es sich in einem Comedy-Club befand. Hineinzukommen war leicht. Ich musste nur die entsprechende Eintrittsgebühr bezahlen. Da ich erst zur zweiten Hälfte der Show kam, war die Person an der Vordertür bereit, mir einen Nachlass zu gewähren. Drinnen ging ich an die Bar, die sich gegenüber der Bühne befand, und beäugte den spärlich beleuchteten, halb gefüllten Raum. Ich rümpfte die Nase, als sich der Geruch von Popcorn und Alkohol mit rauem Gelächter vereinte.

Ich bestellte ein Bier und lehnte mich an die Bar. So. Das war die angegebene Adresse. Wenn ich die Einladung vorzeigte, würde ich vermutlich dorthin geführt werden, wo ich hinmusste. Aber ohne sie müsste ich den Weg selbst herausfinden. Während ich genüsslich über einen Witz über ein Huhn, ein Boot und eine College-Party kicherte, aktivierte ich meine Manasicht.

Sie war in gewissem Maße immer aktiv. Die Fähigkeit eines Magiers, die meisten *Glamour*-Zauber zu durchschauen und Mana zu erspüren, war ständig bereit. Aber es gab einen Unterschied zwischen sehen und *sehen* – eine Verschiebung der Wahrnehmung und

Aufmerksamkeit. Ich hörte auf, nur zu sehen, und fing an, zu *sehen*, ich registrierte den Strudel des mich umgebenden Manas in meinem Bewusstsein. Mit schnellen Schlucken leerte ich die Hälfte der Flasche, um mir Mut anzutrinken, und ging in Richtung Toilette.

Den Rest der Darbietung würde ich wohl leider verpassen. Aber wenn die Feen riefen, musste ich los.

Ich schaffte es den gesamten Weg den Flur hinunter, an den Toiletten vorbei bis zum Eingang »Nur für Mitarbeiter«, bevor ich erwischt wurde. Der Türsteher schien sich aus dem Nichts zu materialisieren, seine 2,10 Meter mit der Körperform eines Linebackers zogen meine Aufmerksamkeit erst auf ihn, als er sich vorlehnte und seine fleischige Pranke in meinen Weg streckte.

»Nur für Mitarbeiter«, grollte er, seine Stimme hallte wie ein ansteigender Trommelwirbel in meiner Brust wider.

Jetzt, da er sich bewegt hatte, konnte ich erkennen, was er war – ein Troll. Ein Feentroll, nicht einer der deutschen, die genauso genannt werden, aber eine gänzlich andere Spezies sind. Dieser hier war groß, mit dicken Ohren und knolliger Nase, mit Magie im Blut und mit der Stärke der Berge in den Knochen. Mit anderen Worten: Würde er mich ergreifen, könnte er mich zerquetschen.

Eines Dschinns Wunsch

»Ich bin eingeladen«, erklärte ich und hielt eine Hand hoch, ein Lichtzauber formte sich um sie herum.

Der Troll beobachtete meine Hand. »Magier Tsien.«

Mehr Aussage als Frage, doch ich nickte. Der Troll senkte die Hand, ließ mich vorbei und ich schritt zur Tür. Ein einfacher Druck öffnete sie und führte mich einen Korridor hinunter, der vor meinen Augen flimmerte. Ich blinzelte und erkannte, dass die Teilung des Flurs gleichzeitig illusorisch und wahrhaftig war – zum einen die magische Straße für diejenigen, die sie begehen konnten, und zum anderen die irdische Route für die Normalsterblichen.

Ich atmete aus, den Kopf schüttelnd wegen der sorglosen Nutzung von Magie. Auch wegen der Tatsache, dass die Straße ins Feenland kein freistehender Steinkreis war, sondern eine *Illusion* in einem Comedy-Club. Und weil ich mich an einen Ort begab, an dem ich nie zuvor gewesen war. Als ich auf die Straße trat, legte sich eine Hand auf meine Schulter, was mich innehalten ließ.

»Lily?« Ich glotzte meine Freundin an. »Wie …?«

»Wir befinden uns zwischen den Welten«, erwiderte sie. »Einige Regeln sind nicht so streng. Und wir waren beide eingeladen, oder nicht?«

Ich war von ihrer Anwesenheit überrascht, ich wusste, wie wenig Lily es mochte, aus dem Haus zu gehen. Selbst nach all diesen Jahren – die für den unsterblichen Dschinn womöglich nur einen Augenblick bedeuteten – war es noch immer ungewöhnlich für sie, unser Haus freiwillig zu verlassen. Doch als wir jetzt die sich windende Pflasterstraße entlanggingen und Nebel aufstieg, der unsere Beine streifte, spendete mir ihre Begleitung Trost.

»Du erinnerst dich doch an die Geschichten über die Feen, oder?«, erkundigte sich Lily. Sie strich ihre dunklen Haare über die Ohren und kuschelte sich in ihren Lieblingskapuzenpullover, auf dem »Lass dir echte Magie von mir zeigen« stand, und darunter ein Buch abgebildet war.

»Ja …« Ich kramte in meinen Erinnerungen. »Sie sprechen keine Unwahrheit, können aber durch irreführende Aussagen lügen. Ihre Versprechen sind bindend – so wie meine auch. Sie essen und trinken nicht, nehmen außerdem keine Geschenke an. Und vergeben keine, weil das Verpflichtungen schaffen würde.«

Lily verzog das Gesicht und schwenkte dann die Hand. »Zum Teil. Das Erste ist nicht richtig, und die anderen Dinge haben einige … Feinheiten. Doch ich habe keine Zeit, dich die Hofetikette zu lehren.«

»Noch könntest du«, stellte ich fest, den Kopf neigend.

Lilys Schultern hoben sich zu einem Schulterzucken.

Für den Moment ohne Konversationsthema beobachtete ich unsere Umgebung, frei von Geräuschen, wie es nur in einem nebelgefüllten Land sein konnte. Alles klang dumpf, selbst meine eigenen Schritte, während meine Sehfähigkeit auf wenige Meter gefallen war.

Als wir weitergingen, bemerkte ich, dass der Nebel sich allmählich lichtete, die Welt wurde zunehmend klarer. Entfernte Bäume verfestigten sich und ihre braunen Rinden wurden kräftiger, während ihre Blätter im fast unmerklichen Wind tanzten. Sie schimmerten, ich musste blinzeln und wurde langsamer, als ich ihre Bedeutung zu erfassen versuchte.

»Uff.« Eine Hand ergriff meine und zog meinen Blick fort, Lily war gestolpert. Ich half ihr, das Gleichgewicht wiederzuerlangen. Daraufhin schenkte sie mir ein verlegenes Lächeln. »Ein loser Stein.«

»Oh …« Ich registrierte die glatten Pflastersteine unter meinen Füßen und sah dann zum arglosen Dschinn, bevor ich tief einatmete und meine mentale Verteidigung erhöhte. Hier waren selbst die Bäume eine Gefahr.

Weil das Feenland nicht Teil der Erde war. Womöglich hatte es einst dazugehört, doch jetzt bildete es eine vollkommen andere Welt. Wie Avalon existierte es in einer Paralleldimension, die mithilfe von Feenstraßen und Feenkreisen zwar erreichbar war, jedoch abgesondert und unantastbar blieb. Ein magisches Land. Während ich lief, spürte ich meine magischen Sinne, meine Sicht, erschaudern und erwachen. Das Licht hier war heller, das Mana intensiver, die Gerüche stärker. Es ließ meinen Körper erwachen, als würde ich ein halbes Dutzend Energydrinks auf einmal trinken. Ich merkte, wie ich lächelte, selbst mit der Abgeklärtheit, die ich trainiert hatte, um Magie zu wirken.

Ein Zelt erhob sich ohne Ankündigung auf dem Hügel. Ein Vordach blockierte das Licht der – zwei! – Sonnen, während die Leute drinnen faulenzten, lachten und speisten. Die Fee, die am Eingang stand, war groß und erinnerte mich an Tolkiens Elben, jedoch mit feinen Unterschieden. Nicht menschlich, mit scharfen Zähnen und listigen Augen, wohingegen sie gleichzeitig elegant und kultiviert aussah, in Höflingskleidern, die seit mindestens drei Jahrhunderten aus der Mode waren. Und im Zentrum des mobilen Hofes stand ein einzelner Stuhl, auf dem eine Frau saß, die stattdessen praktische Reitbekleidung trug. Als ich das Zelt betrat, verstummten alle.

Für einen Moment erstarrte ich, doch ein leichter Druck von Lily auf meinen Arm ließ mich vorwärtsgehen. Ich hielt vor der Frau in Reitbekleidung an und verneigte mich tief. Als ich Lilys gestikulierende Hand neben mir bemerkte, beugte ich mich weiter hinab.

»Erhebe dich, Magier Tsien. Es ist mir ein Vergnügen, auch dich zu sehen, Tantchen.« Rhiannons Stimme klang tief, rabiat. Ihr Akzent war schwer einzuordnen, ihre Aussprache klar und deutlich.

»Tantchen?«, flüsterte ich Lily zu, die mich mit ihren Augen verstummen ließ und ihren Blick wieder der Königin zuwandte. Oder der Göttin. Das hing davon ab, wen man fragte.

»Ich danke Euch, Königin Rhiannon«, proklamierte ich, mich für den geringeren Stand entscheidend. Immerhin trat sie vor den Anwesenden nicht wie eine Göttin auf, mehr wie eine Königin. Also würde ich es genauso halten. Außerdem fühlte ich mich im Inneren auch viel besser, mich mit einer übernatürlichen Feenkönigin auseinanderzusetzen statt einer Göttin. »Ich habe Eure Einladung erhalten. Jedoch …«

»Du fragst dich, warum ich dich hierhergebeten habe?«

»Ja, Eure Majestät.«

»Wir interagieren normalerweise nicht mit der sterblichen Welt. Unsere Zeit dort ist vorüber«, erklärte Rhiannon, ihre Augen blitzten auf. »Doch du hast unsere Aufmerksamkeit erregt, indem du Auskünfte über einen unserer früheren Einwohner eingeholt hast.«

»Habe ich?« Ich blinzelte, dann holte mich die Erkenntnis ein. »Der Doppelgänger.«

»Der Wechselbalg«, korrigierte mich Rhiannon leicht, aber nachdrücklich.

»Ich entschuldige mich für den Versprecher, Eure Majestät«, äußerte ich. »Aber ich dachte, Wechselbälger können nur … war er nicht normal?«

»Eine Anomalie. Wechselbälger nehmen eine einzige Form an, doch dieser hat sich verändert«, erklärte einer der Höflinge, sein Haar hatte das brachiale Violett, das man nur bei den Teletubbies und in miesen Cartoons aus den 80ern sah. »Eine Mutation, die durch Verunreinigungen aus deiner Welt verursacht wurde.«

»Eisen?«, schätzte ich.

»Wenn das doch nur das einzige Gift in deiner Welt wäre.« Der Höfling schnaubte und öffnete den Mund, hob seine Hand und lehnte seinen Körper nach vorn, um sich für eine epische Schimpftirade hochzuschaukeln. Nur um von einer einzelnen Walnuss gestoppt zu werden, die Rhiannon an seinen Kopf warf.

»Still. Meine Tante begehrt nicht, dich schimpfen zu hören. Noch ist das meine Aufgabe.«

»Ich bitte um Verzeihung, meine Königin.« Der Höfling verbeugte sich tief.

Ihn entlassend, sah Rhiannon mich an. »Nun. Wonach trachtest du?«

»Nach Wissen, wenn man es so will.« Ich ging gedanklich durch, was ich benötigte. »Wissen darüber, wer den Wechselbalg angeheuert hat, würde in aller Dankbarkeit angenommen werden. Wenn Sie es besitzen. Falls nicht ... würde ich nicht wagen, mehr zu verlangen.«

»Höflich ist er, oder?« Rhiannons Augen zeigten vor Belustigung Lachfältchen. »Nicht wie deine letzten ... drei Meister?«

»Ich glaube, du denkst da an andere. Mein vorletzter Meister war relativ respektvoll. Doch ich glaube nicht, dass du ihn je getroffen hast«, antwortete Lily leise.

»Oh, gewiss. Ich vergaß. Du hattest so viele.«

Meine Augen verengten sich bei diesen bissigen Worten, und ich blickte die Frau finster an. Fee. Was auch immer. Biest war besser. Aber ich hielt meine Zunge im Zaum, weil Lily mich gewarnt hatte, Rhiannon nicht zu verärgern.

Genauso, wie die Einladung abzulehnen. Was Lily bei meiner Einladung zum Magierkonzil dagegen nicht getan hatte.

»Ich habe keine Kenntnis über die Aktivitäten dieses Wechselbalgs. Ich habe schon erwähnt: Wir haben nur noch geringfügig mit deiner Welt zu tun. Zumindest nicht offiziell«, äußerte Rhiannon. »Nur wenig interessiert uns dieser Tage.«

Ich blieb stumm und fragte mich, was sie meinte. Als ich aber erkannte, dass sie keine Informationen für uns hatte, verbeugte ich mich erneut. »Ich danke Euch für Eure Zeit, Eure Majestät.«

Anstatt mich zu entlassen, fixierte Rhiannon Lily mit einem verspielten, nachsichtigen Lächeln. So wie eine Katze eine zappelnde Maus ansieht. »Sag mir, Tante, hast du ihm erzählt, wer du wirklich bist?« Auf Lilys Schweigen hin drehte sie sich zu mir. »Hast du sie danach gefragt?«

Ich schüttelte den Kopf, bevor mir aufging, dass ich der abscheulichen Frau nicht antworten musste.

Als ich den Mund öffnete, um genau das zu sagen, stoppte sie mich. »Natürlich nicht. Ihre Meister sind stets in solcher Eile, ihre Kräfte für ihre Wünsche zu nutzen, dass sie niemals nachfragen, was denn der Preis für diese Wünsche ist. Nun, fast alle.«

»Ich kenne den Preis, aber Lily ist …«

Frei? Selbst ich konnte dieses Wort nicht mit unbeschwerter Miene sagen. Sie hatte Freiheiten, mehr als sie seit vielen Jahren hatte, oder Jahrhunderten, vielleicht sogar seit sie in diesem Ring gefangen war. Aber sie war nicht frei. *Zufrieden?* Vielleicht. Doch möglicherweise war abgelenkt ein besseres Wort dafür. Abgelenkt von Spielen, meinem Fernseher, von virtueller Realität und einer Million anderer Dinge, die sie davon abhielten, von Freiheit zu träumen.

Zum ersten Mal dachte ich darüber nach, wie Lily empfand. Mit dem Wissen, dass mein Tod sie in den Abgrund reißen würde. Für immer.

Doch dann sprach Rhiannon weiter. »Meine Tante ist nicht das, wofür du sie hältst. Sie wurde nicht eingesperrt, weil sie zu mächtig war, sondern für das, was sie getan hat. Für das, was sie ist.« Rhiannon lehnte sich vor. »Du siehst sie als eine Freundin an. Eine Vertraute. Doch lass dich nicht täuschen.«

»Rhiannon.« Lilys Stimme klang kalt, wütend.

Die Drohung war klar, aber Rhiannon ignorierte sie. Ignorierte sie, weil Lily letzten Endes keine Macht hatte, irgendetwas zu tun.

»Du bist still.« Rhiannons Lippen kräuselten sich, ihre Augen schimmerten vor Genugtuung. »Gut. Du hörst zu. Dann hör dies, Magier. Die, deren Magie du nutzt, deren Wissen du dir leihst? Sie ist Lilith. Die Älteste unserer Art. Gebieterin der Magie, Mutter der Monster, die erste Rebellin.«

»Oh, bitte!« Lily rollte mit den Augen. »Nicht wieder diese Lügen.«

»Lügen?« Rhiannons Lippen wurden schmal. »Du bist diejenige, die die Formeln aufstellte und mit den Ritualen der Magie begann. Deren Experimente den ersten Dschinn erschufen, mit dem Blut, das durch deine Venen fließt. Du hast Städte zerstört und ganze Siedlungen ausgelöscht, weil sie dich verärgert hatten.«

»Sie versuchten, mich zu töten!«, blaffte Lily.

»Und sie alle hatten diese Strafe verdient?«

»Nun ja ...« Lily verstummte kopfschüttelnd. »Das war vor langer Zeit. Ich war ...«

»Allgewaltig. Selbst für die Drachen ein ernstzunehmender Gegner. Und seit damals bist du nur noch mächtiger geworden«, entgegnete Rhiannon und sah auf meine Hand, wo der Ring ruhte. »Eingesperrt, sicher, aber jedes Jahr, jedes Jahrzehnt sind deine Stärke und dein Wissen angewachsen. Was deine Magie verfeinerte.«

»Jetzt werde ich dafür verurteilt, dass ich das Einzige lerne, wozu ich in der Lage bin?«, fragte Lily, die Fäuste ballend. »Henry, ich bin nicht …«

»Du bist. Lilith. Und du bist mit Kreaturen aus Legenden befreundet und kennst eine Göttin, die dich Tante nennt«, konterte ich und schenkte dem Dschinn ein halbherziges Lächeln. »Ich bin nicht dumm. Ich habe mir das schon vor einiger Zeit zusammengereimt.« Als Lilys Kiefer herunterfiel, wandte ich mich wieder Rhiannon zu und entbot ihr eine Verbeugung. »Ich danke Euch für die Warnung, Eure Majestät. Wenn das alles ist?«

Rhiannon presste ihre Lippen aufeinander. Der großmäulige Höfling rührte sich und sah mich raubtierhaft an, unternahm aber nichts. Wir standen schweigend da, während ich darauf wartete, dass Rhiannon mich entließ. Oder attackierte. Oder beides.

Am Ende hielten die Grenzen der traditionellen Bräuche, das Wort der Feen und ihre Regeln der Gastfreundschaft. Rhiannon schnippte mit den Fingern, mich fortschickend, und ich entfernte mich schnell. Erst als ich außer Sicht war, wischte ich mir über die Stirn. Vielleicht hatte sie erwogen, mich zu töten. Womöglich wollte sie mich nur warnen. Doch ich entschied mich an Ort und

Stelle, niemals ins Feenland zurückzukehren. Jedenfalls nicht ohne zusätzliche Feuerkraft.

Neben mir lief ein schweigender Dschinn. Bis wir über die Schwelle traten und die Bindung des Rings Lily zwang, wieder zu verschwinden. Sie ließ Stille zurück, aber auch Zweifel. Obwohl ich nun wusste, wer sie gewesen war, stellte sich erneut die Frage nach ihrem Schicksal.

So sehr ich sie mochte, es gab einen Grund, warum sie eingesperrt worden war. Einen Grund, warum so viele sie fürchteten. Und letzten Endes einen Grund für mich, den Ring zu behalten. Weil ich wusste, was ich damit tun würde.

Kapitel 10

Ich genoss die wohltuende Einsamkeit, als ich zur zwanzig Minuten entfernten Bahnstation lief. Die gesamte Fahrt würde etwa zwei Stunden dauern, mehr als genug Zeit, um nachzudenken. Mehr als genug Zeit, um ...

Zu dem Zeitpunkt kamen meine Gedanken an einen toten Punkt. Die Wahrheit ist: Ich war mir nicht sicher, was ich glauben sollte. Ich kannte Lily seit geraumer Zeit. Mutmaßlich beruhte ihre Gefangenschaft auf den von ihr begangenen Verbrechen. Selbst wenn Lily nicht exakt die Lilith aus der Bibel war, wurde offenkundig vieles aus deren Geschichte als Inspiration verwendet. Auf die gleiche Weise, wie die große Sintflut vermutlich nicht eine Flutung der gesamten Welt, sondern die eines bestimmten Ortes wiedergab. Wenn man natürlich wusste, dass es Engel und Glaubensmagie gab ... nun ja, ich muss einfach zugeben, dass ich Agnostiker bin.

Nichts davon war eine Antwort auf mein Problem – falls es eins war – oder löste meine Bedenken wegen Lily auf. Oder wegen des Rings. Auch wenn sie regelrecht bestraft worden war – und einige tausend Jahre Gefangenschaft und erzwungener Knechtschaft schienen wirklich etwas übertrieben zu sein –, war ich mir nicht gänzlich sicher, ob ich eine Möglichkeit hatte, sie zu befreien. Ein Blick auf den Ring ließ mich zusammenzucken, weil ich mir den einzigen Zeitpunkt in Erinnerung rief, an dem ich den Ring genauer betrachtet hatte. Die komplexesten je von mir beschworenen Verzauberungen waren die Schutzzauber auf unserem Haus. Ich hatte über drei Monate dafür gebraucht, neben Unterricht und Aufträgen, und sie waren aus meiner Sicht so gut wie, wenn nicht sogar besser als die Verzauberungen auf meinem Stab. Es gab bei der Hausverzauberung multiple Ebenen, von der Erhöhung der Haltbarkeit der Wände bis hin zur Blockade von Vorhersagezaubern, die mich bei solchen nicht blockbaren Zaubern alarmieren würden, ebenso bei Angriffs- und weiteren Zaubern.

Nähme jetzt jemand die Komplexität dieses Schutzzaubers, multiplizierte ihn mit tausend und steckte ihn in den Raum eines einzigen Ringes, dann bekäme man nur einen flüchtigen Eindruck davon, wie komplex diese Verzauberung wirklich war. Die Tatsache, dass der Ring Kraft aus einer unbekannten Quelle zog, war sogar weitaus beängstigender, da die Unterbrechung der Verzauberungen explosive Konsequenzen haben könnte. Buchstäblich.

Ich zog am Bahnhof meine Fahrkarte durch und lief die Treppe hoch. Ich hatte das Glück, ein leeres Abteil zu erwischen, und kurz nach meinem Einstieg fuhr der Zug los. Ich nahm an einer Längsseite Platz und zog einen Schutzzauberblock heraus, um ihn anzupassen und zu verstärken. Die modifizierte *Machtblase* entstand, verankerte sich um den Schutzzauber herum und gab mir eine Verschnaufpause.

»Verdammte Fee«, murmelte ich und sah mich im menschenleeren Abteil um.

Ich saß parallel zu den Wänden und Türen des Wagons, die wenigen quer angeordneten Sitze waren leer, doch sie erschienen mir wegen der Enge wenig verlockend. Womöglich war es die Erinnerung an den Ausdruck in den Augen der Fee oder daran, anvisiert zu werden, ich hatte einfach den Bedarf nach freiem Raum. Nach ... Freiheit.

Jedoch war das nichts, was Lily jemals haben würde. Nicht solange ich den Ring hatte. Nicht solange irgendeiner ihn besaß. Und dennoch, wer war ich, darüber zu entscheiden? Obwohl ich nicht völlig unfähig war, wusste ich, dass ich nicht der Beste darin war, Menschen zu lesen. Irgendjemand hatte irgendwann entschieden, dass der Ring eine gerechte Bestrafung wäre. Einer – oder mehrere –, der mächtiger und geschickter war als ich.

Doch kann irgendeine Sühne, die »für alle Ewigkeit« dauerte, jemals gerecht sein? Welche Art von Taten, welche Sünde konnte eine Strafe legitimieren, die für immer währte? Und wenn kein Verbrechen die Unendlichkeit rechtfertigt, hatte Lily dann genug durchlitten?

War das, was sie durchlitt, Bestrafung oder Beherrschung? War sie eingesperrt worden, weil sie etwas Falsches getan hatte oder weil wir – beziehungsweise sie – Lily fürchteten? Fürchteten, was sie anrichten könnte? Wir würden keine Atombombe unbeaufsichtigt lassen. Warum sollte es bei Dschinns anders sein? Doch sie für immer einzusperren, sie auf ewig zu bestrafen ...

War es eine Strafe für das Verbrechen oder die Hoffnung auf Wiedergutmachung? Mit der Überzeugung, dass Wesen sich ändern würden oder könnten? Vielleicht war das die Frage. Vielleicht war das die Antwort, wenn es eine Bestrafung war. Wenn wir ihre Versklavung als Strafe ansahen, dann bestand die Frage darin, ob es gerecht war. Aber wenn wir das als eine Möglichkeit ansahen, dass sie ihre Schuld selbst abbezahlen könnte – eines Tages –, dann lautete die Frage, ob ich der Ansicht war, dass Lily sich geändert hatte. Glaubte ich daran, dass man sich ändern konnte?

Meine Gedanken drehten sich im Kreis und wirbelten umher, gezwungen, sich um meine unschlüssigen Überlegungen herum zu winden. Ich konnte keine Antwort finden. Weil es vielleicht keine richtige Antwort gab. Es war kein Matheproblem, bei dem eins plus eins zwei ergab. Es war ein menschliches Problem, wo eins plus eins möglicherweise Glück bis ans Ende ihrer Tage oder einen Schuss ins Knie ergab.

Ich war so gefangen in meinen Gedanken, dass ich weder den Halt des Zuges bemerkt hatte, noch die hinzugestiegenen Passagiere. Ich sah sie nicht einmal, als die Türen zugingen und sie mit mir eingeschlossen wurden. Wurde nicht der Pistole gewahr, die erhoben wurde und losfeuerte, gerade als der Zug von der Station losfuhr.

Die Kugel pfiff durch die Luft und prallte auf die *Machtblase*. Die Idee für diesen Schutzzauber hatte ich aus einer Scifi-Serie gestohlen. Alles, was sich langsam bewegte – ein Klopfen auf die Schulter, eine Geste meiner Hand –, verzögerte sich nur etwas und veränderte leicht die Richtung. Aber je höher das Momentum der Bewegung, je schneller sich etwas bewegte, desto stärker war die Kraft, die mein Zauber aufbrachte. Das war ein nützlicher Zauberspruch, solange ich in der Öffentlichkeit war, weil es für Irdische nur leicht befremdlich erschien, wenn er entdeckt wurde. Leider musste ich noch eine stabile Formel für die Bewegung ausarbeiten, daher war er bisher nur anwendbar, wenn das Zentrum des Schutzzaubers bewegungslos blieb.

Die Kugel traf den Rand der *Machtblase* und verlangsamte sich merklich. Eine seitliche Kraft wirkte auf sie, änderte ihre Richtung weg vom Zentrum des Schutzzaubers und ließ sie an meinem Gesicht vorbeifliegen, was einen reißenden Wind erzeugte. Sie waren schlau genug, auf meinen Kopf zu schießen – meine verzauberte Jacke vermeidend –, aber das verkleinerte das Ziel um ein Vielfaches. Selbst eine geringe Kraft war ausreichend, um den Schuss danebengehen zu lassen. Trotzdem war die Schlagkraft der Kugel schmerzvoll für meine Ohren, auch wenn sie durch meinen nun leuchtenden modularen Schutzzauberblock verlangsamt und abgefälscht wurde.

Mein Instinkt übernahm, als ich einen *Machtwall* vor mir formte. Meine Finger schnippten und verdrehten sich, während ich den Bereich vor meiner *Machtblase* sicherte. Als sich der Wall bildete, schlug er den Pistolenlauf zur Seite, den nächsten Schuss hoch in das Dach des Zuges sendend. Ein mentaler Befehl schaltete den überlasteten Schutzzauber aus, und der Block erglühte grell, bevor er das letzte bisschen Mana verlor, das ich ihm eingeflößt hatte. Durch meinen halbtransparenten *Machtwall* blickte ich auf meine Angreifer.

Drei Personen. Gekleidet in schwarze Anzüge und mit Sonnenbrillen, was Ärger andeutete. Ein sicherer Indikator war dagegen, dass das Trio schallgedämpfte Pistolen auf mich gerichtet hatte. Sie waren eine bunte Mischung – Hispanisch und Kaukasisch – verschiedenen Alters, der Jüngste noch ein Teenager. Die Pistole des Kindes richtete sich erneut auf mich und den Schild, den ich geformt hatte, direkt in Richtung meines Gesichts. Sie eröffneten das Feuer und mein *Machtwall* flackerte, die Aufschlagpunkte verteilten sich, breiteten sich aus und wogten im Wall, auch noch als die Kugeln abprallten.

Schütze 1 (Level 37)
LP: 100/100
MP: 0/0

Schütze 2 (Level 45)
LP: 100/100
MP: 0/0

Schütze 3 (Level 59)
LP: 100/100
MP: 0/0

Nichtmagische Bewaffnete. Sterblich, aber trotz alledem gefährlich, wie von Lily festgestellt. Das sprach für ein Training – Spezialkräfte oder schlimmer. Immerhin wäre ein normaler Streifenpolizist nur in den niedrigen 20ern und das auch bloß, weil er eine Waffe in der Hand und ein Mindestmaß an Training hatte.

Als das Trio realisierte, dass es meinen *Machtwall* nicht durchdringen würde – nicht mit den abprallenden Kugeln –, hörte es zu feuern auf. Sie wechselten sich beim Nachladen ihrer Magazine ab, während sie ihre Waffen auf mich gerichtet hielten, die Mienen ausdruckslos. Das Bruchstück einer Kugel schien den zweiten Schützen an der Wange erwischt zu haben, denn eine dünne Linie Blut lief über sein Gesicht, doch er ignorierte es.

»Wer seid ihr?«, wollte ich wissen. Ich ließ meinen Zauber aktiv, während ich gedanklich eine zweite und dritte Absicherung vorbereitete. Die Kugeln waren nicht verzaubert, hatten aber verglichen mit den Spielzeugpistolen, die die meisten Gangmitglieder nutzten, einen gewissen Kick. Doch das war nichts, was mein *Machtwall* nicht bewältigen konnte. Ihre einzige Chance war vorüber, nachdem sie mich das erste Mal verfehlt hatten.

Daher konnte ich es mir leisten, nach Informationen zu fragen.

Anstatt mir zu antworten, sah der führende Schütze zur Seite, die Rufe und Schreie von Passagieren aus den anderen Abteilen ignorierend. Ich folgte seinem Blick und registrierte, dass er vor dem nahenden Halt die Türen beobachtete.

»Kommt schon. Erzählt es mir einfach. Wer will mich tot sehen?«, fragte ich.

Erneut bekam ich keine Antwort. Ich bemerkte, dass die beiden anderen ihre Körper drehten und ihre Hände aus meinem Sichtfeld nahmen. Dann verlangsamte sich der Zug, er schwankte leicht, die Räder schliffen und kreischten auf, die schreienden Stimmen übertönend.

»Ihr habt versagt. Also sagt mir, wer euch geschickt hat.«

Niemand antwortete. Die Türen öffneten sich zischend und die Passagiere der anderen Abteile stürzten hinaus. Meine Angreifer ebenfalls, allerdings warfen sie zuvor zwei kleine rechteckige Objekte gegen meinen Wall. Ich hatte nicht die Zeit, zu erkennen, was es war, während ich meinen Zauber freisetzte. Die Schützen erreichten den Ausstieg und schlugen mit dem Kopf voran gegen die *Machtwälle*, die ich um den Wagon herum geformt hatte, um sie darin einzuschließen.

Beschwörung Machtkubus
Synchronität: 89%
Haltbarkeit: 1238

Die Stirn blutig, die Körper an den Wall gequetscht, prallten sie zurück. Ihre Augen weiteten sich, der Jüngste sah auf die abgeworfenen Gegenstände. Ich folgte seinem Blick, erkannte die Granaten und zuckte zusammen. Bevor alles Chaos wurde.

***

Im Tumult, der aus zwei explodierenden Granaten in einem verschlossenen Raum resultierte, schlich ich durch die ansonsten ungenutzte Hintertür aus dem Zug. Ich konnte nichts hören außer dem permanenten Klingeln in meinen Ohren. Die Tasche über meine Schulter geworfen, beschwor ich einen simplen *Glamour*, um mein Aussehen zu verändern. Ich kombinierte ihn mit *Illusion* für die Sicherheitskameras, allerdings war ich nicht sicher, wie nützlich das aufgrund der Kameras im Zug war, die mich bereits flüchtig erfasst hatten.

Jedoch wusste ich, dass meine Wächter es vertuschen würden. Wenn nicht sie diejenigen waren, die meine Angreifer losgeschickt hatten. Weil ... na ja, ich konnte mir nicht vorstellen, wer sonst über drei trainierte irdische Killer mit Zugang zu Sprengstoff und schallgedämpften Schusswaffen verfügen konnte. Andererseits war deren Anzahl wegen der Militarisierung unserer Gesellschaft eher höher und deprimierender geworden, als ich es mir gewünscht hätte.

Während ich zu Fuß davoneilte, ließ ich die verbrannten und zertrümmerten Leichen meiner Gegner zurück, die Körper auseinandergerissen durch die reflektierte, explosive Kraft der Granaten. Ich hatte den Kubus erschaffen, um sie einzusperren, um womöglich ein paar Antworten zu bekommen. Ich hatte keine Granate erwartet. Und selbst jetzt noch konnte ich wahrnehmen, wie niedrig mein Mana, wie erschöpft ich durch die Verstärkung des Zaubers beim Abprallen der Explosion war. Auch wenn ich an Macht gewonnen hatte, auch wenn der *Machtkubus* einer meiner komplexeren Zaubersprüche war – den ich niemals beschworen hätte, wenn die drei mir dafür nicht die Zeit gelassen hätten –, seine Nutzung ermüdete mich trotzdem.

Während ich aus dem Chaos der Station eilte, konnte ich nicht anders, als mich schuldig wegen der Tode zu fühlen, die ich verursacht hatte, sowie wegen des Kollateralschadens. Ich hasste das Töten, und auch wenn ich es nicht selbst getan hatte, war ihr Ableben für mich schmerzvoll. Dennoch, wenn es eins gab, was ich gelernt hatte, dann, dass mindestens zwei Gruppierungen hinter mir her waren. Denn wer auch immer den Doppelgänger geschickt hatte, würde nichts derart Irdisches benutzen.

Ich atmete tief aus, hockte mich in eine nahe Gasse und beschwor erneut beide Zauber, mich selbst mit Magie verhüllend. Es war Zeit, nach Hause zu gehen. Ohne viel Aufhebens.

***

»Du darfst nicht ohne mich raus«, legte Alexa fest. Da war kein Groll in ihrer Stimme, aber sie starrte mich an, bis ich ihr zunickte. Sobald ich zurückgekommen war – später als die in der Nachtschicht arbeitende Ex-Novizin –, wurde ich über die Details meines Zusammenstoßes ausgequetscht.

»Liefert die Polizei irgendwelche Neuigkeiten?«, fragte ich und deutete mit dem Kopf in Richtung Fernseher, auf dem keine Superheldenserie und kein Konsolenspiel lief, sondern ausnahmsweise einmal die Lokalnachrichten. Auch wenn ich die Explosion eingedämmt hatte, war der Schaden am Zug und die anschließende Störung groß genug, damit die lokalen Nachrichten darauf ansprangen.

»Nein«, antwortete Alexa.

Ungestellt und unbeantwortet blieb die Frage, ob ich eine zusätzliche Tasche für ein langes, langes Gespräch mit der Polizei packen sollte. Und womöglich für einen Gefängnisaufenthalt. Ich hoffte nicht. Obwohl ich eine Liste von Dingen besaß, die ich vor meinem Tod erledigen wollte, stand der Aufenthalt in einem Gefängnis nicht darauf.

Weggehen wäre eine Option, aber das bedeutete, unser Haus und die Schutzzauber aufzugeben. Selbst wenn ich ginge, wäre das nur eine temporäre Lösung. Früher oder später würden mich meine Feinde finden.

»Also …« Ich zog meine Äußerung in die Länge, zu Alexa und der stillen Lily schauend.

»Ich werde …« Alexa zog die Augenbrauen zusammen und zuckte dann mit den Schultern. »Ich werde mich umhören. Und versuchen zu erfahren, wie tief du in Schwierigkeiten steckst. Ob wir herausfinden können, wer das war.«

Lily schenkte mir ein halbherziges Lächeln und ließ dann die alte Quest erneut aufleuchten. Die, die von mir forderte, am Leben zu bleiben. Ich musste schnauben und wünschte mir, dass dies ein Spiel wäre. Eins, das mich mit Hinweisen versorgte, anstatt mit beknackten Rätseln, bei denen die Lösung genau vor einem liegen könnte – oder aber in einem Teil der Karte, der einem das halbe Spiel lang verborgen blieb.

»Ich schätze, ich werde mich jetzt erstmal ausruhen«, erklärte ich, den Mangel an Mana spürend, der eine weitere Welle der Erschöpfung durch mich schickte. Die Knappheit von Mana und meine Paranoia hatten mich ausgelaugt und an den Rand der Müdigkeit gebracht.

Die beiden lächelten mir aufmunternd zu und winkten mir nach, als ich die Treppe nach oben taumelte. Ich blickte kaum auf die Benachrichtigung, die mir mitteilte, dass ich ein neues Level erreicht hatte, im Wissen, dass es mir nicht half.

Vielleicht, vielleicht würde sich eine Lösung auftun, wenn ich aufwachte.

Kapitel 11

Zwei Tage vergingen in angespannter Stille, Alexas wenige Kontakte waren außerstande, uns auch nur irgendeine Art von Sicherheit zu bieten. Sogar unsere Versuche, mit den Wächtern der Regierung zu reden, wurden verhindert – die immer präsenten Kundendiensttransporter, die monatelang in der Straße gestanden hatten, waren nicht mehr da.

Wir wurden im Dunkeln gehalten, daher verbrachte ich die Zeit damit, an den Verzauberungen zu arbeiten. Ich beendete den portablen Zufluchtsort und arbeitete dann an den tragbaren Flammenwerfern, während wir auf die nächste Hiobsbotschaft warteten. Alexa hatte sich beurlauben lassen, gleichwohl hatten ihre Arbeitgeber angedeutet, dass sie womöglich nicht länger willkommen wäre. Aktionen hatten Konsequenzen, und meine hatten sie ihren Job gekostet.

Als ein Klopfen an der Tür erklang, bewegte ich mich nicht von meinem Arbeitstisch weg, da ich die Waffen fast fertiggestellt hatte. Anschließend wollte ich an meinem Stab weiterarbeiten. Die geschichteten Verteidigungszauber auf ihm würden überaus hilfreich sein, auch wenn ich – anders als die Flammenwerfer – den Zauberstab selbst mit Energie versorgen müsste.

Als Alexa Caleb in den Raum führte, sah ich auf und blinzelte, überrascht über die Anwesenheit des Magiers.

»Du bist zurück.«

»Das bin ich. Ich komme mit zwiegespaltenen Neuigkeiten«, entgegnete er. »Das Konzil ist nicht bereit, weiteres Personal für einen Zauberer aufzuwenden.«

»Magier«, verbesserte ich, Caleb wütend anblickend. Ich war womöglich nicht vom Magierkonzil trainiert worden, aber ich war einer. Und besser als ihre Lehrlinge.

»Ein Zauberer in ihren Augen. Viele schenken dem, was ich berichtet habe, keinen Glauben und sind nicht bereit, dein Potenzial zu akzeptieren«, erwiderte Caleb. »Darum habe ich mit ihnen ausgehandelt, dass du deine Lehrlingsprüfung beizeiten absolvieren kannst.«

»Was?«, fragte ich.

»Pack deinen Stab ein. Wir müssen los, wenn wir es zur Prüfung schaffen wollen.« Caleb deutete auf den Zauberstab, der als mein nächstes Projekt neben mir stand.

»Ich bin fast fertig«, erwiderte ich, auf die Schläuche zeigend.

»Diese Dinger?« Caleb warf ihnen einen Blick zu und schnaubte. »Sie sind unhandlich und das investierte Mana nicht wert. Du hättest deine Zeit für den Stab aufwenden sollen.«

»Witzig. Ich mag es aber, mehrere Hilfsmittel zur Verfügung zu haben.« Ich sah kopfschüttelnd zu Caleb. »Als ob du nicht auch deine eigenen Verzauberungen hättest.«

»Das sind Accessoires. Nützlich, aber unbedeutend, verglichen mit einem ordentlichen Stab«, entgegnete Caleb. »Dass wir gezwungen sind, ihn wegen der heutigen Mode zurückzulassen, reduziert nicht seine Funktionalität.«

»Ja, ja, ja. Davon habe ich schon gehört.«

»Du hast recht. Jetzt komm.«

Ich zögerte kurz, weil ich mir nicht vollkommen sicher war, ob ich mich ihm anvertrauen konnte. Aber welche Wahl hatte ich? Wenigstens war das Magierkonzil noch immer bereit, zu helfen. Egal wie viel stärker ich wurde, egal welches Level ich erreichte, ich wäre immer noch der Unterlegene. So sehr mir das Konzil missfiel, ich brauchte es. Ich benötigte eine Organisation hinter mir.

Den Atem heftig ausstoßend, griff ich meinen Stab und stand auf.

Alexa hüstelte und zog so meine Aufmerksamkeit auf sich. »Haben wir nicht etwas besprochen?«

»Sorry. Du hast recht. Darf sie mitkommen?« Ich sah zu Caleb, der den Kopf schüttelte.

»Kannst du für seine Sicherheit garantieren?«, fragte Alexa, demonstrativ zu ihm blickend.

»Während der Prüfung, ja.« Er neigte den Kopf. »Ich kann dich zum Gelände mitnehmen. Außerhalb. Falls er versagt ...«

»Sind wir auf uns gestellt«, beendete Alexa den Satz. »Ich hole meinen Speer.«

Ich warf ihr die beiden fertigen Flammenwerfer zu. »Nimm die hier ebenfalls mit.«

Die Blondine nickte und lief die Treppe hoch, um sich umzuziehen und auszurüsten. Caleb schnaubte und klopfte ungeduldig mit dem Fuß.

Lily erhob sich und maßregelte ihn. »Geh, Magier!«

»Ich ...«

»Warte draußen.«

Caleb verengte die Augen. Als ich mich aber räusperte, gab er nach und ließ Lily und mich allein zurück. Wir starrten uns gegenseitig an.

»Wir haben nicht mehr ... geredet. Seit, du weißt schon«, meinte sie unbeholfen. »Über mich. Über meine ... Verbrechen.«

»Waren es denn Verbrechen?«, fragte ich zurück.

Sie nickte.

»Waren sie schlimm?«

Lily nickte erneut.

»So furchtbar, um für alle Ewigkeit in einen Ring gesteckt zu werden?«

»Ich … weiß es nicht.«

Ich nickte. »Ja, das dachte ich mir schon. Dann haben wir nicht viel, worüber wir reden können.«

Sie zuckte zusammen und senkte den Blick auf ihre Füße.

Ich realisierte, wie schroff das geklungen hatte, und legte eine Hand auf ihren Arm. »Lily.« Als sie aufsah, schenkte ich ihr ein Lächeln. »Es ist in Ordnung. Was auch immer du getan hast, war vor einer halben Ewigkeit. So lange her, dass es wahrscheinlich nicht länger von Bedeutung ist.« Als sie erneut zusammenzuckte, hob ich eine Augenbraue. »Mach dir nichts draus. Es ist nicht mehr relevant. Du bist jetzt du. Nicht … was auch immer.«

»Wir sind noch Freunde, oder?«, fragte Lily mit ängstlicher Stimme.

»Ich habe doch keine Wahl, stimmt's?«, antwortete ich neckend.

Als sie zurückwich, seufzte ich und entschied mich, zu schweigen. Ich umarmte sie und fühlte dabei, wie die Anspannung langsam zurückging und verschwand.

Schließlich machte sich Alexa bemerkbar, um mich daran zu erinnern, dass ich gehen musste.

»Wir sind Freunde. Jetzt und für immer. Versprochen«, versicherte ich Lily. »Aber ich muss los.«

Sie nickte und drückte mich weg. Ich ging und hörte ihre Worte, kurz bevor ich draußen war.

»Viel Glück.«

***

Profan. Das war eine passende Beschreibung meiner magischen Existenz. Keine magischen Teppiche, keine Teleportationsringe, nur eine schwarze viertürige Limousine, die mich aus der Stadt und die Schnellstraße hinunterbrachte. Alexa saß hinten, in ihre gepanzerte Jacke und den Rock gekleidet, der Speer war auseinandergenommen und lag neben ihr. Ich saß mit Caleb vorne und sah dabei zu, wie er uns mit fachmännischer Leichtigkeit die Straße entlang lotste.

»Keine Verzauberungen auf dem Auto?«, erkundigte ich mich, nachdem ich es gemustert hatte.

»Es ist ein Mietwagen.«

Wie ich gesagt hatte. Profan.

»Du solltest darüber nachdenken, ob du nochmal das durchgehst, was du gelernt hast. Es ist keine Zeit mehr, deinen Stab zu vervollkommnen«, schlug Caleb vor. »Doch etwas Pauken in letzter Minute würde dir nicht wehtun.«

»Wenn man es genau nimmt, haben wissenschaftliche Untersuchungen ergeben, dass kurzfristiges Lernen schädlicher ist als vorangehendes Studium. Wusstest du das?« Ich ließ ein Lächeln aufblitzen, worauf Caleb mich kurz wütend ansah, bevor er seinen Blick wieder auf die Straße richtete. »Schön. Falls ich versage, weißt du ja, wem ich die Schuld dafür gebe.« Als das Schweigen kühler wurde, fügte ich hinzu: »Mir.«

»Du bist nicht so witzig, wie du glaubst, Henry«, äußerte Alexa.

Ich grummelte leise, schloss aber die Augen und rief mir in Erinnerung, was ich über die Prüfung wusste. Es gab drei Teile in einem Lehrlingsexamen. Der Erste war die Theorie – und bestand im Regelfall aus einer schriftlichen Klausur, in der ich Formeln erläutern musste. Das war meine Schwachstelle, auf welche Caleb mich immer wieder hinwies. Obwohl Lily in meinem Verstand Informationen abgeladen hatte, war die Art, wie sie es tat, so auf Zaubersprüche spezialisiert, dass mir oft wichtige Lernbereiche fehlten. Zumindest war das so gewesen. Der

Unterricht mit Caleb und weitere Zauber hatten geholfen, diese Lücken zu schließen. Wenn ich es beschreiben müsste, dann war es wie das Studieren der Mathematik auf einer High School – Algebra, Differenzialgleichungen, logarithmische Tabellen –, bei dem man schmerzlich erkannte, dass man die schriftliche Division nie gelernt hatte. Oder, sagen wir mal, die Winkel in einem Kreis. Gott, ich hasste das.

Den zweiten Teil der Prüfung sah ich etwas gelassener. Er beinhaltete das praktische Examen, in dem man die Beherrschung der Magie beweisen sollte. Die Lehrlinge bekamen Punkte für die Wirkung ihrer Zaubersprüche, und da ich bei den tatsächlichen Beschwörungen durchaus fortgeschritten war, erwartete ich, nah an die Höchstpunktzahl zu kommen. Selbst Zauber, die ich nicht »kannte«, könnte ich durch das Verbinden multipler Aspekte nachbilden.

Der dritte Teil würde ablaufen, während ich die Klausur schrieb. Dort spielte mein Zauberstab eine Rolle, den ich der Kommission für eine Überprüfung überließ. Sie würde ihn testen und auf Mängel begutachten, bevor sie eine Bewertung abgab. Obwohl ich schon immense Arbeit hineingesteckt hatte, versuchte ich noch immer, weitere Funktionen zum Laufen zu bringen.

Trotzdem glaubte ich im Großen und Ganzen, dass ich bestehen würde. Aber vielleicht war eine kurze Wiederholung der Theorie gar nicht schlecht. Weil der erfolgreiche Abschluss nicht mehr mein eigentliches Ziel war. Ich musste so beispiellos sein, dass sie mich im Konzil haben wollten, dass sie bereit wären, echte Anstrengungen für mich zu unternehmen.

Entschlossen, mehr zu tun, als nur zu bestehen, ließ ich meinen Verstand die Zaubersprüche und die Theorie durchgehen, und die Zeit verstrich.

***

Weil ich mich geweigert hatte, mich zum Hauptquartier des Magierkonzils zu begeben, fand die Prüfung in einem ihrer vielen sicheren Unterschlüpfe statt. In diesem Fall war es eine in Betrieb befindliche Pferdefarm. Oder ein Stall? Jedenfalls verfügte die Farm über vier abgezäunte Areale für die Pferde, eine ausladende Stallung und ein weiteres größeres und überdachtes Reitrondell auf der rechten Seite des Weges. Das doppelstöckige, weiße Farmhaus mit seinen breiten Fenstern und blauen Vorhängen dominierte den gesamten Ort. Davor parkten drei Fahrzeuge. Einzig der Lastwagen schien zum Fuhrpark der Farm zu gehören.

Die anderen zwei waren Limousinen wie unsere, Stadtfahrzeuge ohne Schmutz und Dellen.

Verständlicherweise zogen die drei Prüfer meine Aufmerksamkeit auf sich, die auf der das Haus umspannenden Veranda standen. Und woher wusste ich, dass sie meine Prüfer waren und keine Farmhelfer? Nun, da waren zum einen ihre Level.

Patricia Fitzgerald (Level 173)
LP: 180/180
MP: 1783/1894

Nicholas Diaz (Level 183)
LP: 141/147
MP: 1084/1147

Muhammad Black (Level 171)
LP: 201/204
MP: 997/1473

»Sind alle Prüfer auf so einem hohen Level?«, murmelte ich in Richtung Caleb, als wir aus dem Auto stiegen. Ich konnte wahrnehmen, wie sie Macht verströmten, und allein Patricia ein halbes Dutzend mehr Verzauberungen auf sich hatte als Caleb. Offenbar teilte sie seine Auffassung »der Stab ist das Beste überhaupt« nicht. Ich vermutete, ich könnte sie sogar mögen.

»Nein. Dein Fall ist einmalig. Sie sind die führenden Prüfer der drei nächstgelegenen Regionen«, antwortete er.

Caleb schwieg nun, bis wir nah bei der Gruppe waren, dann stellte er uns einander vor. Natürlich erwähnte ich nicht, dass ich ihre Namen dank Lily schon kannte. Das wäre etwas unhöflich gewesen.

»Die Templerin muss draußen bleiben«, erklärte Muhammad mit einem stechenden Blick auf Alexa.

»Ex-Templerin«, protestierte sie.

»So etwas gibt es nicht«, blaffte er, bevor er mit einer Hand durch sein krauses, kurz geschnittenes Haar fuhr, meine Hand mit Lilys Ring betrachtend. »Der Dschinn ist nicht hier?«

»Sie blieb zurück«, gab Caleb kund, nachdem er ebenfalls einen Blick auf den Ring geworfen hatte. »Auf eine gewisse Weise.«

»Gut. Der Stab?« Nicholas streckte die Hand vor sich aus, bevor er den Kopf in Richtung Patricia neigte. »Magierin Fitzgerald wird dich zum Prüfungsraum führen.«

Ich lief vor, händigte meinen Zauberstab aus und schenkte ihm einen letzten Blick. Dann folgte ich Patricia ins Haus. Sie schritt durch das Wohnzimmer in das einzelne, karge Büro gleich neben dem Korridor. Auf dem abgenutzten sperrigen Schreibtisch lagen die Prüfungsunterlagen, dicht neben einem linierten Übungsheft.

»Zwei Stunden.«

Ihre Worte zur Kenntnis nehmend, ging ich hinüber und angelte einige Stifte aus meiner Jacke, bevor ich sie über den Stuhlrücken hängte und es mir bequem machte. Patricia sah mich noch einmal an, dann ging sie hinaus und schloss die Tür. Ich nahm den Zauber wahr, der den Raum versiegelte und die schützende Verzauberung auslöste. Für einen Moment verspürte ich Angst – bis ich den Schalter bemerkte, der den Schutzzauber der Raumversiegelung von innen aufheben würde. Richtig. Kein Gefängnis, nur hochgradig sicher gegen Schummler, die vielleicht Hilfe von außen bekommen könnten.

Ich schnaubte, tippte auf das Arbeitsheft und drehte die Prüfungsfragen um. Dann legte ich mal besser los. Ich sah mir die erste Frage an, klickte mit dem Kugelschreiber und ordnete meine Gedanken. Zeit, zu beginnen.

Zwei Stunden vergingen wie im Fluge. Ich schrieb und schrieb, beantwortete die Fragen, so schnell ich konnte. Zuerst ging es leicht. Das Äquivalent elementarer

Mathematik. Als ich aber zu den letzten Seiten kam, rang ich damit, immer komplexere Antworten zu liefern. Ich runzelte die Stirn und furchte die Augenbrauen. Einiges davon war Geschichte, vom Kontext abhängig. Anderes benötigte mein Wissen von Zauberformeln und Theoremen, die ich nur vage aus den Gedanken abrufen beziehungsweise von denen ich nur die grundlegenden Teile enträtseln konnte. Ich war so sehr mit der Beantwortung beschäftigt, dass ich nicht bemerkte, wie sich die Tür öffnete und die Schutzzauber lösten.

»Die Zeit ist um.« Patricia stand neben dem Tisch, die Hand ausgestreckt, damit ich ihr das Heft aushändigte.

Ich blinzelte, auf die Worte blickend, die ich gekritzelt hatte. Eine Benachrichtigung ließ mich die Augen gedankenversunken verengen.

Erfahrung durch Theorem-Erforschung erlangt!
+27.489

»Oh, ihr betrügerischen Bastarde«, rief ich bei Patricias ungeduldigem Gesichtsausdruck aus. Ich schaute auf die hintersten Blätter, rutschte leicht zurück und griff mit beiden Händen nach vorn. Ich packte den Stapel und riss die letzten Seiten heraus. Ich hörte Patricia fauchen, als ich das Papier in Brand setzte, und registrierte kaum die Spur der Macht, als sie die Flammen löschte. Als ich eine weitere Welle an Kraft verspürte, hörte ich mit der Zerstörung auf.

»Du hast gerade meine Antworten kopiert, stimmt's?«

Patricia schnaubte. »Wir werden die zerrissenen Abschnitte nicht benoten.«

»Schwachsinn.« Ich warf das Heft auf den Tisch, ignorierte ihre noch immer ausgestreckte Hand und stand auf. Diese Scheißkerle hatten mich überrumpelt und denken lassen, dass ich eine Lehrlingsprüfung absolvierte. Stattdessen untersuchten sie, was ich wirklich wusste. Testeten mich auf die Dinge, die Lily mir hinter ihrem Rücken beigebracht hatte.

Ich schlich aus dem Haus, nur um auf Caleb zu stoßen, der auf mich wartete. Er schürzte die Lippen bei meinem wütenden Blick, doch ich würde mich nicht besänftigen lassen. »Das war keine Prüfung für Lehrlinge.«

»Der anfängliche Teil schon«, erwiderte er, die Hände hebend. »Ich war nicht im Bilde, dass sie dich in dieser Form testen würden. Aber das ist positiv, denn es bedeutet, dass sie dich ernstnehmen.«

»Oder dass sie versuchen, Lilys Wissen aus mir heraus zu schmuggeln.«

»Wissen, dass du sowieso mit uns teilen müsstest, falls du uns beitrittst«, meinte Patricia, die hinter mir auftauchte. »Ich habe deine Prüfung benotet.«

»Schon?«, entgegnete ich überrascht.

»Ja, deine Grundlagen sind unregelmäßig, aber viel besser als bei den meisten unserer Lehrlinge, das muss ich zugeben. Du hast ebenso, wie Magus Hahn uns informiert hat, ein gewisses Maß an Wissen in der fortgeschrittenen Anwendung der Zaubertheorie.«

Ich verengte die Augen. »Aber?«

»Die Theorie reicht nicht aus, um deine Fähigkeiten zu beweisen. Und es scheint, dass deine Arbeit an dem Stab im besten Fall durchschnittlich ist«, antwortete Patricia.

Erneut verengte ich die Augen in Argwohn vor der Magierin. Ich war mir nicht ganz sicher, ob ich ihrer Einschätzung zustimmte, da ich ja nun mal wusste, was ich über das Magierkonzil wusste. Alexa, die auf der Motorhaube des Autos saß, sah mich an. Ich schüttelte bedächtig den Kopf, damit sie sitzenblieb. Nein, es gab nichts, wobei sie hier helfen konnte.

»Also was? Machen wir weiter?«, fragte ich und entschied, mir anzusehen, was sie sonst noch wollten. Oder brauchten.

»Hier lang«, antwortete Patricia, ging an mir vorbei und steuerte in Richtung des inneren Reitrondells.

Ich folgte ihr, die riesigen Segeltücher wogten im Wind, während ich in den kahlen, erdigen Kreis lief. Als ich hineintrat, spürte ich, wie Verzauberungen in Kraft traten und mich darin einschlossen.

Ich hob eine Hand und generierte einen Schild über meinen Körper, während ich Abstand zwischen Patricia und mir schuf. Ich fuhr mit meiner Untersuchung des Ortes fort und bemerkte die Anwesenheit eines weiteren Prüfers, der meinen Stab lässig in der Hand hielt. Ein Ruck meiner Faust löste die Rückkehrprotokolle in meinem Zauberstab aus und ließ ihn durch die Luft schlingern, um in meiner Hand zu landen.

»Beruhige dich«, meinte Caleb mit erhobener Hand. »Die Verzauberungen stellen sicher, dass der Umgebung kein Schaden zugefügt wird.«

Ich schaute zu dem Magier und sah, dass weder er noch Patricia bedrohliche Bewegungen ausführten. Ebensowenig taten das die anderen Prüfer, um ehrlich zu sein. Und ... nun ja, das ergab Sinn. Ich errötete vor Verlegenheit, selbst als ich die Emotion verdrängt hatte. Gleichwohl hätten sie mich doch warnen können. Anders als die meisten ihrer Lehrlinge musste ich mich regelmäßig um gewaltsame und gefährliche Situationen kümmern.

»Was jetzt?«

»Nun zeigst du uns, dass du für dich selbst verantwortlich sein kannst«, antwortete Nicholas und schwenkte die Hand zum Zentrum des Raumes.

Eine Sekunde später erschien eine riesige strahlende Lichtkugel, die aus sich kreuzenden Versen von Zauberformeln bestand. Ich kniff die Augen zusammen. Ich war überrascht, dass er es geschafft hatte, etwas so Komplexes mit einer Handbewegung zu beschwören – bis ich das kleine Stativ und den Globus unter der Kugel bemerkte. Ah. Ein verzaubertes Objekt.

»Du willst, dass ich die Zauberformeln lese?«, vermutete ich, den Kopf zur Seite neigend, während ich den scrollenden Informationen zu folgen versuchte.

Schwierig, insbesondere weil ich nur Teile des Zaubers sehen konnte. Allerdings verriet mir bereits ein kurzer Blick, dass nicht nur ein Zauberspruch in die Erschaffung der Kugel involviert war. Tatsächlich kamen mir einige Zauber vertraut vor – wie dieser *Feuerpfeil* zum Beispiel …

Im Bruchteil einer Sekunde formte sich im Zentrum der Zauberkugel ein *Feuerpfeil* und schoss auf mich zu. Ich schlug ihn stirnrunzelnd mit meinem Schild zur Seite. Der

Zauberspruch war ziemlich schwach, so schwächlich, dass er mich wahrscheinlich nicht getötet hätte. Vermutlich.

»Was zur Hölle?«, rief ich aus. So hätte die Prüfung nicht laufen sollen.

»Du musst die Zaubersprüche, die von der Kugel geformt werden, auslesen, vorausahnen, verstehen und kontern. Der Testglobus wird damit fortfahren, in zeitlich festgelegten Intervallen Zauber freizusetzen. Punkte werden für Zauber vergeben, die geblockt oder mit Zaubern erwidert werden«, antwortete Nicholas. In diesem Moment erschien neben der Zauberkugel eine Anzeigetafel mit der Nummer 001 darauf. »Du musst ein Minimum von hundert Punkten erzielen, um zu bestehen.«

Gerade als ich den Mund öffnete, um weitere Fragen zu stellen, formte sich ein *Eispfeil* um den Globus herum und schoss auf mich zu. Erneut schlug ich ihn weg und sah zu, wie der Punktestand sich um einen Punkt erhöhte.

»Ein Wort der Warnung. Mit der Zeit werden die Zauber komplizierter, um die du dich kümmern musst«, erklärte Muhammad und schenkte mir ein dünnes Lächeln.

Ich knurrte leicht und ließ meinen Schild oben, während ich mich wieder auf die Zauberkugel konzentrierte. Die neue Zauberformel, die über den Globus lief, war mir bekannt und daher griff ich nach meinem Mana und unterbrach diesen Zauber, während die Kugel ihn soeben formte.

Beschwörung Manapfeil-Konter
Synchronität: 89%

Ich erhielt drei Punkte, als der *Manapfeil* missglückte, sein Zaubergefäß wurde durch die Injektion meines Manas auseinandergerissen. Gegenzauber besaßen viele Formen, aber der, den ich erlernt hatte, war simpel – mein Mana wurde in das sich formende Gefäß injiziert, um meine Veränderung der Zauberformel damit zu verbinden. Natürlich war das Kontern von Zaubern kompliziert. Man konnte nicht zufällige »Zahlen« auf eine andere Zauberformel werfen und darauf hoffen, dass sie haften blieben. Man musste genau genommen wissen, welchen Abschnitt man mit der Verknüpfung anvisierte. Darüber hinaus besaß jeder Zauberspruch Lücken in seiner Formel, Areale, in die man das eigene Mana und eine eigene Zauberformel schieben konnte. Verpasste man diese, würde man versagen, selbst wenn man wusste, was man anpassen wollte.

Das Kontern verlangte im Grunde von einem, die genutzte Formel zu verstehen und extrem schnell im

Beschwören zu sein, da man in vielerlei Hinsicht sowohl den Zauber selbst als auch den Zauberinjektor beschwor.

Anfangs erzielte ich schnell Punkte, alles konternd, was der Globus auf mich warf. Die ersten Phasen waren einfach – Zaubersprüche wie *Windstoß, Verbrennen, Licht* und weitere dieser Art wurden in einer aggressiven Form genutzt. Eimerweise Säure, elektrische Funken und sogar Wellen beschworenen Wassers schoben sich durch den Globus und wurden von mir durchbrochen. Das musste ich dem Magierkonzil lassen – die Zauberkugel war offen gesagt ein ausgezeichnetes Trainingsgerät. Die breite Vielfalt von Zaubergefäßen, Verzögerungen in der Zauberbildung und die Veränderung in der Manakanalisierung: Das alles verlangte von mir, bei meinen Kontern einfallsreich zu sein. Aber erstklassige Apparatur oder nicht, falls dies das Schwierigkeitslevel war, würde es ein Kinderspiel werden.

Zehn Minuten später spürte ich die Belastung. Meine Gesamtpunktzahl überschritt die 60-Punkte-Grenze und mein Mana war auf unter die Hälfte gefallen. Von einem langsamen und friedlichen Spaziergang war die Erzeugung der Zauberformeln schneller geworden und sie zogen rasanter vorbei als der Chat der Anfängerzone am Veröffentlichungstag eines Spiels. Ich war nicht mehr in der

Lage, den Zauberspruch auszulesen, und musste stattdessen raten. Was deutliche Folgen hatte.

»Kopf hoch!« Ich drehte die Hüften und schleuderte den Dekaeder aus Platin mit meinem Stab in die Luft.

Die Kraft, die gegen das Ende meines Stabes geschickt wurde, reichte aus, beide Hände gefühllos zu machen und ihnen beinahe den Stab zu entreißen. Glücklicherweise wurde es trotzdem als Erfolg gewertet. Mein Zähler ging wieder einen Punkt nach oben und die Zauberkugel stieß auf, ein weiterer Zauber formte sich.

»Töricht«, murmelte Nicholas zu Muhammad.

Traurigerweise konnte ich dem nicht widersprechen. Ich versuchte nicht mehr, zu kontern, mein jüngster Versuch war ein klarer Fehlschlag. Stattdessen konzentrierte ich mich auf die Verteidigung. Das bedeutete, dass ich mich um etliche Zauber mehr kümmern musste, aber das war besser, als zu versagen. Um zu beginnen, rekonstruierte ich meinen *Machtschild* und schrumpfte seine Größe, so dass er nur noch meinen Körper bedeckte. Als Nächstes krümmte ich den Wall, damit mich die Attacken nicht geradewegs erwischten. Nicht einen Moment zu früh. Als sich der Zauber vollendete, flogen mehrere sich drehende Luftdolche auf mich zu.

Der studierte Teil meines Verstands erfasste, dass die Dolche nicht kontrolliert wurden, sobald sie freigesetzt waren. Stattdessen nutzten sie eine Linie von drei Punkten, um sich zu bilden. Zuerst der Ursprungspunkt, der zweite ungefähr auf halber Strecke und der dritte sehr nahe an meiner Position. Die letzten zwei Zielpunkte passten den Luftdruck und die Richtung des Luftstroms an, sie leiteten die Luftdolche, die am ersten Zielpunkt geformt worden waren.

Der Schild absorbierte die einzelnen Attacken mit unerschütterlicher Ruhe, die Dolche prallten mit dem Geräusch eines zweitklassigen Dubstepsongs ab, was mich grinsen ließ. Doch schon formte sich der nächste Zauber, und ich las seine Daten.

Den *Machtschild* zu halten, war leicht. Bedachte man aber, dass ich vierzig weitere Zauber neutralisieren musste, überlegte ich mir lieber bessere und interessantere Optionen. Weil in jeder Sekunde, in der ich den Schild hielt, mein Mana fiel. Während ich den Inhalt des nächsten Zaubers erfasste, ließ ich den Schild los und sprang direkt in die Luft, eine schnelle Beschwörung von *Windstoß* nutzend, um mich noch höher zu katapultieren. Kurz darauf barst der Boden in grüne Vegetation aus, greifende Ranken, die nach mir suchten. Ich beschwor den Zauber ein weiteres Mal und hielt mich in der Luft, während ich die bereits sterbenden Schlingpflanzen platt machte.

Und nicht ein einziges Mal nahm ich meinen Blick von der Zauberkugel, da sich ein zusätzlicher Zauber durchkämpfte. Nur um von einer zweiten Formel begleitet zu werden.

»Zwei!« Ich knurrte.

Doch ich hob meinen Stab und beschwor den vorbereiteten Schild, damit er sich um die erste Zauberformel kümmerte. Währenddessen versuchte ich die ganze Zeit, zu erkennen, woraus der zweite Zauber bestand. Sie zielten scheinbar darauf ab, die Schwierigkeit weiter zu intensivieren.

***

Fünf Zauber. Keiner von ihnen war sonderlich komplex – *Machtspeer*, *Manapfeil*, *Eisregen* und so weiter –, aber jeder einzelne reichte, um mich auszuschalten. Fünf Zauber formten sich rollend aus dem Globus heraus und visierten mich an.

Um mich herum war der Boden aufgerissen, gebraten und gefroren worden. Wären da nicht die Verzauberungen um den Kreis, wäre der gesamte Reitstall bereits zerstört.

Der beißende Geruch von Materialien, die erst manifestiert und dann abgewehrt worden waren, hielt an, Spuren von Säure, Ozon und verbrannter Erde griffen meine Sinne an. Jeder Atemzug ließ meine Brust heben, mein Manastand fiel knapp über das Level »Henry ist bei Bewusstsein«.

Fünf Zauber. Ich begann erneut mit einem Dreifachzauber, zuerst das Gefäß für die Gegenzauber, dann seine Aufteilung, um diese Konterzauber für jede der Injektionen aufzunehmen. Diese würde ich nutzen, um zwei der fünf Zaubersprüche zu brechen. Der Stab glühte in meiner Hand und half mir, Mana in meine Konter zu ziehen, während der *Machtschild* die übrigen drei Zauber abblockte.

Als der Druck, der durch die Koordinierung multipler Zauber entstand, meine Kopfschmerzen intensivierte, gestikulierte ich mit der Hand und schnippte sie nach vorne. Eine flackernde Information zeigte die niedrigen Synchronitätsraten – kaum in den Vierzigern –, doch ich ignorierte sie, selbst als das Fehlen einer ordentlichen Beschwörung mehr Mana als sonst aufzehrte. Stattdessen konzentrierte ich mich auf die drei gegen mich gerichteten Zauber.

Frostspeer, *Windbohrer*, und *Metallrakete*, sie alle schlugen in meinen *Machtschild* ein. Ich richtete den Schild aus, um den Speer an der Ecke abzuwehren, so dass er seitlich abprallen und die verzauberten Schutzvorkehrungen dahinter treffen würde. Die Raketen waren wie Regentropfen, die auf meinen Schild prasselten, massenhaft und nervig, aber in Wirklichkeit nicht gefährlich. Ich brummte und versuchte, den Zauber zu verstärken, doch er wurde durch die erhöhte Kraft des sich drehenden Bohrers zerschmettert. Ich warf mich nach hinten und versuchte, der Attacke auszuweichen, aber ich konnte nur dabei zuschauen, wie sich der *Windbohrer* meiner Brust näherte, bereit, sich durchzubohren.

Gerade bevor er auf mich treffen konnte, winkte Muhammad und der Bohrer löste sich auf, was einen Windstoß erzeugte, der mein Haar zerzauste, als ich auf dem Boden landete. Ein scharfer Schmerz strahlte von meinem Steißbein aus. Ich stöhnte und nahm mir vor, mich um verzauberte Unterwäsche zu kümmern. Während ich mich mithilfe meines Stabes auf die Füße kämpfte, rieb ich mir verstohlen den Hintern. Dann sah ich auf die Anzeigetafel. Zum ersten Mal seit einer Weile hatte ich dafür tatsächlich die Zeit.

117.

»Ha! Geschafft!« Ich kicherte los und hinkte langsam zu den Prüfern.

Fünf Zauber waren womöglich meine Grenze, so schien es zumindest. Ich beäugte gedankenverloren die Erfahrungsbenachrichtigungen, die ich bekommen hatte. Der Zauberglobus war wirklich ein effektives Trainingsgerät. Er hatte mein Verständnis und die Analyse von Zaubern auf ein Level gebracht, das ich sonst nie erreicht hätte.

»Und, bekomme ich einen schicken Zylinder oder etwas in der Art?« Ich schenkte dem Prüfer-Trio und Caleb ein Lächeln, doch sie starrten mich nur schweigend an.

Kapitel 12

»Also, was bekommen Lehrlinge?«, wiederholte ich und wartete darauf, dass das Trio etwas sagte.

Die Prüfer des Magierkonzils sahen mich an, als wäre ich eine Wanze, die aus einem Kinositz krabbelte, vollgestopft mit altem Popcorn und verschütteter Limo. Es war kein Blick für Glückwünsche, was ziemlich sonderbar war, wenn man bedachte, dass ich bestanden haben sollte.

»Du hattest recht«, meinte Muhammad zu Caleb.

»Ich habe es dir ja gesagt.« Caleb hob den Daumen in meine Richtung. »Allerdings scheint es, dass Magier Tsien sich vor mir ein wenig zurückgehalten hat.«

»Um … dreißig Punkte, würde ich sagen«, schnaubte Nicholas. »Es verheißt nichts Gutes, wenn wir dem Zauberer vertrauen.«

»Magier«, grummelte ich, während ich mir den Hintern rieb. Ich hielt den Kopf allerdings gesenkt, da ich sie wahrlich nicht wissen lassen wollte, dass ich den gesamten Test nicht mit Feuereifer bewältigt hatte. Ich hätte die Gegenzauber dauerhafter beschwören können, als ich es getan hatte, und mich definitiv länger um die Zauber kümmern können. Obwohl meine Manaknappheit echt war – es war schwierig, diesen Fakt zu verbergen. Wie schnell ich Mana verlor und wie rasch ich es regenerieren konnte, war etwas, das ich noch immer geheimzuhalten versuchte. Nachdem ich einmal hereingelegt worden war, würde ich nicht so naiv sein, all meine Karten offenzulegen.

»Nicht, wenn wir es nicht so sagen«, widersprach Nicholas, mich wütend anblickend. Er sah für eine Sekunde auf den Stab in meiner Hand und dachte kurz nach, bevor er sich zu den anderen umdrehte. »Eure Beurteilung?«

Patricia blickte auf den Zauberglobus, dann wieder auf mich und nickte. »Er hat jeden Test bestanden, den wir ihm auferlegt haben. Er ist mindestens auf dem Level eines Lehrlings. Ich stufe ihn als vollständigen Magier des Sechsten Kreises ein.«

Ich blinzelte. Es gab sieben Kreise. Die inneren – mit den niedrigsten Ziffern – waren die Mächtigsten. Caleb wurde inzwischen schon als Teil des zweiten Kreises beurteilt. In diesem Sinne hatte ich die gesamte Lehrlingsebene übersprungen – beziehungsweise den Siebten Kreis –, um ein Geselle zu werden. Aber es wäre mindestens noch ein weiterer Kreis nötig, bevor ich als vollständiges Mitglied angesehen werden würde. Aus ihrer Sicht.

»Möglicherweise, aber wir bewerten mehr als seine akademische Fähigkeit«, erwiderte Nicholas. »Es mangelt ihm an Disziplin und der richtigen Einstellung. Seine Arbeit ist oberflächlich, auch wenn sie zur Brillanz neigt. Jedoch glaube ich, dass Letzteres zum Großteil auf den Dschinn zurückzuführen ist. Ansonsten wäre er bestenfalls mittelmäßig.«

Ich kniff die Augen zusammen, wandte mich aber Muhammad zu, der zu sprechen begonnen hatte. »Brillanz, die wir nutzen könnten. Die Theorien, auf die er in seinem Aufsatz eingegangen ist, sind interessant. Becketts Theorem der Fundamentalen Formeln und das Obibje-Prinzip der Siebener, beide waren ziemlich aufschlussreich. Ich glaube nicht, dass die Kombination, die Mr. Tsien empfohlen hat, so gut funktionieren würde, wie er sich das denkt, aber wenn wir vielleicht eine Kombination aus Osmas Prinzip ...«

»Genug. Niemand will dein Geschwafel hören. Bist du für oder gegen seine Einfügung in unsere Ränge?«, blaffte Nicholas.

»Nun, er hat unsere Prüfungen bestanden. In diesem Sinne denke ich, wir sollten ihn zumindest unsere Bedingungen wissen lassen«, entgegnete Muhammad.

Patricia nickte entschieden, was mich die Stirn runzeln ließ, während Caleb vortrat, um zu sprechen.

»Was für Bedingungen?«, fragte ich argwöhnisch.

»Ich habe dir doch erzählt, dass das Konzil Auflagen für deinen Beitritt hätte. Wenn wir dich als einen von uns ansehen, wenn wir dich beschützen sollen, müssen wir uns über bestimmte Angelegenheiten einig werden.« Caleb holte Luft und fuhr fort. »Du musst einen bindenden Eid schwören, dem Konzil gegenüber loyal zu sein. Und dass du bei deinem Tode den Ring an uns aushändigst.«

»Und keine Geheimnisse mehr verbirgst.« Nicholas kreuzte die Arme. »Du wirst alles mit uns teilen, was der Dschinn dich lehrt.«

»Ein bindender Eid?« Ich vergewisserte mich. »Ich nehme an, du redest von einem Bluteid?«

»Nein. Einem Seeleneid«, antwortete Caleb.

Ich seufzte, und sogar Patricia sah man an, dass sie sich unbehaglich fühlte. Ich war nicht überrascht, wenn man bedachte, was ein solcher Eid in Wirklichkeit beinhaltete. Wie sein Name kundtat, band er mich durch meine Seele – das Zentrum des Seins –, anstatt durch meinen Körper. Es war fast unmöglich, diese Eide zu brechen. Und wenn sie gebrochen wurden, blieb der Eidbrecher als zerstörte Kreatur zurück. Wenn Seeleneide zersprangen, wurden Monster erschaffen, nicht weil der Verstand zerbrach – sondern die Dinge, die uns menschlich machten.

»Ihr könnt nicht ernsthaft annehmen, dass ich dem zustimmen würde«, meinte ich.

»Wenn du unsere Hilfe begehrst, wirst du das«, entgegnete Nicholas, Caleb davon abhaltend, etwas anderes zu sagen. »Du hast kaum eine Wahl.«

»Ziemlich sicher ist ein Nein eine zulässige Antwort.«

Er schnaufte, sein Blick wanderte zu meinem Ring, dann zu meinem Gesicht. »Du konntest nicht einmal fünf Zaubern standhalten. Wenn ich diesen Ring nehmen wollte …«

»Würdest du versagen.« Ich schüttelte den Kopf, drehte mich um und lief zum Auto. Ich hielt inne, weil mir ein Gedanke kam. Meine Augen verengten sich und ich sah zurück. »Du wirst mich doch zurückfahren, oder?«

»Henry, du musst deine Position gründlicher überdenken«, entgegnete Caleb mit Sorge in der Stimme. »Das mag vielleicht nicht dem entsprechen, was du willst. Oder was ich wollte. Das Konzil hat deutlich gemacht, dass es mehr von dir begehrt.«

Meine Hand ballte sich zur Faust, während ich zu dem allzu selbstgefälligen Nicholas und dem hochmütigen Muhammad blickte, bevor ich mich zu der hin- und hergerissenen Patricia drehte. Sie gingen davon aus, dass sie mich in die Ecke getrieben hatten. Dass mir keine andere

Wahl blieb, als auf ihre Forderungen einzugehen. Und ehrlich gesagt, hatten sie recht. Lilys Schutz mochte womöglich diese überlevelten Mistkerle davon abhalten, mich anzugreifen, doch nichts hinderte sie daran, Wellen von Arschlöchern zu schicken, die meinem Level entsprachen. Und im Gegensatz zu einem Spiel würde ich nicht sehr viele Erfahrungspunkte sammeln, wenn ich mich vor ihnen schützen müsste. Denn meine Level waren an die Fähigkeit gebunden, die Magie, die in meinen Körper gesandt wurde, sowohl physisch zu kontrollieren als auch zu verstehen.

Wütend oder nicht, ich saß in der Falle. Sie hatten recht. Aber ... »Das habe ich schon. Ich werde keinen Seeleneid schwören. Auf keinen Fall.«

»Dann werden sie dich töten«, entgegnete Caleb.

»Dann sei es so«, erwiderte ich. »Niemand ist unsterblich, oder?«

»Wagemutige Worte. Aber wisse, wenn du jetzt wegläufst, wird der Deal noch miserabler sein, falls wir erneut verhandeln«, fauchte Nicholas fast.

»Keine Sorge. Das werden wir nicht.«

»Törichtes Kind ...«

Ich antwortete nicht darauf und lief hinaus, mich dafür entscheidend, nicht mehr kindisch und streitlustig zu sein.

Ich schritt voran, bis ich den Rand der Verzauberung erreichte, die noch erlöschen musste. Für einen Moment blieb ich stehen, um zu sehen, ob sie diese entfernen würden. Als das nicht passierte, drückte ich meinen Stab dagegen. Mein Blick fokussierte sich, als die Verzauberungen auf dem Stab zum Leben entflammten und an dem schützenden Wall zerrten. Informationen über den Schutzzauber strömten durch die Analyse-Runen aus dem Stab in meinen Verstand. Mit zusammengekniffenen Augen suchte ich nach den Lücken. Als der nächste Impuls durch den Schild fuhr, fügte ich eine Anpassung hinzu.

Einen Moment später öffnete und teilte sich der Zauber für mich, sodass ich hinausgehen konnte. Hinter mir hörte ich einige heftige Atemzüge, doch ich weigerte mich, zurückzuschauen. Wenn sie bereit gewesen wären, zu verhandeln und mir zu helfen, dann hätten wir uns womöglich einigen können. Stattdessen hatten sie sich dafür entschieden, meine Füße über Feuer zu halten und zu beobachten, wie sehr ich mich vor Schmerzen krümmte. Na ja, abgehakt.

Alexa sah auf, während ich zu ihr ging, die Augen erwartungsvoll auf mich gerichtet, als sie meine verzweifelte Haltung bemerkte. Sie drehte ihren Speer herum und beobachtete das Reitrondell. Es gab keinen Grund, etwas zu sagen, nicht so, wie die Dinge gelaufen waren.

Als fünf Minuten verstrichen waren und Caleb nicht herauskam, seufzte ich leise und zog mein Handy heraus.

»Sieht so aus, als bräuchten wir eine Mitfahrgelegenheit«, meinte ich, Alexas Speer betrachtend. »Sie werden uns nicht angreifen. Sie können es nicht.«

»Gut«, entgegnete Alexa, öffnete die Tür der Limousine und holte ihre Reisetasche heraus. Sie sah mich an und grinste. »Shotgun.«

»Hey! Du kannst das nicht sagen, bevor das Auto hier ist«, schimpfte ich, als ich mit der Buchung unserer Rückfahrt fertig war.

»Doch. Ich hab's aber gesagt.«

»Das ist … aargh!« Ich warf die Hände hoch und gestikulierte in Richtung der Zufahrt. »Lass uns an der Hauptstraße warten.«

Zusammen liefen wir hinaus. Ich konnte nicht mit Sicherheit sagen, was Alexa durch den Kopf ging, ich aber setzte mich damit auseinander, wie um alles in der Welt wir überleben würden.

***

Eines Dschinns Wunsch

»Um es zusammenzufassen – die Regierung hat sich um einige Blocks zurückgezogen. Die Druiden und die anderen heidnischen Kulte sind verschwunden. Das Magierkonzil wird das auch. Die Templer und die restlichen Organisationen werden ebenfalls gehen, jetzt da das Konzil seinen Standpunkt bekannt gemacht hat. Und keiner der anderen ruhigeren Wächter, die den Ring wollen, wird hierbleiben, nicht ohne die großen Jungs«, zählte Lily an den Fingern auf. Wir saßen im Wohnzimmer, nachdem ich erklärt hatte, was beim Magierkonzil passiert war, und ihr meine Entscheidung kundgetan hatte. »Ist das richtig so?«

»Ja. Ich bezweifle, dass sie vollständig verschwinden werden, für den Fall, dass ich es schaffe, mein Level zu steigern …« Ich wandte meine Aufmerksamkeit Lily zu. »Können wir das?«

»Was denn?«, fragte sie, eine Augenbraue hebend.

»Können wir mein Level erhöhen? Sagen wir mal, Level 100 in einer Woche oder so erreichen und mich dadurch von dem Zauber erlösen?« Erst als ich zu reden aufhörte, realisierte ich, was für eine lausige Idee das war. Was genau beabsichtigte ich zu tun, wenn ich ein höheres Level hätte? Es war ja nicht so, als würde das möglicherweise künstlich hochgetriebene Level irgendetwas anderes bewirken, als den Wunsch freizusetzen.

»Erhöhen ja, aber nicht um all diese Level. Wir könnten dich mit mehr Erfahrung fluten«, antwortete Lily. »Ich bin mir nicht sicher, warum …«

Alexa zeigte auf mich. »Wir sollten dich ab sofort trainieren. Kompetent.«

»Kompetent?«, wiederholte ich blinzelnd.

Alexa nickte. »Keine willkürlichen, dämlichen Quests, keine Jagd nach der besten Kleidung, kein Schnitzen von albernen Stöcken mehr. Du trainierst, steigerst dein Level und wirst mehr Mana nutzen können.«

»Eine Trainingsmontage?«, sagte ich mit einem leichten Grinsen, nur um von Alexa auf den Arm geschlagen zu werden.

»Idiot. Das ist nicht lustig«, entgegnete Alexa kopfschüttelnd. »Wir sollten auch über einen Umzug nachdenken.«

»Unser Mietvertrag ist noch nicht abgelaufen«, wandte ich sofort ein, an meine arme Kaution denkend. Unsere Kaution. Hmm. Ich fragte mich, ob die Templer ihren Anteil zurück wollten.

»Wir sprechen darüber, vielleicht getötet zu werden, Henry. Konzentrier dich«, blaffte Alexa und ich seufzte.

Ich deutete auf unsere Schutzzauber. »Aber das Haus ist doch geschützt.«

Eines Dschinns Wunsch

»Du weißt, dass die Zauber nicht für immer halten werden. Wollte jemand uns wirklich tot sehen, könnte er die Schutzzauber durchbrechen«, erwiderte Alexa. »Bleiben wir hier, sind wir ein leichtes Ziel. Wenn sie alle von hier verschwinden ...«

Ich nickte, auf meine Hände blickend. Sie hatte recht, es gab tatsächlich keine Alternative dazu. Falls wir fliehen und uns verstecken könnten – die Betonung lag auf *falls* –, dann hatten wir eine Chance zu überleben. Lang genug überleben, um ... um was genau zu tun?

»Henry?«, fragte Lily, den Kopf zur Seite neigend.

»Wie haben deine anderen Besitzer es geschafft, nicht getötet zu werden?«, erkundigte ich mich stirnrunzelnd.

»Nun, zuerst haben sie üblicherweise meine Anwesenheit verborgen«, antwortete Lily. »Und dann, nun ja, haben viele nicht nach Magie gefragt. Geld – wenn es richtig gewünscht wurde – war meist schon genug für sie. Macht war schwieriger, doch sie ließ sich arrangieren. Du hast keine Ahnung, wie viele politisch begründete Hochzeiten ich vermittelt habe. Aber für diejenigen, die Magie brauchten oder nutzen wollten, war ich mehr wie eine Forschungsassistentin, verstehst du? So wurden sie die mächtigsten Magier in ihrer Umgebung. Und wegen der Art und Weise, wie Nachrichten verzerrt wurden, reiste niemand wochen- oder monatelang, nur um ein lausiges Gerücht zu überprüfen. Oder um jemanden zu bekämpfen, der mächtiger war als man selbst, nur für die Chance, ein Artefakt zu erhalten, das besser war als das, was man schon besaß. Vermutlich.«

Ich seufzte, mein Gesicht reibend. »Also meinst du damit, dass Luftverkehr und Telefonleitungen der Tod für mich sind.«

»Mehr oder weniger. Es ist ja nicht so, als wären viele meiner Besitzer getötet worden, weil sie mich besaßen«, entgegnete Lily. »Meine letzten Meister vor dir ließen niemanden von meiner Existenz wissen. Sie verbargen meine Macht und nutzten mich eben nur als Assistentin. Also betreten wir hier Neuland.«

»Yay«, reagierte ich halbherzig. »Ich wollte schon immer einen Fuß auf neues Land setzen.«

Alexa schnaubte und stieß mir gegen die Schulter. »Es spielt keine Rolle. Wir müssen dich nur stark genug bekommen, damit du sie abwehren kannst.«

»Was? Meinst du die ganze Welt?«, wollte ich wissen.

»Oder du könntest jemanden suchen, dessen Kraft dafür bereits ausreicht«, bot Lily an.

»Wie?«

»Na … ähmmm … Mer steckt fest. Hekate … nun ja. Du hast nicht das richtige Geschlecht. Abe schläft irgendwo. Die Acht werden nicht mit dir reden. Ähmm …«

Ich wusste nicht, über wen Lily sprach, aber was sie sagte, war klar genug. Niemand von denen, die sie kannte und die uns hätten beschützen können, würde das tun. Was bedeutete, dass ich es selbst tun müsste.

»Also wenn wir gehen, sollten wir entscheiden, wie. Und wohin.« Alexa schenkte mir ein unsicheres Lächeln.

Ich seufzte. »Du hast einen Plan, oder nicht?«

Bevor Alexa irgendetwas sagen konnte, wurden wir unsanft unterbrochen. Das Kreischen von durchdrehenden Reifen war das einzige Signal, das uns erreichte, bevor ein Truck auf das Haus zu raste. Meine Augen weiteten sich, während ich auf das näherkommende Fahrzeug starrte und beobachtete, wie es auf die Fenster und die Außenwand des Wohnzimmers prallte. Ich sah dabei zu, wie meine Schutzzauber – sie waren niemals für eine solche Situation gedacht gewesen – zum Leben erwachten und versuchten, das Fahrzeug fernzuhalten.

Und wie sie versagten.

Kapitel 13

Die Schutzzauber nahmen den Großteil der Kraft des Fahrzeugs auf. Machtpfeiler, ursprünglich als Machtstachel erzeugt, schossen aus dem Boden. Sie sollten diejenigen, die durch die Fenster kommen wollten, abblocken beziehungsweise verletzen. Es war einfacher gewesen, die gesamte Wand mit derselben Schutzzauberform zu versehen, statt nur bestimmte Wandabschnitte herauszupicken. Die Zauber trafen auf das Fahrwerk des Trucks, noch während sie weiterwuchsen. Sie warfen ihn hoch und rissen die Achse und andere mechanische Teile auseinander.

Anstatt komplett hereinzukommen und uns platt zu walzen, blieb der Truck stecken. Zwei Drittel seiner Karosserie befanden sich im Haus, das letzte Drittel wurde von den Stachelpfeilern in der Luft gehalten. Ich blickte auf die zerschmetterte Frontscheibe und sah dort niemanden. Die Benzintanks des Lastwagens fielen herab und knackten, sie waren zwar durch den ursprünglichen Angriff verbeult und zerbrochen, explodierten aber nicht. Vielleicht verhinderten das andere Teile der Schutzzauber oder die Machtstachel. Was auch immer das Benzin in Brand stecken sollte, es brach kein Feuer aus. Trotzdem roch ich den verschütteten Treibstoff, hörte ihn zu Boden tropfen, während meine Ohren sich von der Kakophonie des Lärms erholten, die der Truck ausgelöst hatte, als er in unser Gebäude rammte.

»Scheiße. Wir werden angegriffen!«, knurrte ich und drehte mich zu Alexa. Nur um zu sehen, dass meine Freundin nur schwach reagierte und gerade zur Besinnung kam, während aus einer klaffenden Wunde an der Seite ihres Kopfes Blut lief. »Oh Götter. Alexa!«

Ich schaute zu Lily und sah sie unversehrt von Staubwolken und Verletzungen, aber schockiert starrend. Nicht zum Truck, sondern auf das zerstörte Display ihres Laptops. Anstatt Zeit auf sie zu verwenden, sah ich mich nach etwas, irgendetwas um und erblickte den eingerollten Verzauberungskreis, das tragbare Habitat, an dem ich gearbeitet hatte.

Ich schnappte es mir und warf es auf den Tisch, bevor ich Alexa mit einem Ruck hochhob und mit ihr in den Kreis trat. Während die Wände der Zuflucht zum Leben erwachten, explodierten schließlich die Benzintanks des Trucks. Ohne das Aufblitzen von Magie, das ich vor der Detonation spürte, hätte ich geglaubt, dass die Explosion durch die Funken sprühende Elektrizität oder den kaputten Lastwagen verursacht wurde.

Die Welt wurde rot und orange, Flammen und Stücke des Trucks trafen auf die *Machtwälle*. Doch sie hielten, ich hatte sie für solch einen Vorfall verstärkt. Nun, das und noch mehr. Mana wurde aus meinem Körper gezogen und strömte in die Runen, alles, was ich regeneriert hatte, und noch ein wenig mehr, bevor die Welt weiß wurde.

Unmittelbar bevor wir wegteleportiert wurden, erhaschte ich einen flüchtigen Blick auf Lily, die unangetastet in den Überresten unseres Heimes stand und verzweifelt und verloren aussah. Inmitten von Rauch und Feuer war unser Zuhause, unser Ort des Lebens und der Erholung, zerstört.

Und dann waren wir fort.

***

Unsere Formen verschwammen, wurden durch eine Paralleldimension transportiert, auseinandergezogen und verzerrt, bevor wir in die harte Realität zurückkehrten, zu dem Ankerpunkt, den ich erschaffen hatte. Zu der Markierung, die ich gesetzt hatte. Ich taumelte nach vorne. Diese Bewegung, die faktisch keine Bewegung war, brachte mich aus dem Gleichgewicht. Ich stolperte vorwärts, während ich Alexa hielt, und schaffte es, mich gerade so weit zu drehen, dass sie nicht auf den Boden fiel.

Als ich mich nach oben drückte, kämpfte sich Alexa geschwächt aus meinen Armen heraus und plumpste neben mir auf den Hintern. Ich schob ihre Hände auseinander, drückte die Wunde an ihrem Kopf zusammen und wirkte *Heilen*. Glücklicherweise hatte ich mich so sehr an diesen Zauber gewöhnt, dass ich nicht länger eine physikalische Komponente für die Beschwörung benötigte.

Nach einigen Minuten drängte mich Alexa beiseite und reinigte sich das Gesicht. Sie rieb sich das klebrige durch die Hitze geronnene Blut ab, die uns selbst durch die Barriere hindurch erreicht hatte. Während Alexa damit beschäftigt war, sich zu säubern, prüfte ich sorgfältig unsere Umgebung. Ich ergriff einen der Schutzzauber und sandte Mana in ihn, die Zauber verstärkend, die sich automatisch errichtet hatten, als wir hier angekommen waren. Unter anderem sollte das unsere Aurasignaturen verstecken, auch die von Lily. Das würde nicht ewig halten, aber es gab mir Zeit, am nächsten Schritt zu arbeiten.

Bevor ich dazu kam, fragte Alexa: »Wo sind wir?«

»Ähm ... nun ja. In einer Lagerhalle. Etwa drei Kilometer vom Haus entfernt. Ich brauchte einen Ort, um die Teleportationszauber zu testen, und ich habe den hier für meine, na ja, anderen Dinge genutzt. Und dann habe ich ihn vergessen.« Ich deutete auf die Vielzahl von Koffern, Truhen und wahllosen Einrichtungsgegenständen, die ich gesammelt und nie zu verkaufen geschafft hatte. In einigen Fällen hatte ich sie aber behalten, weil ich das Gefühl hatte, sie später zu brauchen.

Zugegebenermaßen war mein Versteck für regnerische Tage in Vergessenheit geraten, nachdem ich Magie erhalten hatte. Ich erinnerte mich nur an die Halle als einen möglichen Ort für meine Teleportations-Experimente. Und ich musste zugeben, dass ich hier einige Zeit damit verbracht hatte, Schutzzauber aufgrund einer Quest aufzubauen, die Lily mir gegeben hatte.

Das erinnerte mich daran, dass Lilys und meine Signaturen verborgen bleiben mussten, was einen beweglichen Schutzzauber erforderte. Die einfachste Möglichkeit war, den Zauber auf etwas zu inskribieren, das leicht zu tragen war. Glücklicherweise besaß ich hier unter anderem kleine Holzblöcke und Schreibwerkzeug. In kurzer Zeit richtete ich einen Arbeitsplatz ein.

»Alexa, kannst du Schnur finden? Ich denke an etwas wie Halsketten«, bat ich sie, bevor ich mich den Blöcken zuwandte.

Ich brauchte einige Minuten, mir die Schutzzauber ins Gedächtnis zu rufen, die ich geplant, aber nie erschaffen hatte. Einmal mehr überlegte ich, warum ich das nicht getan hatte, warum ich davon ausgegangen war, dass meine »Verbündeten« bei mir bleiben würden. Und verfluchte mich für diese Dummheit. Allerdings war es für Reue zu spät. Zeit, an die Arbeit zu gehen, Zeit, die von mir erdachten Dinge zu vollenden, die ich leider nie fertiggestellt hatte.

Dreißig Minuten später lagen zwei Amulette vor mir. Das erste unterdrückte und veränderte Alexas Aura – für diese Schöpfung hatte ich fünf Minuten gebraucht. Für das zweite Schutzamulett, für Lilys und meine stärkeren Auren, benötigte ich den Rest der Zeit. Ich hatte gedanklich einige Möglichkeiten durchgespielt. Zuerst hatte ich vorgesehen, zwei Schutzzauber zu erschaffen – einen für Lilys Ring und einen für mich selbst. Jedoch funktionierte dafür die Mathematik nicht. Gerade die atmosphärische Aura des Ringes verlangte, dass ich einen viel größeren, mächtigeren Auraschutzzauber auftragen müsste.

Um dieses Problem zu lösen, entschied ich mich für etwas Kreativeres. Erst integrierte ich die Aura des Rings in meine. Durch die Veränderung wurde diese viel stärker. Sobald ich die Aura gewechselt hatte, musste ich ihre

Ausstrahlung verringern. Ein Aspekt war natürlich, dass sie jetzt so machtvoll war, dass es unmöglich schien, sie ständig unterdrückt zu lassen. Deshalb veränderte ich sie in Etappen, zuerst durch die Kompression des atmosphärischen Manas, was den Radius reduzierte. Das musste ich mehrfach tun, bis ich nicht mehr wie ein Leuchtfeuer strahlte. Das Ergebnis war, dass mich meine komprimierte Aura sogar machtvoller erscheinen ließ, als ich eigentlich war. Doch um das zu spüren, musste man mir nahekommen.

Zumindest war das die Theorie. Ich nahm das Amulett, ließ die Kette über meinen Kopf gleiten und holte tief Luft, bevor ich es aktivierte. Ich spürte, wie ein kalter Wind über meinen Körper strich und mich erzittern ließ, dann wie er wieder und wieder über mich hinweg streifte, jedes Mal verdichtete sich meine Aura mehr und mehr. Es fühlte sich an, als würde mein Schutzzauber stundenlang arbeiten, jedoch dauerte es nur einige Minuten, bis sich meine Aura stabilisiert hatte.

»Was hast du da gemacht?«, erkundigte sich Alexa, als ich mich wieder auf sie fokussierte.

»Ich habe meine Aura komprimiert und den Ring darunter verborgen«, erklärte ich. »Wonach fühlt es sich an?«

Alexa betrachtete mich mit geneigtem Kopf, bevor sie antwortete. »Als würde ich an einem heißen, sonnigen Tag im Lichte der Sonne stehen, die auf mich hinunter knallt. Wie ein warmer Wind, der über meine Haut weht und doch kein echter Wind ist.«

»Okay. Fast schon poetisch.«

Alexa prustete und sah sich dann um, bis sie leise nachfragte: »Lily?«

»Es geht ihr gut.« Ich lachte bitter. »Eine Explosion kann ihr nichts anhaben. Sie ist bereits zurück im Ring, aber wir können sie nicht herausholen.«

»Warum?«

»Ihre Aura - wenn sie nicht im Ring ist. Sie würde diese Schutzzauber zerreißen«, antwortete ich gestikulierend. »Ich muss kräftigere Zauber auslegen und spezielle Materialien herstellen, um sie zu verbergen.«

Alexa nickte und verzog dann das Gesicht. »Es tut mir leid. Ich hätte nicht gedacht, dass sie so schnell handeln.«

»Nicht dein Fehler. Du hast mich gewarnt. Mich nicht auf sie zu verlassen. Die Dinge nicht weiter aufzuschieben. Ich wollte nur … Ich wollte nicht glauben, dass sie mich, dass sie uns so schnell aufgeben würden.«

Alexa deutete ein trauriges Lächeln an, und ich konnte nicht anders, als mich daran zu erinnern, dass auch sie weggeworfen worden war. Vielleicht hätte ich auf sie hören sollen. Zu spät. Verdammt nochmal zu spät.

Und jetzt saßen wir hier, hockten in der Lagerhalle und hofften, dass die von mir erschaffenen Artefakte funktionieren würden. Dass sie ausreichend wären. Selbst jetzt spürte ich die Last auf dem Stück Holz an meinem Hals, die Art und Weise, wie es bereits zu zerfallen begann. Es würde nicht sofort auseinanderbrechen, doch auf lange Sicht schon. Am Ende.

»Was jetzt?«, fragte Alexa.

Ich schloss die Augen, dann öffnete ich sie wieder. »Lass uns alles mitnehmen, was nützlich ist. Wir sollten in Bewegung bleiben. Ich werde einen Zerstreuungszauber wirken, um unsere Abreise zu verschleiern. Wir sollten Wasser überqueren und zwar schnell. Vorzugsweise raus aus dieser Stadt.«

Alexa nickte. »Ich weiß einen Ort für uns. Und ich habe Geld beiseitegelegt. Wir müssen nur einen kurzen Stopp einlegen.«

Zu diesem Zeitpunkt war ich zu müde, um von ihren Worten überrascht zu sein. Letztlich fühlte ich nur Dankbarkeit, dass wenigstens einer von uns für diesen Fall vorausgeplant hatte. Für den Fall, verraten zu werden.

Eines Dschinns Wunsch

***

»Eine Bowlingbahn?«, fragte ich Alexa, eine Augenbraue hebend.

Nachdem wir die Lagerhalle verlassen hatten, waren wir stundenlang umhergewandert, mit der Fähre über die Bucht übergesetzt und dann wieder zurück, um unsere Spuren zu verwischen. Es war nicht perfekt, aber besser als nichts. Danach hatte Alexa die Führung übernommen, zuerst zu einem Co-Working-Space, wo wir uns einige Stunden in einem gemieteten Büro entspannten, bevor wir schließlich an der Bowlingbahn ankamen, als diese gerade öffnete.

»Hier lang«, führte mich Alexa direkt zu den Schließfächern.

Ich erfasste schnell den Weg, folgte ihr und blickte mich um, um sicherzustellen, dass wir nicht beobachtet wurden. Wie nicht anders zu erwarten, kümmerte sich das Personal – hormongesteuerte und gelangweilte Teenager – nur wenig um uns.

Alexa zog eine große Reisetasche aus dem Schließfach und wechselte ihre Jacke gegen eine, die im Fach lag, bevor sie mir die Tasche zuschob. Ich runzelte die Stirn, öffnete sie und mein Kiefer klappte herunter.

»Wo hast du denn den her?«, wollte ich wissen.

»Hab' ihn mitgehen lassen«, antwortete Alexa.

In der nun geöffneten Tasche lag ein Zauberstab, eine kleinere Version des Stabes, den ich zurücklassen musste. Ich blinzelte, starrte darauf und erinnerte mich, wie ich eben diesen zur Seite geworfen hatte, aufgrund meiner Unzufriedenheit über die Platzierung der Schutzzauber. Danach konnte ich ihn nicht mehr finden. Ich hatte fast eine Stunde damit verbracht, das Haus nach ihm abzusuchen, bevor ich schließlich aufgab. Ich glaubte, ich würde ihn versteckt unter einem Couchkissen oder unter meinem Bett entdecken. Oder auf dem Bücherregal, weil es Sinn ergeben hätte, ihn dort zu platzieren. Aber jetzt war er hier.

Ich nahm den Zauberstab auf und runzelte vor Bestürzung die Stirn, als ich die zahlreichen Schwächen bemerkte. Ich hatte ihn vor fast einem halben Jahr hergestellt, und seitdem war ich in Geschick und Handfertigkeit besser geworden. So sehr, dass die von mir gemachten Fehler ohne jede Prüfung offenkundig waren. Es juckte mir in den Fingern, sie zu beheben, doch ich schob das auf und ließ den Stab in meine Jacke gleiten. Nicht dass ich ihn brauchen würde, doch wie mein anderer konnte auch dieser Zauberstab Beschwörungsaspekte übernehmen. Nur nicht so viele.

Ich griff auch das Geldbündel und steckte es in die Jacke, nachdem ich ein paar Scheine für meine Geldbörse herausgelöst hatte. Ich fragte nicht, wie Alexa es geschafft hatte, so viel zu horten. Es ging mich wirklich nichts an. Ich war nur dankbar, dass sie es getan hatte. Am meisten verblüffte mich aber der Satz gefälschter Ausweise in einem Ziplock-Beutel.

»Gefälschte Ausweise?«, fragte ich, eine Augenbraue hebend.

»Ja. Tausch sie schnell aus. Wir sollten die Stadt verlassen, so schnell wir können«, antwortete Alexa.

»Deswegen… Wie?«, stammelte ich. »Ich glaube nicht, dass es schlau wäre, öffentliche Verkehrsmittel zu nutzen. Und es ist ja nicht so, als könnten wir eine Mitfahrgelegenheit ergattern. Nicht ohne unsere Handys.«

»Das habe ich erledigt«, versicherte Alexa nur. »Entspann dich.«

Ich blickte trübsinnig, nahm sie aber beim Wort. Ich griff nach der mir angebotenen Baseballkappe und ließ sie auf meinen Kopf gleiten. Nun, darin war sie die Expertin. Meine Fachkenntnisse über Verkleidungen beschränkten sich auf Pixel, Hausdächer und das Töten der Wachen, die einen beim Vorbeischleichen erwischten.

***

Drei Stunden später saßen wir luxuriös im Komfort von Polyesterpolstern, gefärbt in einem blassen Grau und Grün, mit einer schwarzen Armlehne zwischen uns und einem LCD-Bildschirm zur Unterhaltung vor uns. Von oben blies kalte Luft, was aber nur wenig half, die grauhaarigen Rentner zu übertönen, die soeben neue Freunde fanden und laut von der nächsten »Attraktion« sprachen, die sie sehen würden.

Ich murmelte Alexa zu: »Ein Reisebus? Dein großartiger Plan ist ein mit Rentnern gefüllter Reisebus?«

»Ja«, bestätigte Alexa und sah mit sich selbst zufrieden aus. »Öffentlicher Verkehr, aber nicht wirklich. Alle Fenster sind getönt, also keine Möglichkeit, dass jemand hineinsieht. Touren wie diese starten täglich zu mehreren Orten. Und sollte niemand eine vollständige Überprüfung des Busses veranlassen, spielt nicht einmal ein Stau eine Rolle.«

Ich musste zugeben, dass die Frau recht hatte. Bei den meisten Verkehrsstörungen kam niemand auf die Idee, einen Reisebus zu betreten, insbesondere nicht auf den großen Schnellstraßen. Diese dadurch erzeugte Verzögerung würde nur im schlimmsten Fall eintreten, und unsere Gegenspieler hatten bestimmt keinen solchen Einfluss.

Was bedeutete ...

»Ich schätze mal, dass wir nicht die ganze Tour lang im Bus bleiben?«, erkundigte ich mich.

»Nein. Wir werden in der dritten Stadt umsteigen, aber für heute Nacht ...« Sie umfasste den Bus mit einer Geste. »Wir werden die Nacht hier durchschlafen und dann aus unserer Stadt raus sein.«

»Als könnte ich schlafen«, behauptete ich, was Alexa ein Lächeln entlockte.

»Nun, ich kann. Also wenn du wach bleibst ...«

Ich winkte ab, woraufhin die Blondine erneut lächelte und sich dann ihre Jacke zusammenrollte, um den Kopf ans Fenster zu lehnen. Nach kurzer Zeit war die Ex-Novizin eingeschlafen, tot für die Welt. Ich jedoch wusste, dass sie, wenn es notwendig wäre, in vollkommener Bereitschaft aufwachen würde. Manchmal beneidete ich sie um dieses Talent.

»Dann kann ich auch an die Arbeit gehen«, murmelte ich und fischte in meiner Tasche nach Materialien. Nach nichts Besonderem, aber die Ausrüstung, die ich jetzt trug, verlangte nach weiteren Werkzeugen. Das Schnitzmesser und die Holzblöcke würden mir dabei helfen.

Unsere Angreifer hatten uns vielleicht aus dem Haus getrieben und beinahe getötet, aber dieses beinahe würde sie etwas kosten. Ich mochte womöglich nicht wissen, wer uns angegriffen hatte oder warum, doch es spielte keine Rolle. Wir hatten überlebt. Und solange wir lebten, konnten wir stärker werden. Wir konnten besser werden.

Als der Bus schließlich vom Bahnhof abfuhr, die Passagiere vollständig eingeladen, gab ich mir selbst das Versprechen, zurückzukommen. Zurück in mein Zuhause. Nicht in schmachvoller Niederlage, sondern im Triumph. Eines Tages.

Ich würde wiederkommen.

Kapitel 14

»Bist du bereit?«, fragte Alexa, als sie über mir stand.

Ich nickte der Ex-Novizin kurz zu, dann berührte ich Lilys Ring und sandte eine mentale Zusicherung an den Dschinn. Es waren vier Monate vergangen und wir mussten sie noch immer beschwören. Es gab Dutzende Gründe – vom Fehlen der richtigen Materialien, über die Priorisierung neuer Aurablocker, bis hin zum Finden eines ruhigeren Ortes für die Beschwörung –, doch letztlich bedeutete das, dass wir den Dschinn im Ring gelassen hatten.

Ich musste zugeben, dass ich Lily mit ihrer Videospielsucht, die spätnächtlichen Smash Bros.-Duelle und unsere Konversationen über Mahlzeiten vermisste. Wenn ich eine Quest beendete, schob sie gelegentlich ein oder zwei Sätze in die Quest-Benachrichtigung, aber das war nicht das Gleiche. Mir fehlte meine Freundin. Aber wenigstens hatten Alexa und ich auf diese Weise eine größere Chance, uns zu verstecken.

»Weißt du, ich mochte diesen Ort«, gab ich zu und sah mich in dem schlichten Haus um, das wir gemietet hatten. Wir hatten das Inserat an das Fenster einer Tankstelle geklebt gefunden, und waren dort eingezogen. Das Gebäude war einst ein Hochzeitsgeschenk, bevor das geschäftstüchtige Pärchen merkte, dass das Leben in einem kleinen Haus wie diesem nichts für sie war. Jetzt stand der simple einstöckige Container in ihrem Hinterhof und wurde von Durchreisenden wie uns bewohnt. Die Miete war niedrig, die Bequemlichkeiten minimal, aber es war dennoch schön.

»Das war eine nette Abwechslung zu den sonstigen Absteigen«, stimmte Alexa mir zu, das Gesicht verziehend.

Ich ließ ein ironisches Lächeln aufblitzen, im Wissen, dass es der bezaubernden Ex-Blondine an diesen Orten schlimmer gegangen war. Sie hatte sich die Haare zu einem langweiligen Schwarz gefärbt, kurz nachdem wir die Stadt verlassen hatten, und frischte alle paar Tage ihre Ansätze auf. Doch schlechte Färbungen und schlabbrige Kleidung konnten ihre Schönheit dennoch nicht verbergen.

»Aber wir können nicht bleiben. Du weißt das.«

»Ich weiß. Die Würfel haben elf Tage gesagt, also sind es elf«, entgegnete ich.

Statt in ein erkennbares Muster zu fallen, hatten wir beschlossen, darum zu würfeln, wo wir wie lange blieben. Dabei hatten wir uns selbst limitiert, zu einem Maximum von zwölf Tagen an einem Ort. Sogar unser nächstes Ziel wurde durch die Würfel entschieden, dabei wählten wir aus öffentlichen Transportmitteln und kleinen Städten.

Eines Dschinns Wunsch

Ich hob den Rucksack hoch und setzte ihn auf. Wir schlossen die Tür, ließen den Schlüssel im Briefkasten zurück und gingen hinaus in das kalte Herbstwetter. Glücklicherweise fuhren wir meist Richtung Süden und blieben durch Würfel und auf eigenen Wunsch in wärmeren Gegenden. Wir diskutierten lange und heftig darüber, ob wir auch größere Städte berücksichtigen oder bei kleinen bleiben sollten, bevor wir es doch dem Zufall überließen. Es gab dafür keine richtigen Entscheidungen, denn unsere Feinde waren mannigfaltig und zahlreich.

Große Städte bedeuteten wuselnde Massen von Menschen, genug, damit wir in der Anonymität der Bevölkerung verschwinden konnten. Darüber hinaus boten sie eine breite Vielfalt an Jobs, die nur bar bezahlt wurden, so wie wir inzwischen überlebten. Notfalls konnten wir den lokalen Drogendealer oder Zuhälter überfallen und berauben, um ihre illegalen Gewinne für uns selbst zu nehmen, bevor wir die Stadt verließen. Allerdings hatten wir das erst zweimal gemacht. Obwohl Kriminelle wahrscheinlich keine Anzeige bei der Polizei erstatten würden, waren sie doch anfällig für Klatsch und Tratsch. Und Schusswaffen, die nicht feuerten, plötzliche Orientierungsstörungen und Müdigkeit, sowie eine hochqualifizierte Kampfkünstlerin, die ihnen mit zwei

Stöcken die Seele aus dem Leib prügelte, waren genau die Art Gerüchte, von denen wir nicht wollten, dass sie sich verbreiteten.

Neben all diesen Vorteilen hatten große Städte aber auch eine stärkere Konzentration von Übernatürlichen, was die Chance erhöhte, auf jemand Gefährlichen zu treffen. Darüber hinaus waren Großstädte das Kernstück unseres Überwachungsstaates. Es gab nur wenige Bezirke, in die wir gehen konnten, ohne dass unsere Gesichter aufgezeichnet wurden. Und mein neuer Schnurrbart, eine Baseballkappe und zwei Kontaktlinsen waren eine echt armselige Verkleidung, selbst wenn sie durch Magie ergänzt wurde.

In kleinen Städten wurden dagegen technologische Wichtigtuer durch menschliche Nervensägen ersetzt. Die Zahl sensationssüchtiger Nachbarn, denen wir begegneten, war überwältigend. Besonders jener, die von unserer gemischtrassigen Beziehung überrascht waren. Es war so schlimm geworden, dass ich gelegentlich den Zauber *Glamour* genutzt hatte, um meine Hautfarbe zu verändern und somit Fragen zu vermeiden.

Damit nicht genug, boten kleinere Städte und Ferienhäuser außerhalb wenig in Sachen Arbeit oder anderen Annehmlichkeiten. Mit unseren extrem knappen Mitteln konnten wir es uns nicht leisten, lange an solchen

Eines Dschinns Wunsch

Orten zu bleiben, bis wir weiterziehen mussten, um nach Arbeit zu suchen. Und ärgerlicherweise besaßen Kleinstädte oft auch örtliche Wächter – heidnische Magier, Schamanen und einheimische Übernatürliche. Selbst wenn sie nicht begehrten, in die Politik der größeren übernatürlichen Gesellschaft involviert zu werden, brauchte es nur einen einzigen, um die Hinweise zu kombinieren und uns zu melden.

»Glaubst du, wir haben es geschafft, sie loszuwerden?«, fragte ich, den Kopf Richtung Alexa neigend.

In der vorigen Stadt waren wir attackiert worden. Eine Gruppe von Magier-Gesellen, die Symbole des Konzils tragend, hatte uns lokalisiert - obwohl vermutlich nicht direkt beauftragt. Wir hatten ihre Leichname und ein zerstörtes Viertel zurücklassen müssen, sowie ihre Besitztümer und ihr Geld gestohlen, bevor wir uns ganze zwei lang Tage von dem Ort entfernten.

»Vielleicht«, antwortete Alexa, sie klang erschöpft.

Ich bemerkte die Tränensäcke unter ihren Augen, die Anspannung in ihren Schultern, und zuckte zusammen. Sie lief zu der Blechkiste, die wir angehalten hatten, ließ ihre Tasche auf die Rückbank fallen und stieg ein, während ich mich beeilte, sie einzuholen. Ich wusste, wie müde sie war, wie wenig Schlaf sie jede Nacht bekam. Die Aufgabe, die

Bürde unserer Sicherheit war über sie gekommen, denn ich war auf den einzigen Ausweg konzentriert, den wir noch hatten.

Lernen. Und mein Level steigern.

Man konnte sagen, dass ich sprunghaft an Kraft gewonnen hatte. Ich war jetzt auf Level 76. Eine deutliche Steigerung meiner Stärke. Doch das hatte vier Monate gedauert. In dieser Geschwindigkeit würde ich, um überhaupt die Standards eines Magiers des Dritten Kreises zu erfüllen, ein weiteres halbes Jahrzehnt benötigen. Ein Jahrzehnt als Minimum, um dort zu stehen, wo ich den Kampf aufnehmen könnte.

Während ich das angespannte Gesicht meiner Freundin, die Ringe unter ihren Augen und dann meine Hände betrachtete, fragte ich mich: Halten wir so lange durch?

***

Vorsichtig fuhren wir über eine kleine Landstraße, weil klein und unausgelastet gleichzeitig bedeutete, dass sie kaum instandgehalten wurde. Um uns herum sahen wir grüne Vegetation auf eingezäunten Feldern, und Getreide, das im Wind hin und her wogte. Doch gerade als wir aus einer Kurve kamen und mit etwa 60 Kilometern pro Stunde weiterfuhren, trat ein Mann in die Mitte der Straße. Ich wurde ruckartig in meinen Sicherheitsgurt gepresst, weil Alexa bremste. Ihre Instinkte übernahmen und wir kamen mit kreischenden Bremsen nur einige Zentimeter vor ihm zum Halt. Das Auto schlingerte leicht, als sie gleichzeitig versuchte, ihm auszuweichen.

Ich drehte den Kopf zur Seite und betrachtete den Mann mitten auf der Straße, der einen kleinen Stock in den Händen hielt. Er war in eine simple Baumwolljacke gekleidet, die Ärmel über die gebräunten Arme hochgekrempelt, und hatte hellbraunes, kurz geschnittenes Haar. Als er lächelte, vertieften sich die Falten um seine Augen und offenbarten sein fortgeschrittenes Alter von ungefähr sechzig Jahren. Sein Gesicht wies keinerlei Veränderung durch chemische Injektionen auf. Ich kniff die Augen zusammen, als Lily eine Statusbenachrichtigung aufblitzen ließ.

Julian Barber (Level 218)
LP: 3100/3100
MP: 0/0

Nichts davon sagte mir, wer das sein sollte, doch das Fehlen einer Manasignatur, der Mangel an Magie, war für mich eine Erleichterung. Sein Level dagegen war das nicht und ich fragte mich, wie er ein so hohes Level aufweisen konnte, ohne ein Magier zu sein. Die aberwitzige Anzahl an Lebenspunkten war natürlich ein Hinweis. Ein sehr prägnanter.

»Magier Tsien. Miss Dumough«, rief Barber, mit dem Stock auf den Boden tippend. »Flieht nicht. Das würde nicht helfen. Ich bin nur zum Reden hier.«

Alexa knurrte, setzte das Auto etwas zurück und richtete es aus. Sie nahm ihre Augen nicht von ihm, während sie das Fahrzeug so lenkte, dass sie um ihn herumfahren konnte, im Vertrauen darauf, dass ich uns beschützte. Als sie mit der Position zufrieden war, griff sie unter ihren Sitz, holte ihre Pistole hervor und zielte damit auf Barber, hielt sie aber verborgen. Erst dann kurbelte ich das Fenster herunter.

»Rede«, sprach Alexa.

Jetzt, da Alexa ihm ihre volle Aufmerksamkeit schenkte, beschwor ich einen schnellen Ortungszauber, eine Variante von *Vorhersagen und Überwachen*, den ich nun schon so lange kannte. Ein Zauber, der Leben aufspürte, seine Stärke war auf das Level etwas oberhalb eines Eichhörnchens gesetzt. Als er sich löste, flackerten die Einzelheiten durch meinen Kopf. Ein paar Krähen und Barber waren die einzigen Präsenzen in einem Radius von rund fünfhundert Metern, über die der Zauber wirksame Daten lieferte. Von weiter außerhalb kamen nur verschwommene Informationen, doch selbst dieses Gebiet war relativ frei von signifikanten Lebensformen.

»Ich habe eine Nachricht für euch.« Er hob den Stock, und sofort spannten wir uns an. Doch es war kein Angriff, nur ein Mittel, um seine Worte zu unterstreichen. »Also eigentlich für den Magier.«

»Wie lautet die Nachricht?«, wollte Alexa wissen, ihre Augen bewegten sich keinen Moment von Barber weg. Leise flüsterte sie: »Ich habe von ihm gehört. Er ist ein bekannter Aufspürer. Ein Lykanthrop.«

Ich fluchte und hätte beinahe verpasst, was er als Nächstes sagte.

»Du hast Zeit bis Neujahr. Wenn du bis dahin nicht in die Stadt zurückkehrst, werden sie deine Mutter töten. Und einen weiteren Angehörigen für jeden Monat, den du dich weiterhin versteckst.«

Ich erbebte, seine Worte ließen mich in Schweiß ausbrechen. Meine Familie ... meine Schwester ... Was? Wie? Mein Verstand setzte kurz aus, er war nicht in der Lage, die Drohung zu verarbeiten, die so beiläufig überbracht worden war.

»Das könnt ihr nicht tun!«, schimpfte Alexa wütend. »Sie sind kein Teil davon. Von unserer Welt. Sie sind Irdische! Das Gesetz ...«

»Traditionen können gebrochen werden. Und werden gebrochen.« Barber verzog das Gesicht. »Es tut mir leid. Ich bin nur einer von vielen Boten. Ich stimme nicht mit dem überein, was sie tun. Hättet ihr aber die Nachricht nicht erhalten, würden sie ihre Drohung dennoch wahrmachen. Diejenigen, die euch tot sehen wollen, sind niemand, die Gnade oder Verlängerungen anbieten.«

»Warum am Ende des Jahres?«, krächzte ich, mein Verstand sperrte sich gegen den Teil, der mich überrascht hatte.

»Ein Kompromiss. Ihr habt euch vortrefflich verborgen. Es gab die Sorge, dass ihr euch allen Boten entziehen könntet.«

Ich ächzte, meine Gedanken wandten sich wieder meiner Mutter und meiner Schwester zu. Zu denen, die ich zurückgelassen hatte. Ich hatte sie vergessen, hatte verdrängt, dass auch sie angreifbar waren. Ich hätte daran denken sollen, hätte es wissen sollen. Hätte ...

»Ist das alles?«, fragte Alexa, Barber finster anblickend.

Als er nickte und sich vom Auto entfernte, gab Alexa Gas und brachte uns von ihm weg. Sich nicht länger um

Schlaglöcher oder plötzlich auftauchende Kühe scherend, fuhr sie davon. Während ich über mein Versagen nachdachte.

***

Etliche Stunden lang hielten wir nicht an. Wir fuhren durch den halben Staat und landeten in einem weiteren heruntergekommenen Motel. Wir bezahlten bar für zwei Betten, auf die ich den Zauber *Reinigen* anwandte, sobald ich unsere Schutzzauber aufgestellt hatte. In der Zwischenzeit überprüfte Alexa, ob der Raum verwanzt war, bevor sie sich die Schlüssel schnappte und erneut das Auto durchsuchte. Nicht, dass sie das nicht schon Stunden zuvor gemacht hätte, aber wir waren ein wenig paranoid geworden. Eine halbe Stunde später hatten wir alles Mögliche getan, um sicherzustellen, dass wir nicht verfolgt wurden, und saßen uns auf den abgenutzten, aber nun sauberen Betten gegenüber, während im Hintergrund ein alter Röhrenfernseher lief.

»Ich muss zurück«, brach ich die Stille, der Wahrheit offen entgegentretend. Ich wusste, dass es gesagt werden musste. Auch wenn mir bewusst war, dass es die falsche Entscheidung war. Die zu erwartende Entscheidung.

»Ich weiß.«

»Du solltest nicht versuchen, mich umzustimmen ...« Ich hielt inne, als mein Verstand mich einholte. »Du hast keine Einwände?«

Alexa stieß ein unechtes Lachen aus, das schnell wieder verstummte. »Nein. Sie bedrohen deine Familie. Ich wäre enttäuscht, wenn du dich nicht für sie entschieden hättest.«

»Selbst wenn es möglicherweise ein Bluff ist?«

»Kannst du es riskieren?«, fragte Alexa. Als sie den Ausdruck in meinem Gesicht sah, fuhr sie fort. »Darum ist es solch eine effektive Drohung.«

»Ich hätte ...« Ich holte tief Luft, meine Emotionen beruhigend, selbst als ich das Bedürfnis nach Erklärungen und Ausreden beiseiteschob. Es war zu spät, um die Wahrheit zu sagen. Um meine Familie zu warnen. Um etwas anderes zu tun. Trotzdem konnte ich nicht anders, als eine nagende Schuld in meinem Magen zu spüren, den Schmerz, geliebte Menschen in Gefahr gebracht zu haben. Aber ich hätte auch Lily nicht aufgeben können. Nicht, damit sie dann für alle Ewigkeit benutzt und missbraucht werden würde.

»Es ist nicht deine Schuld«, entgegnete Alexa sanft. »Du hattest niemals eine wirkliche Wahl.«

»Aber vielleicht hätte ich mich auf sie verlassen sollen. Sie haben gefragt. Mich angefleht, ihnen zu vertrauen.« Ich drehte mich weg und wischte mir über die Augen. »Jetzt könnten sie sterben.«

»Werden sie nicht«, erwiderte Alexa entschieden. »Wir werden zurückkehren und dafür sorgen, dass sie in Sicherheit sind.«

»Wir?«

»So leicht wirst du mich nicht los«, antwortete Alexa.

»Ich kann das nicht von dir verlangen.«

»Tust du ja auch nicht.«

Ich lächelte dankbar. »Also. Was jetzt? Fahren wir zurück?«

»Nein. Nicht sofort.«

»Aber ...«

»Sie werden ihnen nichts tun. Sie haben dir aus gutem Grund eine Frist gegeben«, konterte Alexa, die Augen verengend. »Wir haben zwei Monate. Lass uns nichts überstürzen.«

Mein Magen zog sich zusammen, erst aus Angst, dann vor Wut. »Du kannst dir nicht sicher sein, dass sie nicht vorher handeln werden.«

»Und du kannst dir nicht sicher sein, dass sie deine Familie nicht verletzen, wenn du ihnen Lily nicht aushändigst«, blaffte Alexa. »Es gibt nur einen Ring, erinnerst du dich? Was, wenn du dort erscheinst und sie sich um den Ring prügeln? Was, wenn die Gruppe, die ihn nicht bekommen hat, es an deiner Familie auslässt? Oder sie versuchen, dass du ihnen zuerst den Ring gibst, indem sie deine Verwandten entführen?« Als ich nicht antwortete, fuhr Alexa fort. »Du kennst den momentanen Status deiner Familie nicht. Sind sie gekidnappt worden? Werden sie nur beobachtet? Ich schätze, sie überwachen sie. Aber was, wenn ich unrecht habe? Wir wissen ja nicht einmal, wer ›sie‹ überhaupt sind. Nicht wirklich.«

»Aber es war das …« Ich verstummte. Ich hatte keine Ahnung, wer meine Familie bedrohte. Ich sagte mir, dass es das Magierkonzil wäre, weil … Ich wusste nicht einmal, warum. Weil die Magier diejenigen waren, von denen ich dachte, dass sie mich verfolgt hatten? Aber sie waren nicht diejenigen, die den ersten Angriff auf mich begonnen hatten. Immerhin hatten sie damals die Möglichkeit, bei mir einzudringen. Ich stellte nur Vermutungen an. Diese ganze Sache ging mir wirklich an die Nieren.

»Genau. Dir wurden nicht einmal Zeit oder Ort exakt benannt. Nur die Stadt. Also, was sagt dir das?«, fragte Alexa mit leiserer Stimme, nicht länger so eindringlich, nachdem ich mich beruhigt hatte.

»Ich ... bin mir nicht sicher.«

»Ich auch nicht. Aber ich glaube, wir sollten es herausfinden, denkst du nicht?« Als ich schweren Herzens nickte, lächelte Alexa mich an. »Morgen werden wir uns trennen.«

»Was?«

»Du kannst nicht wissen, was vor sich geht. Und es ist einleuchtend, dass wir zusammen nur ein einziges Ziel sind. Also werden wir uns aufteilen. Du trainierst und steigerst dein Level. Ich werde ergründen, was in der Stadt los ist.«

»Du?« Ich ließ die Augen über die Frau von klassischer Schönheit streifen. »Alexa, du bist ... ähmmm ...«

»Weniger auffällig als ein Magier mit seiner magischen Aura? Trainiert in Spionage? Mit Fachkenntnissen und Kontakten in der übernatürlichen Welt — insbesondere in der Stadt —, die über deine hinausgehen? Und am wichtigsten: Nicht der meistgesuchte Mensch auf Erden?«, zählte Alexa auf.

»Doch man kennt dich.«

»Ich werde unsere Feinde meiden. Aber den Mann auf der Straße? Diejenigen, denen wir geholfen haben? Es wird sie nicht kümmern. Sie werden es nicht einmal wissen. Es ist ja nicht so, als würden die Organisationen ankündigen, dass sie dich jagen. Das sind keine Nachrichten, die sie verbreiten würden. In einigen Fällen negativ für die Reputation. Gefährlich in anderen«, erwiderte Alexa.

Gegen mich agierende Gruppierungen wollten womöglich nicht, dass ich lang genug überlebte, um ihren Feinden meine Macht zu leihen. Das war einer der Gründe, warum das Magierkonzil bereit gewesen war, über mich zu wachen – um gegen ihre Feinde zu handeln, ohne erhebliche Ressourcen aufzuwenden. Wenn das Konzil nicht direkt gegen mich agierte, und auch nicht der Orden, dann war es für Alexa ungefährlicher. Zumindest war sie nicht das finale Ziel. Und wir brauchten diese Information.

Trotzdem ...

»Warum machst du das?«, wollte ich wissen und neigte den Kopf, während ich die Ex-Novizin betrachtete. »Das, das ist viel mehr als das, was man von einer Freundin erwarten würde.«

»Freundin ... Ich schätze schon.« Alexa lächelte mich an. »Aber ich glaube nicht, dass du nur ein Freund bist. Du bist Familie. Und wenn ich etwas gelernt habe, bedeutet Familie, alles zu geben.«

»Ohne die Hoffnung oder Erwartung, irgendetwas im Gegenzug zu bekommen.« Ich verzog den Mund zu einem schiefen Lächeln, bevor ich mich entschied, es zuzugeben.

Es war das Mindeste, was ich tun konnte. »Du bist für mich auch Familie. Du und Lily.«

Alexa lächelte mich wieder an und lehnte sich dann vor, um ihren Plan zu erklären. Ich hätte überrascht sein können, dass sie einen hatte, aber nach so vielen Jahren und nach Stunden des gemeinsamen Fahrens war ich es nicht. Im Gegenteil, manchmal fragte ich mich, ob Lily lieber zu Alexa hätte gehen sollen. Sie war besser darin, Pläne zu schmieden und etwas herauszufinden. Alles, was ich hatte, war ein wenig Wissen aus meinen Gaming-Tagen.

Ich schob die Schuldgefühle und meinen Drang, die Dinge zu kontrollieren, beiseite und konzentrierte mich. Weil meine Emotionen hier keine Rolle spielten. Und noch wichtiger: Es stand nicht mehr nur mein Leben auf dem Spiel. Auch nicht nur Alexas. Jetzt ging es um meine ganze Familie, und ich würde sie nicht im Stich lassen. Komme, was da wolle.

Kapitel 15

Zwölf Stunden später stand ich im Keller eines gemieteten Gehöfts. Dieses Farmhaus war eine der Ungereimtheiten des modernen Zeitalters. Ein Gebäude, das in früheren Zeiten den Bauern und seine Familie beherbergt hatte und jetzt verlassen war. Teile des einst stolzen Bauernhofs waren häppchenweise verkauft worden, bis nur noch ein großes Feld übrig blieb. Für eine funktionsfähige Farm nun nicht mehr geeignet, diente es reichen Yuppies oder vereinzelt Touristen als Rückzugsort von der Stadt. So wie mir.

Natürlich war der Hauseigentümer überrascht gewesen, als ich alleine auftauchte, und nichts weiter als einen Rucksack bei mir hatte, um die gesamte Örtlichkeit für mich selbst zu beanspruchen. Doch sobald ich ihm die Miete für einen Monat bar im Voraus überreicht hatte, blieben Fragen aus.

Als ich einzog, musste ich den Keller ausräumen und mehrfach wiederholte Schutzzauber aufstellen. Ich blieb dran, schichtete Zauber um Zauber auf, bis ich mir ziemlich sicher war, dass ich zwischen den Schutzzaubern und der atmosphärischen Interferenz einer nahegelegenen Kraftlinie in Sicherheit sein sollte.

Eines Dschinns Wunsch

Meine Hand schwebte über dem Ring, während ich in der Mitte eines Verzauberungskreises stand. Meine Schutzzauber glühten, der gesamte Keller war von einem Quartett fluoreszierender Glühbirnen erleuchtet. Wenn ich falsch lag, würde ich für alle Feinde und ihre Höllenhunde ein Leuchtfeuer entflammen, und dann würden sie mich finden. Aber falls nicht ...

Von meiner eigenen Unsicherheit angespannt, rieb ich den Ring und winkte Lily mental heraus. Zuerst war da nichts, und dann ... war da immer noch nichts. Stirnrunzelnd starrte ich auf den Ring und fragte mich, ob ich ihn kaputtgemacht hatte. Oder sie. Doch ich verwarf den Gedanken als absurd.

»Du riskierst viel«, sprach Lily plötzlich, was mich aufspringen ließ.

Ich drehte mich zu ihr. Sie saß neben mir, die Beine über Kreuz, und wandte den Kopf, als sie mich betrachtete.

»Ich musste.«

»Deine Familie.«

»Du hast davon gehört?« Ich seufzte. »Natürlich hast du das. Du bist immer in der Nähe.«

»Es tut mir leid. Ich wünschte ... ich wünschte, wir hätten es in Betracht gezogen.«

»Und sie mit einem Wunsch oder so bedacht?« Ich verzog das Gesicht. Ich hätte daran denken müssen. Ich hätte ... »Kann ich sie wegwünschen?«

»Deine Familie?« Lily hob eine Augenbraue. »Es ist machbar, aber ...«

»Nein, nicht sie. Meine Feinde. Kann ich sie totwünschen?«, wollte ich wissen, Wut heizte meine Stimme auf.

»Sie alle?« Lilys Stimme wurde verhalten.

»Ja!«

»Und wie definierst du einen Feind?«

»Diejenigen, die meine Familie bedrohen. Die Alexa bedrohen. Und mich«, antwortete ich.

»Die gesamte Organisation?«, erkundigte sich Lily leise.

»Ja!«

»All diese Organisationen?«

»*Ja*!«

»Ist das dein Wunsch? Dein letzter Wunsch? Meister.« Lilys Stimme wurde kalt, distanziert und streng. Das reichte aus, dass ich innehielt und sie anschaute.

»Nein ...«, flüsterte ich, die Augen schließend. »Nein. Ich werde dich nicht bitten, Hunderte zu töten ...«

»Tausende.«

»Tausende, für meinen ... meinen Seelenfrieden.« Ich seufzte, trat vorsichtig aus dem Eindämmungskreis und setzte mich auf einen der staubigen Stühle. Ich hustete, räusperte mich dann und beschwor eine zupackende Hand, um eine Flasche Wasser zu mir schweben zu lassen. Nachdem ich einen Schluck getrunken hatte, sah ich wieder zu Lily und verzog die Lippen zu einem schiefen Lächeln. »Sorry deswegen.«

»Weil du mich beinahe dazu gebracht hast, erneut eine Massenmörderin zu werden?«, fragte sie.

»Erneut?«

Lily sah traurig aus, eine Hand spielte mit einer Strähne ihres Haars. »Dunkle Geschichte, du erinnerst dich?«

Ich nickte. Trotz allem, dass sie fair mit mir gespielt hatte. Durch den Ring hätte sie keine Wahl, wenn sie einen solchen Befehl erhielt. Unabhängig von dem, was sie vor ihrer Inhaftierung getan haben könnte. »Ja. Tut mir leid. Hättest du es denn tun können?«

Lily hielt inne, den Kopf neigend. Ihr Blick wurde abwesend, während sie die Leben und Tode von Tausenden abwägte, bevor sie mit den Schultern zuckte. »Eventuell. Wenn du es geschafft hättest, am Leben und lang genug verborgen zu bleiben. Aber höchstwahrscheinlich nicht.«

»Ich bin mir nicht sicher, ob ich erleichtert oder traurig darüber sein soll«, vertraute ich ihr an.

Lily stieß ein ersticktes Lachen aus, bevor sie verstummte und mich anstarrte.

Schließlich fühlte ich mich so unbehaglich, dass ich sie fragte: »Was?«

»Du hast dich verändert. Bist ernster geworden.«

»Dazu neigt man, wenn man durch das ganze Land gejagt wird«, erwiderte ich.

»Außerdem hast du mich beschworen. Hattest du etwas Bestimmtes im Sinn?«

»Ich muss mein Level steigern«, antwortete ich. »Ich muss meine Stärke erhöhen. Ich muss lernen, um besser zu werden.«

»Du willst gegen sie kämpfen?«, erkundigte sich Lily stirnrunzelnd.

»Nicht direkt. Ich glaube … ich glaube, ich muss als Ablenkung herhalten. Damit Alexa meine Familie herausholen kann. Und während sie mich und den Ring jagen, muss ich ihnen ebenso entkommen.«

»Mit einer weiteren tragbaren Zuflucht?«

»Nein. Darauf werden sie vorbereitet sein.« Ich holte tief Luft, bevor ich sie wieder ausstieß, die Entschlossenheit in meiner Stimme war spürbar. »Ich muss ihnen richtig

Eines Dschinns Wunsch

wehtun. So dass sie es sich zweimal überlegen, mich zu verärgern. Ich muss eine glaubwürdige Bedrohung sein.«

»In zwei Monaten?« Lily hob eine ihrer gewölbten Augenbrauen.

»Ja.« Ich wusste, wie verrückt das klang. Wie unmöglich diese Bitte war. Ich brauchte nicht den Dschinn, um mir das klarzumachen.

Und zum Glück reagierte Lily darauf nicht. Sie nickte nur, bevor sie den Kopf zur Seite knackste. »Dann lass uns an die Arbeit gehen.«

***

Wie steigerte man schnell sein Level? Jeder Gamer wusste: Man grindete. In meinem Fall waren meine Level an die Fähigkeit meines Körpers, Magie zu kanalisieren, und mein Magie-Verständnis gebunden. Ich verbrachte Stunden damit, Zauber zu beschwören. Ich nahm Anpassungen an den Zauberformeln vor, trieb meinen Verstand und meine Fähigkeiten ans Limit. Kopfüber und ohne die Hände zu bewegen, beschwor ich Zaubersprüche, während mir die Augen verbunden waren. Nur mit oralen Komponenten oder sogar ohne diese. Die Zauber wurden erschaffen und formten sich, mit spielerischer Hingabe vereint und angepasst.

Immer wieder wurden die abschirmenden Zauber, die ich im Keller beschworen – und aufgefrischt – hatte, auf die Probe gestellt, da meine überstürzte Eile auf dem Weg zur Erleuchtung explosive Konsequenzen hatte. Ich versengte mir zweimal die Augenbrauen und viermal die Haare, bevor ich resignierte und sie kurz trimmte. Ich bekam Myriaden von Schrammen an den Händen, die Manakanäle in meinen Fingern und Handflächen brannten und vernarbten von den Zauberrückstößen. Ich trainierte bis spät in die Nacht und schlief auf dem Tisch ein, nur um von pochenden Schmerzen aufgeweckt zu werden, als meine erschöpften Manakanäle gegen ihren Missbrauch protestierten. Ich machte einfach weiter.

Nicht, dass ich mich nicht bemühte, mich nicht zu überanstrengen. Ich unternahm Expeditionen, Quests, die Lily mir anbot, als sie die Limitierungen des Rings auf das Maximum ausdehnte. Der heilende Saft vom Baum einer Dryade, der ich bei einem Abholzungsproblem durch das örtliche Forstunternehmen geholfen hatte, wurde in eine Badewanne gelassen und löste einige der aufkeimenden Probleme. Eine ansässige Gruppe von riesigen Bibern musste ihren Damm verstärken, als die natürlichen

Verzauberungen um ihn herum nicht länger ausreichten, um der Neugier der Einheimischen Einhalt zu gebieten. Oder das Ausmerzen eines Chupacabra-Befalls.

Das waren die leichteren Quests. Nach anderen, gefährlicheren taumelte ich in zerfetzter Kleidung und Rüstung nach Hause, aus zahlreichen Wunden blutend. Ich war siegreich, während ich Monster in der Dunkelheit bekämpfte. Wendigos. Geistererscheinungen. Andere dunklere, unaussprechliche Kreaturen, die an den Grenzen der Zivilisation lauerten und auf die Tollkühnen, die Unvorsichtigen warteten. Normalerweise wären sie ohne Hilfe unmöglich aufzufinden, ohne massiv investierte Zeit. Doch ich hatte einen Cheat – ich hatte eine Freundin, die sie aufspüren und mir ihre Aufenthaltsorte offenbaren konnte. Und sie ließ es zu, dass ich sie bekämpfte, damit ich dazulernte. Neue und schmerzvolle Arten, am Leben zu bleiben.

Doch nicht alles, was ich jagte, waren Monster. In zwei Fällen überfiel ich Jagdgemeinschaften, Personen, die nach mir suchten. Ich beendete ihre Leben, bevor sie zu nah herankommen und mich lokalisieren konnten. Es war gefährlich, stundenlang in verschiedene Richtungen zu laufen, um sie zu attackieren, um Spuren zu hinterlassen.

Aber es war notwendig. Für mein Training. Für meine Sicherheit.

Tage vergingen, Tage des Schweißes und Schmerzes. Das endete anderthalb Monate später, als mein Wegwerfhandy, das nur fünf Minuten am Tag eingeschaltet wurde, wegen einer eingegangenen Nachricht piepte.

Triff mich in 5. Violett Grün – Z

Es war ein einfacher Code, auf den wir uns geeinigt hatten. Drei Orte, jedem wurde eine Farbe zugeordnet. Die Zeit war in Tagen angegeben – nicht fünf Tage, wie die Ziffer vorgab, sondern sieben. Füge zwei der genannten Zahl hinzu. Und der Name war eine simple Verschlüsselung. Z bedeutete A – Alexa. Aber Z bedeutete auch, dass sie die Nachricht unbelastet und unbedroht versendet hatte.

Eine Anspannung, von der ich nicht wusste, dass sie auf meinen Schultern lastete, löste sich. Das Wissen, dass meine Freundin in Ordnung war, verringerte meine Sorgen. Die Ernüchterung folgte prompt. Ich war im Bilde, dass als Nächstes der schwierige Teil folgte. Der schlimme Teil.

»Ist es Zeit?«, fragte Lily aus ihrer Ecke.

Eines Dschinns Wunsch

Ich sah dorthin, wo meine andere Freundin geduldig saß. Gefangen in einem Kreis, gezwungen, an diesem Ort zu bleiben, damit die Welt nicht erfuhr, wo sie sich befand. Damit ihr Zorn nicht über uns kam. Jedenfalls mehr als das, was uns bereits beschert worden war. Anderthalb Monate, und sie hatte sich kein einziges Mal beschwert. Keine Bitte nach einem Handy, um ein Spiel darauf zu spielen, kein Jammern darüber, wie gelangweilt sie war. Jeden Moment, den wir miteinander verbrachten, hatte sie Beistand geleistet, so gut sie konnte, sich gegen die Grenzen ihrer Verzauberung gewehrt, gegen die Regeln, die ihr auferlegt waren. Sie ignorierte den Schmerz, um zu helfen. Um mir zu helfen.

»Ja«, antwortete ich.

Ich ging zu ihr und betrachtete Lily, den Dschinn, der Wunder und gleichzeitig Terror in mein Leben gebracht hatte. Der mich unterstützte, während ich mich selbst in Gefahren stürzte, und der dabei die ganze Zeit an mich und mein Leben gebunden war. Ich atmete tief ein und wieder aus und versuchte, die richtigen Worte zu finden.

»Du musst es nicht aussprechen. Ich bin bereit. Während du draußen Quests erledigt hast, vor all dem hier«, Lily gestikulierte in dem feuchten Keller herum, »habe ich alle Spiele, die ich ergattern konnte, heruntergeladen und kopiert. Sie sind alle in meinem Ring. All die Bücher, all die Spiele. Auch ziemlich viele Repliken von Spielautomaten. Falls du versagst ... ich komme schon zurecht.«

Daraufhin senkte ich den Kopf, die Erinnerung an den Teufelspakt, den wir geschlossen hatten, drückte auf meine Seele, weckte meine Schuldgefühle. Falls ich versagte – wenn ich versagte und starb –, wäre Lily zu einer Ewigkeit der Einsamkeit gezwungen. Gefangen in dem Ring, für immer gefangen durch ihre eigene Macht.

»Es ist in Ordnung. Der Ring ist nicht unfehlbar. Ich bin mir sicher, weitere tausend Jahre und ich werde ausbrechen können«, meinte Lily mit einer künstlichen Aufmunterung.

Nach so langer Zeit wusste sogar ich, dass sie voller Optimismus war. Die größte Schwachstelle an ihrem Ring war das Material, aber selbst das würde zehntausende Jahre benötigen, um zu zerbrechen. Schließlich nahm die Verzauberung einen Teil ihrer Kraft in Anspruch, um die Haltbarkeit des Rings zu verstärken.

»Da... daran habe ich nicht gedacht«, entgegnete ich. Lily zog spöttisch ein verletztes Gesicht und ich spürte, wie meine Lippen zuckten. »Hör auf damit. Es ist ernst.«

»Todernst.«

Ich starrte den Dschinn ungläubig an, bevor ich kopfschüttelnd in Lachen ausbrach. »Götter. Du bist unmöglich.«

»Stimmt. Deswegen stecke ich hier drin fest.«

Das ließ mich weiter lachen, bis sogar Lily die Beherrschung verlor und mitmachte. Zusammen lachten wir, bis wir die Tränen wegwischen mussten.

»Ich danke dir. Ich schätze, ich brauchte das«, gab ich zu.

»Fast so sehr wie flachgelegt zu werden.«

»Bah. Erinnere mich nicht daran«, erwiderte ich und zupfte an meinen Jeans. Mit zwei wunderschönen Frauen zusammenzuleben – mit keiner von beiden schlief ich – war hart. Besonders als mein Sozialleben nichtexistent geworden war. Zur Hölle, selbst als ich noch pleite und ein Hardcore-Gamer war, hatte ich mehr Action bekommen. »Und hör auf, mich abzulenken. Ich habe versucht, dir danke zu sagen. Und Entschuldigung.«

»Das musst du nicht.« Lily platzierte eine Hand über ihrem Herzen und sah mir in die Augen. »Das. Das war die beste Zeit meines Lebens.«

»Keine sehr hoch liegende Latte gegenüber den Meistern, die du zuvor hattest.«

»Nein. Nicht während ich versklavt war. In meinem ganzen Leben.« Lily betonte diese Worte mit Nachdruck. »Du hast mich wie ... wie eine Freundin behandelt. Du hast mir erlaubt, außerhalb des Rings zu bleiben. Du hast mich Spiele spielen lassen. Du hast mich nicht gedrängt, als ich Probleme hatte, nach draußen zu gehen. Es dann jedoch getan, als ich es brauchte. Du hast mir zugehört und mit mir gelacht. Du und Alexa, ihr habt mir angeboten ...« Ich wartete darauf, dass sie den Satz beendete, doch das tat sie nicht. Stattdessen schenkte sie mir ein Lächeln. »Danke.«

»Nein, ich sollte ... Ich rede mit der Luft«, seufzte ich, als der Dschinn verschwand, Lily war in ihren Ring zurückgekehrt. Es gab keine Ankündigung, keinen Lichtblitz. In einer Sekunde war sie da, in der nächsten weg. Außer dass sie nicht wirklich fort war. Ich berührte erneut den Ring und drehte ihn am Finger. »Ich glaube, ich schulde dir noch etwas. Und falls ich überlebe, werden wir Orte mit Augmented Reality aufsuchen und dort so lange spielen, wie du willst.«

Ich hätte beinahe schwören können, dass ich ein begeistertes Quieken aus dem Ring aufsteigen hörte. Lächelnd drehte ich mich um und begann, meine Sachen zu packen. Zeit, sich fertigzumachen.

Eines Dschinns Wunsch

***

Drei Stunden später – eine erforderte das Bereinigen der verschiedenen Verzauberungen und die anderen zwei das Wandern in den nächsten Ort – war ich müde und wundgelaufen und wartete am Busbahnhof auf den nächsten Fernbus, der quer durchs Land fahren würde. Mit dem Bus in meine Heimatstadt zu reisen, war weder glanzvoll, noch klug, darum war unser Treffpunkt nicht in der Stadt selbst. Trotzdem war der Fernbus praktisch und günstig. Bedachte man, dass ich gerade erst den Großteil meiner liquiden Mittel ausgegeben hatte, war Letzteres äußerst wichtig.

Die Bushaltestelle spendete Schatten vor der Mittagssonne, ansonsten war man aber den Elementen ausgesetzt. Ich zitterte, weil der winterliche Wind durch den Ort blies, der nur eine Straße besaß. Magie hätte das Problem lösen können, aber ich war meinem Ziel zu nah, um die Disziplin zu brechen. Keine Magie mehr, nicht bis zur Stadt. Ich konnte es mir nicht leisten, dass sie von mir erfuhren, nicht jetzt.

»Nette Tasche.« Ein Teenager kickte sein Skateboard hoch und sah staunend auf meine Reisetasche. Ich hatte sie in einem Armeegeschäft gekauft, sie war in einem hässlichen Tarnfarben-Grün, jetzt jedoch mit goldenen und roten Fäden geschmückt. Das Gold schimmerte leicht, während es Lichtstrahlen und damit die Aufmerksamkeit des Jungen einfing. »Ich mag deinen Style, Mann. Krieg und Frieden.«

»Danke.« Ich blickte ihn an und entdeckte das Friedenssymbol der Hippies, bevor ich mit den Schultern zuckte. »Du weißt doch, was sie sagen.«

»Was denn?«

»Erhoffst du dir Frieden, bereite dich auf den Krieg vor.«

»Tiefgründig.« Der Teenager nickte, stellte das Skateboard hin und winkte zum Abschied, als er losfuhr. »Bis später.«

Glücklicherweise hatte der Junge nicht gefragt, warum die Fäden leuchteten und flimmerten. Restmagie von den darin enthaltenen verzauberten Objekten blutete noch aus, zu viel Magie auf zu engem Raum. Die runischen Entwürfe konnten kaum die magische Signatur unterdrücken, daher waren die physischen Spuren ein Kompromiss, den ich hatte machen müssen. Wenn ich mehr Zeit, wenn ich bessere Materialien gehabt hätte …

Wenn, wenn, wenn.

Aber ich hatte keine Zeit mehr für Wenns. Zumindest nicht für die, die in der Vergangenheit lagen. Die zukünftigen, potentiellen Wenns, für die hatte ich Zeit. Für die hatte ich vorausgeplant. Mit den unzähligen verzauberten Objekten, die ich hergestellt hatte. Und *wenn* ich die Gelegenheit bekam, wäre ich vielleicht in der Lage, ihnen zu zeigen, was es bedeutete, einen Gamer zu verärgern.

Kapitel 16

»Wenn ich das überlebe, werde ich niemals wieder in einem schäbigen Motel übernachten«, eröffnete ich, als Alexa sieben Tage später zu mir stieß.

Ich hatte zwei Tage gebraucht, um es zu unserem Treffpunkt zu schaffen. Seitdem saß ich in dem Motel und beendete die letzten Vorbereitungen. Das umfasste größtenteils das mehrfache Beschwören von Verzauberungen, die ich zuvor erschaffen hatte, sowie das Einschnitzen neuer Schutzzauber und die Verzauberung aller Materialien, die ich in die Hände bekommen konnte. Ich rüstete mich.

»Sie haben einen gewissen anrüchigen Charakter«, stimmte Alexa zu, die Nase rümpfend. »Wusstest du, dass der Rezeptionist mir zugezwinkert hat, als ich nach dem Schlüssel fragte, den du für mich dagelassen hast? Als würde ich ... würde ich ...«

»Etwas Unerlaubtes tun?«

»Ja!«

»Nun, irgendwie tun wir das ja ...«

»Nicht auf diese Weise!«, erwiderte Alexa empört. »Ich würde niemals ... Besonders nicht mit dir!«

»Ich bin zutiefst verletzt«, entgegnete ich und griff mir an den Brustkorb. Alexa schlug mir auf den Hinterkopf und

Eines Dschinns Wunsch

ich lachte. Ich hielt aber in dem Moment inne, in dem sie einen dicken Aktenordner auf das Bett fallenließ.

»Meine Familie?«, erkundigte ich mich.

»Am Leben. Unverletzt. Und unangetastet. Sie scheinen nicht zu wissen, was vor sich geht, allerdings machen sie sich Sorgen um dich.«

Ich atmete erleichtert auf, dankbar für alles, was sie gesagt hatte. Aber ... »Sorgen?«

»Ja. Sie haben sogar eine Vermisstenanzeige aufgegeben.«

»Scheiße.« Tief einatmend schüttelte ich den Kopf. Sicher war das nicht so schlimm, wie ich dachte. Sich einer Vermisstenanzeige zu entledigen, sollte leicht sein. Ich war ein Erwachsener. Ich konnte ohne guten Grund verschwinden. Nachdem mein Haus abgebrannt war ... »Hundertfache Scheiße.«

»So ungefähr«, äußerte Alexa. »Gut, dass du deine Frisur geändert hast. Du siehst überhaupt nicht aus wie auf dem Foto, das sie in der Anzeige haben. Das war vor ungefähr sechs Jahren. Außerdem mag ich die Zacken.«

Ich ließ eine Hand über mein Haar gleiten und spürte das spitze und jetzt blondierte Haar. Es sprang ein wenig ins Auge, aber nicht zu sehr. Fügte man eine Brille, die ich normalerweise nicht brauchte, und voluminöse Shirts hinzu, ergab das eine wirksame Veränderung des Erscheinungsbilds. Wegen des Fotos ... Sechs Jahre? War ich nie bis zum gemeinsamen Foto geblieben, hatte ich so lange keins mehr mit meiner Familie gemacht? Wie konnten sie in einer Zeit von Selfies und Mobiltelefonen, von Facebook und Instagram, kein besseres Bild von mir haben?

»Henry?«, suchte Alexa meine Aufmerksamkeit, während sie den Ordner öffnete. »Bist du noch bei mir?«

»Ja. Fahr fort«, antwortete ich.

»Okay. Das habe ich herausgefunden ...«

***

Die Einsatzbesprechung dauerte Stunden. Nicht nur, weil es so viele Informationen durchzukauen gab, sondern weil ich Fragen hatte. So viele Fragen. Ich tat mein Bestes, die Übersicht zu behalten. Ich erkundigte mich jedoch nicht, wie sie an all diese Informationen gelangt war und was sie getan hatte, um sie zu bekommen. Etwas an der Art, wie Alexa redete, die Manier, wie sie die Arme vor der Brust verschränkte, die Falten unter ihren Augen und der Schmerz in ihnen, sagten mir, dass ich die Antworten vermutlich nicht mögen würde. Daher fragte ich nicht, auch wenn ich es wollte.

»Gut. Also, um es zusammenzufassen: Wir müssen meine Familie in zwei Tagen herausholen – am Samstag –, weil das der Zeitpunkt ist, an dem sich alle an einem Ort befinden. Unsere Feinde werden mehr denn je aufpassen, aber du hoffst, dass ich zumindest einige ihrer Leute abziehen kann. Ansonsten wären es zu viele«, rekapitulierte ich, die Augen verengend. »Ist dieser Teil korrekt?«

»Ja.«

»Wegen der Bedrohungen, denen wir gegenübertreten, da haben wir …« Ich holte tief Luft und atmete dann schwach aus. »Die Dunkle Instanz. Eine kleine Splittergruppe der Feen. Mindestens vier unterschiedliche Ritterorden. Zwei verschiedene irdische Jägervereinigungen. Eine Kopfgeldjägergruppe der Najaden. Und eine Gruppe von Oni-Gangstern.«

»Das sind die wahren Bedrohungen. Es gibt noch weitere, aber das sind diejenigen, über die du dir Sorgen machen musst. Ich will, dass du dir ihre Gesichter und Details einprägst.« Alexa tippte auf den Stapel von Akten, die sie aus ihrer Tasche gezogen hatte, während wir redeten. Ich schaute kurz auf die Informationen, doch sie hatte recht. Zu wissen, wie sie aussahen, würde helfen. »Und was hast du inzwischen gemacht?«

Ich spürte, wie ich grinste, holte die Reisetasche hervor und stellte sie auf das Bett. Dann drückte ich gegen das Bündel Mana, das meine Levelstatistiken ausmachte, und ließ es für Alexa sichtbar werden. »Warum schaust du es dir nicht selbst an?«

Klasse: Magier

Level 79 (11% Erfahrung)

Bekannte Zauber: Elementarkontrolle (4 Basispunkte, Macht), Manakontrolle, Formgebung, Forcierte Heilung, Heilen, Verbinden, Verfolgen, Schutz, Stärkerer Glamour, Stärkere Illusion, Kleinere Beschwörung, Verstärken, Kleinere Vorhersage, Reinigen, Runenschrift, Elementare Widerstände

»Da hat sich etwas verändert.« Alexa runzelte die Stirn, während sie über meine angepasste Zauberliste schaute. »Jetzt fehlen viele Zauber.«

»Wir haben entschieden, die Dinge etwas aufzuräumen«, entgegnete ich. »Sobald ich meine Elementarkontrolle verbessert hatte, brauchte ich keine Slots mehr für Eisball, Feuerball, Luftball und Erdball und dann keine weiteren für jeden Typ Pfeil, Speer, Zapfen oder womit auch immer ich auftauchen wollte. Teil meines Trainings war, zu lernen, wie man Zauber dekonstruiert, so dass ich einfach die Elemente in das forme, was ich benötige.«

»Das ergibt Sinn. Es sagt mir aber nicht, wozu du in der Lage bist.«

»So ziemlich zu allem, was du schon von mir gesehen hast, nur mächtiger. Ich kann jetzt zwei verschiedene Elemente verbinden, also einen Feuersturm oder einen Eisnebel erschaffen, ohne auf die Zauberformel angewiesen zu sein, die Lily in meinen Kopf gesteckt hat. Magma ist außerhalb meiner Möglichkeiten und Lily weigert sich, mir das beizubringen«, schmollte ich ein wenig. »Aber der größte Fortschritt fand bei meinen eigentlichen Fähigkeiten statt. Hier ...«

Ein weiterer mentaler Stupser, und ein neuer Datenschnipsel erschien.

Magische Fähigkeiten

Manafluss: 7/10 *

Umwandlung Mana in Energie: 6/10

Zaubergefäß: 8/10

Räumliche Lage: 6/10

Räumliche Bewegung: 6/10

Energiemanipulation: 6/10

Biologische Manipulation: 4/10

Manipulation der Materie: 7/10

Beschwörung: 2/10

Dauer: 7/10

Rituale: 2/10

Mehrfachbeschwörung: 6/10

Verzaubern: 8/10

»Dein Zaubergefäß und deine Verzauberungsfähigkeiten sind ziemlich hoch, oder?«, erkundigte sich Alexa.

»Genau. Müssen sie sein. Sie speisen sich gegenseitig. Ich muss die inskribierten Runen kontrollieren, wenn ich verzaubere, daher haben sie sich zusammen mit der Manipulation von Materie entwickelt. Das Gleiche gilt für die Mehrfachbeschwörung, allerdings bin ich da auf eine Grenze gestoßen«, antwortete ich. »Wenn ich verzaubere, kann ich maximal acht verschiedene Ströme handhaben. Aber sobald ich mich bewege und kämpfe, falle ich auf vier. Fünf im Notfall.«

»Fünf Zauber?« Alexa hob überrascht eine Augenbraue.

»Fünf Ströme. Drei bis vier Zauber, das hängt davon ab, wie kompliziert die Sprüche sind und ob einer davon zuvor erzeugt wurde oder nicht«, stellte ich klar.

»Oh. Okay.« Alexa verstummte und ich sonnte mich in ihrem bewundernden Blick, im Wissen, dass mein anderthalbmonatiges Ringen und die Schmerzen zu bemerkenswerten Verbesserungen geführt hatten. Als ich still blieb, runzelte Alexa die Stirn. »Und das Sternchen?«

»Welches Sternchen?«

»Das da!«

Ich zog die Augenbrauen hoch und sah es mir genauer an, dann blinzelte ich. »Das war vorhin noch nicht da … *Lily*!« Natürlich antwortete mir der Dschinn nicht. Er konnte nicht. Stattdessen sah ich finster auf meinen Ring, bis ein Tippen auf meine Schulter mich wieder Alexa anschauen ließ. »Es ist … nichts. Nur eine kleine Erinnerung.«

»Woran?«

»Ich musste mein Level steigern. Daher habe ich irgendwie …«

»Einige deiner Manakanäle und deinen Körper beschädigt?«, beendete Alexa den Satz für mich und sah auf meine vernarbten Hände.

»Wenn du es weißt, warum fragst du dann?« Ich kreuzte die Arme, die Hände nun versteckend.

»Ich wollte sehen, ob du es mir erzählen würdest.«

»Bah! Du bist genauso schlimm wie meine Mutter«, entgegnete ich. Dann hielt ich inne und realisierte, was ich gesagt hatte.

Wir wurden wieder ernst, die Erinnerung ließ mich seufzen.

»Ich freue mich darauf, sie kennenzulernen«, bot mir Alexa in der kurzen Stille an.

Ein Gedanke durchfuhr mich. Ich hob einen Finger, dann senkte ich ihn langsam.

»Was?«, fragte Alexa.

»Nichts.«

»Henry ...«

»Na ja. Sie wird womöglich wissen wollen, wer du bist. Du weißt schon, es ist ja nicht so, als hätte ich dich oder Lily vorgestellt«, meinte ich. »Aber sie weiß von dir. Und denkt wahrscheinlich, dass du meine feste Freundin bist. Oder etwas Ähnliches.« Das Letzte flüsterte ich nur.

»Oder etwas Ähnliches?«

»Nun ... wir haben zusammengelebt. Im selben Haus. Und meine Mutter möchte, dass ich ... du weißt doch, wie alte Leute sind. Eltern ...« Ich hustete errötend.

Alexa wurde ebenfalls rot, als sie verstand, und klatschte mir auf den Oberschenkel, bevor sie sich zur Seite wandte. Nach kurzer Zeit, als die rötliche Färbung nachgelassen hatte, drehte sie sich zu mir zurück. »Das ... wäre vielleicht besser.«

»Was!?!«

»Sie müssen mit mir mitkommen. Ohne Fragen zu stellen«, betonte Alexa. »Dass sie denken, wir wären ... zusammen, könnte es leichter machen.«

»Okay, das stimmt. Und wir können ihnen einfach später die Wahrheit erzählen«, gab ich ihr Recht, zog eine Grimasse und fuhr mit einer Hand durch mein verklebtes Haar. »Das wäre in Ordnung.«

»Du klingst nicht sehr überzeugend.«

»Das kommt daher, weil es meine Eltern sind«, schimpfte ich leicht.

Alexa schenkte mir ein halbherziges Lächeln und ich schüttelte den Kopf, das Ganze beiseiteschiebend. Dafür war jetzt keine Zeit.

»Und, möchtest du meine Spielzeuge sehen?« Ich deutete auf die Reisetasche, während ich schon meinen kleineren Rucksack hochhievte.

»Ja!«, antwortete Alexa, fast hüpfend vor Ungeduld. Ich sah ein kurzes gieriges Aufblitzen in ihren Augen, aber noch mehr Staunen. Selbst nach all dieser Zeit entdeckte die Ex-Novizin noch immer Wunder in unserem Leben. Ich wünschte, ich könnte das in diesem Moment nachempfinden, aber …

»Okay. Also zuerst meine Weste.« Ich holte die simple Weste zum Überwerfen heraus, die ich aus einem Gewand und Unmengen an Lederbändern und -beuteln zusammengeschustert hatte.

»Hässlich.«

»Ich habe nie behauptet, dass ich ein Schneider sei. Oder ein Modefreak«, konterte ich, musste aber zugeben, dass die braunen und grünen Riemen und Taschen nicht mit der schwarzen Grundierung der Weste harmonierten. In jedem der Lederbeutel befand sich eine leicht erreichbare Holzsphäre, ein wenig kleiner als ein Baseball. »Jeder Beutel ist mit einem Fach in der Reisetasche verbunden. Ich habe dort weitere Kopien dieser verzauberten Sphären. Also muss ich sie nur herausziehen«, demonstrierte ich, indem ich an einer Sphäre zog. »Bewaffnen und werfen, und während ich das tue …«

»Füllt es sich auf!« Alexas Kinnlade fiel herunter. »Das ist unglaublich. Du hast einen automatischen Replikator. Aber wie weit …?«

»Etwa anderthalb Kilometer. Ich habe in der Reisetasche außerdem mehrere kleinere Beutel mit der gleichen Art von Verzauberung, mit kürzeren Reichweiten.

Also kann ich im Grunde die kleinen Beutel zuvor in der Umgebung fallenlassen, was mir eine gewisse Zahl von Fluchtmöglichkeiten eröffnet – jedoch mit geringerem Radius – oder ich laufe um einen zentralen Punkt herum und ziehe bei Bedarf aus der Reisetasche«, erklärte ich. »Das bietet mir Alternativen.«

»Was bewirken die Sphären?«

»Im Grunde sind sie magische Granaten.« Ich zeigte der Reihe nach auf jeden der vier Beutel. »Feuer. Eis. Wind und Erde – genau genommen ein Sandsturm – und eine Machtsphäre.«

»Machtsphäre?«

»Diese nimmt ein wenig mehr Arbeit in Anspruch, doch ich kann sie entweder zu einem schützenden Zauber umwandeln – der mich an einem Ort festhält – oder zu einer riesigen Abrissbirne, die ich auf Personen werfen kann. Allerdings gibt es eine seltsame Interaktion zwischen Geschwindigkeit und Größe. Es scheint, als behielte sie die gleiche Bewegung bei, selbst wenn sich die Machtsphäre aktiviert. Wenn man sie also kräftig genug wirft, funktioniert sie wie eine Abrissbirne. Ich habe ein paar für dich, die schon aufgeladen sind.«

Alexa grinste. »Das ist ziemlich clever. Wie viele hast du?«

»Für mich selbst? Etwa ein halbes Dutzend jeder Art. Ich habe auch sechs Zauberstäbe«, erwähnte ich, zog den Satz Stöcke heraus und deutete auf die Holster. »Sie arbeiten genauso, aber sie sind an diese Tasche gebunden. Sie feuern etwa sechs Hochspannungsattacken ab, bis sie leer sind. Doch sie haben ihre eigene Ladung, sodass sie mein Mana nicht beanspruchen.«

»Du planst für einen langen Kampf.«

»Genau. Ich habe auch einige verzauberte Masken mit den vorgefertigten Zaubern *Glamour* und *Illusion*.« Ich holte tief Luft und ließ sie wieder ausströmen. »Ich kann mich um die Ablenkung kümmern. Aber auch wenn du entkommst …«

»Du machst dir Sorgen, dass deine Familie trotzdem erwischt wird?«

»Ja.«

»Keine Angst«, entgegnete Alexa. »Ich habe mir etwas ausgedacht.«

»Und was?«

Alexa antwortete mir nicht. Ich verengte die Augen und begriff, warum sie es mir nicht erzählen wollte. Wenn ich es nicht wusste, könnte die Information auch nicht aus meinem Gedächtnis gepflückt werden. Sie könnte also nicht dafür genutzt werden, mich zu verletzen, damit ich den Ring aufgebe. Wenn ich allerdings bereits gefangen wäre, wären sie dann wirklich noch an meinen Freunden oder meiner Familie interessiert?

Ach, zur Hölle. Lieber auf Nummer sicher gehen, als es zu bereuen.

»Ich habe noch ein paar Dinge.« Ich öffnete die Reisetasche und zeigte ihr die Hilfsmittel, die ich hergestellt hatte. Eine Palette vorgefertigter Schutzzauber, Blockierungszauber, einige Säcke voller Fett, ein paar Unsichtbarkeitstränke und sogar ein kurzzeitig wirkender Segelflugtrank. Alles Rüstzeug, das mir dabei half, Gefahr zu vermeiden oder andere zu verletzen, wenn es nötig sein sollte.

Als ich endlich mit dem Präsentieren und Erklären fertig war, sahen wir uns über die Stücke meiner Verzauberung hinweg an. Eine erstickende Anspannung kam auf. Wir wussten, was kommen würde. Und trotzdem waren wir nicht in der Lage, es zu umgehen.

»Alexa...«

»Dank mir danach.«

»Ich...«

»Danach«, erwiderte Alexa endgültig und stand auf. »Jetzt mach dich fertig. Ich werde uns etwas zu essen holen.«

Ich sah zu, wie die einstige Blondine, mit jetzt rot gefärbtem Haar, hinauslief. Ich seufzte. Hätte ich einen weiteren Wunsch ...

Aber so war das mit der Magie. Sie mochte magisch sein, jedoch vollbrachte sie keine Wunder. Die meisten Dinge konnte sie nicht reparieren. Sie war ein Werkzeug. Ein vielseitiges Instrument, aber dennoch nur ein Werkzeug.

Kapitel 17

Am festgelegten Tag benötigte ich eine ganze Stunde, um in die Stadt zu gelangen. Dazu kamen die exorbitanten Gebühren für ein Taxi vom Motel nach Faircreek im Südwesten. Dort bildeten die verlassenen Hafenanlagen und bröckelnden Lagerhäuser ein urbanes Labyrinth aus baufälligen Gebäuden mit niedrigen Bevölkerungszahlen. Trotzdem war der Geschäftsdistrikt nicht aufgegeben, ob heruntergewirtschaftet oder nicht. Deshalb versteckte ich lieber meine Reisetasche in einem leeren Haus, bevor ich mich zu einem alten Freund aufmachte.

»Zauberer. Hab' dich lang nicht gesehen.« Andy, der grünhäutige Ork einer Gang, die diese Straßen beherrschte – oder zumindest einen Teil davon –, grüßte mich mit einem breiten Grinsen. »Bin überrascht, dich hier zu treffen. Hast du eine neue Quest?«

»Nein«, antwortete ich kopfschüttelnd. »Ich weiß nicht, was du gehört hast ...«

»Genug. Ich wollte es nicht glauben, aber du steckst tatsächlich in Schwierigkeiten, oder?«, entgegnete Andy, seine tief liegenden Augen funkelten. »Du weißt, ich würde dir liebend gerne helfen, aber ...«

»Nicht nötig.« Ich wusste, was er sagen wollte, und auch, was er mir bieten könnte. Die Feinde, die ich mir gemacht hatte, waren meinen Freunden weit überlegen. »Aber sie werden wegen mir herkommen. Du könntest die Nachricht verbreiten, dass sich alle von der Straße fernhalten …«

»Du wirst hier kämpfen? In meinem Viertel?« Diesmal lag keine Wärme in Andys Stimme. Er ragte über mir auf und starrte mich finster an. »Was zur Hölle, Zauberer? Warum regelst du deinen Scheiß vor unserer Haustür?«

»Nicht mit Absicht. Ich brauche nur …«

»Bullshit. Du hast dir unseren Ort ausgesucht. Das ist sehr absichtlich.«

»Ich benötige einen Ort mit wenig Menschen«, blaffte ich. »Oder möchtest du, dass ich das im Stadtzentrum durchführe?«

»Klingt gut für mich. Besser als deinen Mist hier auszutragen.« Andy zeigte auf mich. »Ich dachte, wir wären dir nicht egal, Mann. Aber ihr Zauberer seid genau wie all die anderen. Sobald es dir in den Kram passt, kommst du her, um auf uns zu scheißen.«

»Das ist nicht wahr!«, wehrte ich ab.

Doch ein Teil von mir, der nörgelnde Teil, wies mich darauf hin, dass er womöglich nicht ganz unrecht hatte. Ich hätte ein anderes Viertel auswählen können. Ich hatte nicht mal wirklich über einen anderen Ort nachgedacht oder irgendwelche Recherchen angestellt. Hatte ich diesen Ort gewählt, weil es einfacher war? Oder war er tatsächlich die beste Wahl? Selbst wenn es so war und den Schaden für die Menschen gering hielt, vergrößerte es andererseits nicht den Ärger für diejenigen, die am wenigsten besaßen?

»Verschwinde von hier, Zauberer. Und lass dich nie wieder blicken«, drohte Andy, meine Schulter anstoßend.

Ich nahm den Schubs hin und wich zurück. Ich wollte es erklären, erkannte aber, dass ich nichts erwidern konnte, was jemals rechtfertigen würde, was ich zu tun gedachte.

Während ich mich zurückzog, ließ Andy eine letzte Schmähung erklingen. »Jede Person, die dadurch verletzt wird, ist Blut an deinen Händen.«

Anstatt zu antworten, trat ich den Rückzug an. Er bellte Befehle an seine Untergebenen, die mich boshaft ansahen. Ich entfernte mich schnell und bog um eine Ecke, bevor ich einen *Glamour* beschwor, um mein Gesicht zu verbergen. Nach kurzer Zeit war ich eine andere Person. Ich hatte noch viel vorzubereiten, inklusive des Zerstreuens meiner Beutel in den angrenzenden Bezirken. Es gab keine Garantie, dass Andy nicht beobachtet wurde, weil er einer meiner wenigen Freunde war, aber Alexa hatte nichts Derartiges entdecken können. Darum hatte ich es riskiert, ihn aufzusuchen.

Ich lief weiter, während ich zur Seite schaute und die Quest aufrief, die Lily für mich erzeugt hatte.

Quest erhalten: Überlebe für vier Stunden
Du wurdest herausgefordert, die Stadt erneut zu betreten und dich deinen Feinden zu stellen. Wenn du das nicht tust, wird deine Familie sterben. Als Köder musst du vier Stunden lang überleben, während Alexa deine Familie in Sicherheit bringt.
Belohnung: Die Sicherheit deiner Familie
Fehlschlag: Dein Tod.
Bonusziel 1: Jede zusätzliche Stunde des Überlebens sorgt für eine höhere Sicherheit deiner Familie
Bonusziel 2: Entkomme deinen Verfolgern nach der Erfüllung deines ersten Ziels

In den nächsten anderthalb Stunden bewegte ich mich durch den Geschäftsbezirk, brach in verlassene Lagerhäuser ein und schlich mich in Hinterzimmer, um an diesen Orten meine verzauberten Aufbewahrungsbeutel zu hinterlassen. Um weitere Verwirrung zu stiften, hatte ich natürlich auch Illusionszauber auf zufällige Gegenstände gewirkt. Plastiktüten, ein Mülleimer voll verfaultem Essen und ein großer Haufen Fäkalien waren unter den Geschenken, die ich meinen Verfolgern hinterließ.

Entlang des Weges setzte ich einige vorgefertigte Schutzzauber auf, jeder konnte einen einzigen Energiestoß abgeben. Ich passe sie meist so an, dass sie durch eine Aura mit hoher Konzentration ausgelöst wurden. Das stellte sicher, dass ein gewöhnlicher Übernatürlicher sie nicht aktivieren würde. Sie dienten mir als Frühwarnsystem. Als sie letztlich entfesselt wurden, musste ich auf dem Dach, auf dem ich mich ausgeruht hatte, verbissen lächeln.

»Ich schätze, es ist Zeit«, murmelte ich, die Augen schließend. Ich tippte auf den Ring. »Lily, du könntest genauso gut herauskommen.«

»Bist du dir sicher?«, fragte sie, als sie in Hosen und Kapuzenpullover neben mir erschien. Sie drehte sich, nahm unsere Umgebung auf und sah in den Himmel, die salzverkrustete, frische Luft einatmend, die von den Docks ein paar Blocks entfernt zu uns wehte. Sie blickte nach unten, entdeckte den Runenkreis, den ich gezeichnet hatte, und schüttelte leicht den Kopf. »Du weißt, dass sie mich hier rausholen werden.«

»Ja. Ich kann es nicht gebrauchen, dass du mir folgst, aber ich dachte, ich sage ein letztes Mal auf Wiedersehen«, erwiderte ich. »Ich kann nicht lange bleiben, aber ... danke.«

»Viel Glück, Henry.«

Ich grinste Lily an, bevor ich die Treppen nach unten eilte, sie und die Falle zurücklassend. Für eine gewisse Zeit wäre ihr Signal und das des Ringes dasselbe. Was meine Feinde direkt zu ihr führen würde. Als ich das Ende der Treppe erreichte, streute ich vorsorglich einen vollen Beutel Pfeffer und Cayenne in die Luft. Dabei hielt ich den Zauber *Windstoß* um meinen Körper herum, um sicherzustellen, dass mich nichts davon berührte. Sobald ich mich von dem Pfeffer entfernt hatte, invertierte ich den Zauber, um meinen Duft in meinem Körper zu verbergen. Dadurch waren Bewegungen zwar etwas schwieriger, aber das war immer noch einfacher, als zu versuchen, einen gänzlich neuen Geruch mithilfe von *Illusion* nachzuahmen. Im Freien war ich gezwungen, den *Windstoß* nach oben abzulenken, meinen Geruch in einer Säule in die Luft zu verlagern und weit in der Höhe zu zerstreuen, so dass es unmöglich wurde, mich auf diese Weise zu verfolgen.

Den Kopf gesenkt, die Baseballkappe aufgesetzt, trottete ich zu meiner nächsten Anlaufstelle. Ich blickte nicht zurück, denn ich wusste, dass es dort nichts zu sehen gab. Fünfzehn Minuten später, als ich hinter einem Müllcontainer wartete, überspülte eine Welle der Unterbrechung meines Ritualkreises den gesamten Bezirk. Von den Resten des Zaubers wurde die emotionale

Resonanz von Wut und Schmerz mitgetragen, was mich frohlocken ließ. Der Ritualkreis, den ich gezeichnet hatte, würde erst den Beton verflüssigen und dann wieder härten. Er hatte also jeden Angreifer zur Hälfte in das Dach einsinken lassen und dieses dann um sie herum neu geformt. Es würde sie nicht umbringen. Vielleicht nicht einmal zum Krüppel machen, wenn sie schlau genug waren, sich zu befreien. Aber es würde sie verletzen und einschüchtern.

Ich neigte den Kopf und ließ den Zauber *Windstoß* um mich herum verschwinden. Ich drehte mich zur Seite und beäugte den explosiven Schutzzauber, den ich in die Wand geschrieben hatte, einen Zauberspruch, der in einen einfachen Schriftzug integriert war – »Ich habe heute Morgen explosive Runen vorbereitet«.

Sie wollten mich in der Stadt. Also war ich hier. Und jetzt würde ich sie lehren, warum das eine verhängnisvolle Entscheidung war. Ich achtete jedoch darauf, meine Angriffe aus der Ferne eher frustrierend als tödlich einzurichten. Ich würde nicht das magische Äquivalent von Landminen zurücklassen, sodass Kinder ohne Folgen darüber laufen könnten.

✼✼✼

Ich stieg die Treppen eines überwiegend leeren Bürogebäudes hoch in Richtung Dach, um zum nächsten Gebäude zu kommen, als ich hörte, wie sich weiter unten Türen öffneten. Im Augenwinkel sah ich, dass der Timer schon drei Stunden seit Beginn dieser ganzen Sache anzeigte. Der Lärm von unten war nicht ungewöhnlich – das Gebäude war nicht komplett verlassen –, aber beunruhigend genug, dass ich mich über das Geländer beugte. Nur um ein großes, rotes Gesicht mit Stoßzähnen zu erblicken, das mich anstierte.

»Er ist hier!«, schrie der Oni, bevor er an seine Seite griff.

Ich zuckte zurück und blieb nah an der Wand, während ich hochrannte. Ein dröhnender Knall ließ meine Ohren schmerzen und Betonsplitter regneten auf mich herab, als der Idiot das Feuer eröffnete. Er konnte mich nicht einmal sehen! »Arschloch.«

Ich keuchte, während ich die Treppen hochlief, eine Feuersphäre aus meiner Weste ziehend. Ich schaffte es zum Dachzugang und riss die Tür auf. Da hörte ich das Stampfen von Schritten, die mir folgten. Ein weiterer Knall, der in meinen Ohren schmerzte, streute mehr Splitter um mich herum. Beinahe hätte ich die Sphäre fallengelassen. Ich packte sie fester, sandte zur Aktivierung eine

Manawoge in sie und warf sie über das Geländer. Sie fiel und ich duckte mich schnell durch die Tür. Flammen explodierten im Treppenhaus, das sich in einen heißen und rauchigen Schlot verwandelte. Ich hörte Schreie, während eine Böe aus Feuer meine Haut erhitzte und die Ansätze meiner verbliebenen Haare toastete.

Etwas in mir fühlte sich schuldig, da ich wusste, dass die Kreaturen, die ich verletzt – vielleicht getötet – hatte, intelligent waren. Lebende, denkende Wesen. Andererseits hatten diese Arschlöcher sofort auf mich geschossen und sich nicht einen Moment genommen, um zu überprüfen, ob da nicht jemand anderes war.

…

Mist. Hatte ich auch nicht.

Ich drehte mich zum Treppenhaus, ging einen halben Schritt darauf zu und wurde überrascht, als die Tür aufgewuchtet wurde. Ein Oni, ähnlich dem, der auf mich geschossen hatte, mit etwa 2,10 Meter nur größer, duckte sich hindurch. Das Monster musste sich verbiegen, um durch die Tür zu kommen, es war so breit, dass das nicht auf normale Weise ging. Es erblickte mich, ergriff meine Jacke und zog mich mit einem Ruck näher.

Ich schlug kurz wild um mich, eine Hand gegen sein Gesicht gepresst, um ihn wegzudrücken. Meine andere

Hand schnipste und verdrehte sich und formte einen Schild genau oberhalb der Hüfte des Onis – perfekt platziert, um die Kreatur zum Halten zu bringen, als sie die Faust in meine Richtung schwang. Der Oni blieb ruckartig stehen, verwirrt durch die unvorhergesehene, holprige Bewegung, als ich meinen zweiten Zauberspruch beschwor und Mana- sowie Feuerpfeile direkt in die Augen des Monsters sandte.

Seine Augen waren kleine, sich schnell bewegende Ziele, die schwierig zu treffen waren. Es war nicht überraschend, dass der Oni zurückschreckte, als helles Licht und Mana in seine Richtung flogen. Dadurch hinterließ mein Angriff blutige, angesengte Furchen in seinem Gesicht. Der Oni warf mich zur Seite, die Augen instinktiv geschlossen. Ich flog nicht allzu weit, weil ich gegen die Mauer des Dachzugangs geschleudert wurde und von der Kante abprallte, bevor ich auf dem Beton landete.

Nur durch die Schutzzauber meiner Jacke wurden mir gebrochene Knochen erspart. Stattdessen verteilten sie den Schaden des Aufpralls, den sie nicht absorbieren konnten, über meinen Körper. Das verursachte zwar Erschöpfung und Schmerzen, doch ich funktionierte noch. Während ich mich herumrollte, passte ich Ort und Größe meines Zauberspruchs *Machtschild* an und platzierte ihn dreißig Zentimeter über mir. Gerade rechtzeitig, bevor die Faust des Onis in meinen überstürzt errichteten Schild krachte. Ich spürte, wie ich in den Boden gerammt wurde, der *Machtschild* knackte, weil die aufgestaute Bewegung des muskulösen Dämons beinahe meine Verteidigung zerschmettert hatte. Bevor er ein weiteres Mal angriff, passte ich den *Machtschild* nochmals an.

Diesmal ließ ich ihn geformt, während ich ihn vorwärts sandte. Sich vom Boden lösend, traf er den Oni an Brust und Unterkörper. Er erhob sich weiter, sogar als ich die Zauberformel erneut anpasste, um seine Form zu verändern. Von einem *Machtwall* zu einer riesigen Wiege, die den Oni hielt. Sie packte den Oni und drückte ihn weiter von mir weg. Mein Gegner erlebte einen kurzen Moment der Überraschung, bevor er die Ränder meines Zaubers ergriff und seine übermäßig muskelbepackten Arme dagegenstemmte. Binnen Sekunden war der bereits geschwächte Zauber zersplittert.

Etwas zu spät! Mitten in der Luft brach der Oni meinen Zauber und fiel, doch diesmal schickten der Schwung und seine Position ihn über den Rand des Daches in den Tod.

Ich konnte nicht anders, als grimmig zu grinsen, dann humpelte ich zu der Seite des Bürogebäudes, die mein ursprüngliches Ziel war. Eine Hand griff in meine Hosentasche und ich ließ einen weiteren Beutel mit Pfeffer,

Cayenne und nach Stinkfrucht riechenden Kerzen hinter mir fallen. Ich zündete die Kerzen mit einer Geste an und begab mich dann auf das Dach des nächsten Gebäudes, sprang die zwei Meter nach unten und landete mit einem Ächzen.

Bei dem ganzen Tumult war ich mir sicher, dass meine Gegenspieler auf dem Weg waren. Ich musste mich weit genug zurückziehen, dass meine Anwesenheit schwieriger zu lokalisieren wäre. Ich bewegte mich weiter, selbst während ich meinen Windzauber neu formte, damit mein Geruch eingedämmt blieb. Dann rannte ich entlang des Lagerhausdaches zu dem Rand, der an die nächste Straße grenzte. Eine Kombination aus simplem Gleitflug und Schwebezauber ermöglichte mir, die Straße zu überspringen, während ich mich in einen vierten Illusionszauber hüllte, der meine Präsenz verbarg.

Nachdem ich angeschlagen das Dach auf der gegenüberliegenden Straßenseite erreicht hatte, holte ich eine weitere Sphäre heraus und passte den Aktivierungsteil der Verzauberung an, um jede starke, übernatürliche Aura anzuvisieren, die in Reichweite kam und die nicht meine war. Ich hoffte, dass niemand über das Dach wandern würde, bevor das Tageslicht wieder aufging, doch es war ein Risiko, das ich eingehen musste.

Während ich mich erhob, erstarrte ich auf halbem Wege, als ich andere Auren spürte. Starke, machtvolle, übernatürliche Auren. Ich verzog knurrend die Lippen, als ich bemerkte, dass meine Feinde sich nicht darum kümmerten, ihre Auren zu verbergen. Närrisch und übermütig. Als ich davoneilte, wies ich mich selbst zurecht. Es gab keine Garantie, dass die Auren, die ich spürte, die Einzigen im Spiel waren.

Genau genommen ... ich wurde vorsichtiger und scannte die Dächer nach potentiellen Gefahren. An ihrer Stelle würde ich beide Varianten nutzen. Verborgene und sichtbare Jäger – die ersten, um mich nichtsahnend zu erwischen und die zweiten, um mich übermäßig zuversichtlich zu machen. Ich erinnerte mich daran, dass es das Beste war, sich zurückzuhalten. Dass dies unser erstes Aufeinandertreffen und gerade erst der Anfang war.

***

Trotz all meiner mentalen Vorsicht erwischte mich die nächste Gruppe zwanzig Minuten später. Ich verbarg mich hinter einem Müllcontainer, nur durch meinen geruchslöschenden Zauber geschützt. Ich vertraute auf meine Position und die auradämpfenden Verzauberungen, die in meine Jacke gewebt waren, um mich versteckt zu halten. Ich wartete und zählte die Sekunden, während Najaden auf Elektrorollern vorbeibrausten. Ich konzentrierte mich auf die Explosion zwei Straßen weiter. Eine Detonation, die, wie ich wusste, von jemandem ausgelöst worden war, der an einem meiner verzauberten Pakete herumhantiert hatte.

Ich war so fixiert auf das Zuhören und Zählen, dass ich die Ordensritter mit ihren allzu sterblichen Auren nicht bemerkt hatte, die meine Vorsicht zunichtemachten. Ich nahm sie erst wahr, als der erste Armbrustbolzen meine geschützte Jacke durchdrang und mich herumwirbelte. Der zweite Bolzen, der meinen Kopf treffen sollte, verfehlte mich nur um Zentimeter, als ich mich wegdrehte, er surrte an meinem Gesicht vorbei. Als die beiden Ordensritter ihre Armbrüste fallenließen und Pistolen zogen, griff ich nach einer Sphäre.

So schnell ich auch mit dem Herausziehen der Sphäre war, sie waren schneller. Ich ignorierte das laute Bellen ihrer Pistolen und sah zu, wie die Kugeln an dem um mich herum geformten Defensivschild abprallten und die Backup-Schutzzauber meiner Jacke zum Tragen kamen. Eine sekundäre Verzauberung formte einen *Machtwall* in dem Moment, in dem sie durchbohrt wurde. Um ihn anzutreiben, wurde der Wall von dem Blut gespeist, das ich vergossen hatte. Das gab ihm einen kurzen, aber machtvollen Stärkestoß.

Ein heimlicher Wurf ließ den Ball unter meinem Schild hindurchhuschen, als die beiden Ordensritter sich beim Feuern abwechselten, während sie sich aufteilten. Als sie die Sphäre entdeckten, gingen sie in die Defensive. Einer verdrehte seine Hand, hob sie seitwärts und ein leuchtender Schild kam zu seinem Schutz hervor. Der andere lief rückwärts in die Deckung des Müllcontainers. Als meine Sphäre explodierte und sich der Schmerz in meiner Schulter bemerkbar machte, zog ich einen Trank hervor und schluckte ihn.

Ein Schneesturm erhob sich in der Gasse, einer, der das Areal mit glattem Eis überzog und die Temperatur auf -40 Grad senkte. Er umging so unsinnige Dinge wie glaubensbasierte Schilde. Zwar war das nicht die Sphäre, die ich hatte greifen wollen, aber sie wirkte erfreulich gut. Die beiden Ritter kamen aus der Deckung, um ihre Schusswaffen erneut auf mich zu richten. Ich lächelte sie über den Rand der Sportflasche an, die meinen Zaubertrank enthielt. Dann spürte ich, wie der Zauber einsetzte.

Anders als mein vorheriger Translokationszauber senkte mich dieser in die Erde hinab und verlagerte meinen

Körper etwa drei bis vier Meter nach unten. In der letzten Sekunde meines Falls hielt ich den Atem an, bevor ich langsam – und fast zu schmerzvoll – wegzuschwimmen begann. Die einzig gute Nachricht war, dass der Bolzen nicht in meiner Schulter stecken blieb, da die fremden Glaubensverzauberungen darauf meinen Trank hinderten, ihn in den Zauber mit einzubeziehen. Anders als bei meiner Tasche und dem Rest meiner Ausrüstung wohnte ihm nicht meine durch Gebrauch und Magie erwachsene Aura inne – und obwohl der Kontakt mit meinem Blut ihn normalerweise mitgeschleift hätte, lehnten die Glaubenszauber die Sublimation des Bolzens ab. Also brauchte ich ihn nicht mehr herausziehen.

Das bedeutete aber auch, dass ich eine offene Wunde hatte, aus der Blut in die mich umgebende Erde gepumpt wurde, während ich wegschwamm. Darüber hinaus hatte ich im Boden nur begrenzt Zeit. Nicht wegen der Stabilität des Trankes – auch das war zugegebenermaßen eine Sorge –, sondern wegen meiner Unfähigkeit, zu atmen. Mir verblieb nur etwa eine Minute vor der Notwendigkeit, meine Lungen mit Sauerstoff zu füllen. Wenn ich Erde schluckte, hätte ich sie noch immer in meinem Brustkorb, wenn ich aus dem Boden herauskäme. Das wäre irgendwie fatal.

Während ich wegschwamm und nach einem angemessen großen und entfernten Keller suchte, beschwor ich einen Heilzauber auf meine Schulter. Das würde sie nicht richten, aber es würde zumindest das herausströmende Blut stoppen.

***

Es könnte schlimmer sein. Das murmelte ich mir unentwegt zu, während ich mich in die Zauber *Glamour* und *Illusion* einhüllte, der Geruch meiner nun geheilten, aber noch blutigen Schulter wurde in kleinen Bällen konzentrierter Luft aufgefangen. Mit Windstößen schickte ich sie eingedämmt fort, bis sie ihre Bestimmungsorte erreichten, wo sie zerbrechen würden. Da ich meinen Duft nicht verbergen konnte, würde ich ihn im ganzen Viertel verteilen, um ihre Geruchssinne durcheinanderzubringen.

Leider waren Geschäftsviertel, vor allem solche, in denen sich früher viele Lagerhäuser befanden, nicht gerade für kleine, verwinkelte Straßen bekannt. Das bedeutete, dass ich meinen Weg die Straße hinunter wie auf offenem Feld laufen musste. Während ich dort entlang hastete, ließ mich kalter Schweiß, der meinen Rücken hinunterlief, erschaudern – sogar noch mehr, als eine Gruppe

Rotkappen um die Ecke kam. Einer von ihnen beugte sich nach unten und schnüffelte am Bürgersteig, weil er mich zu lokalisieren versuchte. Die anderen beobachteten die Straße, nach mir suchend. Einer hielt sogar ein altes Monokel hoch. Ich kannte die Verzauberung in diesem Einglas, wusste, dass es nach verdächtigen Mengen von Magie suchte.

Gefährlich, doch ich hatte das in meinen eigenen Zaubersprüchen berücksichtigt. Trotzdem hatte ich den Zauber nie darauf getestet, deshalb stockte mein Atem, als er mich direkt ansah. Er hielt inne und starrte mich an, starrte auf das, was er durch sein Monokel sah.

»Was ist denn?«, fragte ein anderer.

»Eine Verzerrung.«

»Der Magier?« Einer der Rotkappen griff in seine Jacke und zog eine steinerne Wurfaxt heraus.

Ich spürte, wie mein Atem aussetzte.

»Bin mir nicht sicher. Ist vielleicht ein weiterer Trick von ihm. Oder von einem der anderen Jäger. Oder eine atmosphärische Veränderung.«

»Du könntest dich klarer ausdrücken!«

»Das ist keine Wissenschaft«, knurrte der mit dem Monokel. »Es bewegt sich nicht.«

»Ich werde meine Axt werfen.« Er hob die Axt, ein vorbeifahrendes Auto machte einen Schlenker, als die Fahrerin die Waffe bemerkte. Das lenkte die Aufmerksamkeit des Waffenträgers ab.

Das Auto beschleunigte, die Fahrerin blass vor Angst.

»Sachte. Wir wollen nicht, dass die verdammten Irdischen hier auftauchen«, fauchte der Nutzer des Monokels.

Bevor er fortfuhr, mich zu beobachten, drehte er sich zur Seite und folgte einem dunklen Flackern, einem sich bewegenden Schatten. Ich verfolgte die Bewegung ebenfalls, aber da der mit dem Monokel mich nicht länger ansah, verstärkte ich meinen Schutzzauber, passte ihn an und machte vier Schritte nach vorne.

Als er zurückblickte, war ich nicht mehr an meiner ursprünglichen Position und eilte die Straße entlang. »Aha.«

»Was?«

»Es ist weg.«

»Na dann.« Der Axtträger verzog das Gesicht, ließ aber seine Axt zurück in den Gurt unter seiner Jacke gleiten, sie wieder vor fremden Blicken versteckend.

Die Gruppe von Rotkappen bewegte sich weiter und passierte die gegenüberliegende Seite der Straße. Ich hielt an und beobachtete sie, tat aber mein Bestes, sie nicht direkt anzuschauen, aus Angst, dass sie es irgendwie spüren könnten. Erst als sie vorbei waren, eilte ich weiter. Als ich allerdings um die Ecke lief, glaubte ich, erneut die Bewegung eines Schattens im zweiten Stock zu sehen.

Ich hob die Augenbrauen und war in Versuchung, das Gebäude zu überprüfen, doch dann spürte ich den Zusammenstoß mehrfacher Auren, die die Straße entlangkamen, und ächzte. Zeit, zu gehen. Ich ging los, während meine Schulter weiterhin schmerzte. Vielleicht war die Erregung von jedermanns Aufmerksamkeit auf einen Geschäftsbezirk doch eine schlechte Idee gewesen.

Möglicherweise hatte ich meine Fähigkeit überschätzt, mich um Jäger zu kümmern. Aber es spielte keine wirkliche Rolle. Ich hatte einen Job vor mir, und meine Freundin und meine Familie zählten auf mich, zählten darauf, dass ich die Jäger beschäftigt hielt. Ich musste sie so lange ich konnte hinhalten, und Alexa die Zeit geben, alle in Sicherheit zu bringen und aus dem Haus zu kommen. Alles andere, von meinen Sorgen bis hin zu seltsamen Schatten, spielte keine Rolle.

Kapitel 18

Ich fiel durch das Loch im Boden, landete in der Hocke und stöhnte auf, als Schmerzen von den Knien hochschossen, durch meinen geplagten Hintern und wunden Rücken in die Schulter. Ich biss die Zähne zusammen, stand auf und ließ eine Hand nach oben schnellen, während ich erneut an meinem Mana zog. Ein einzelner reiner *Machtstachel* formte sich in der Mitte des Lochs. Ich konzentrierte mich und erschuf ihn so ungetrübt wie möglich. Dann taumelte ich zur Tür hinüber, kaum einen Blick auf das verfallene Hotelzimmer mit seinem Doppelbett und der kaputten Kommode werfend.

Über mir krachten meine Verfolger durch die Tür und lösten die Eisstachel- und die Luftsphäre aus. Eine umhüllte die Luft mit Staub und Schmutz, die andere sandte Eisscherben aus, die sich aus dem Boden formten. Ich hörte einen Schmerzensschrei, der abbrach, als sie vorwärts stolperten. Ich taumelte zur Tür hinaus und lief in Richtung Treppenhaus in der Hoffnung, sie abzuhängen.

Ich konnte nicht einmal sagen, wer diesmal hinter mir her war. Die Najaden? Weitere Ordensritter? Jedenfalls nicht die Feen. Ich hatte zwei ihrer Sidhe-Krieger getötet, als ich das Gebäude betrat, und ich glaubte nicht, dass sie noch mehr besaßen, um mich weiter zu verfolgen. Wären meine Verfolger nicht so versessen darauf, sich gegenseitig zu schaden – um in dem Chaos alte Rechnungen zu begleichen –, hätten sie mich bereits geschnappt. Unter den gegebenen Umständen hatte mein Timer von einem Countdown zu einer positiven Zahl gewechselt, drei Minuten aufwärts. Ich hatte meine Quest abgeschlossen, aber erst vor kurzem.

Seitdem sie mich aufgespürt hatten, war ich auf der Flucht. Ich nutzte alle Tricks, die ich kannte, und einige, die ich mir im letzten Moment ausgedacht hatte. Ich stand auf und kämpfte, tötete und schlachtete. Verspritzte ihr Blut über einen verrosteten Spielplatz, hinterließ von Windklingen zerstückelte Leichen, die ich danach als doppelte Rückversicherung unter einer Schuttlawine vergrub. Ich hatte meine Verfolger in enge Gassen gelockt und Fallen eingesetzt, um sie an einem Ort zu konzentrieren. Die gefangenen Dhampire hatte ich verbrannt. Vor den mich verfolgenden Oni war ich geflüchtet und hatte mich versteckt gehalten. Dadurch rochen die Lykranthropen deren Blut, das ich auf ihnen platziert hatte, und das wiederum entfachte eine jahrelange Rivalität.

Doch nichts davon war von Bedeutung. Ich hatte kaum mehr als eine zehnminütige Ruhepause gewonnen. Der

Eines Dschinns Wunsch

konstante Einsatz hatte mir nur noch vier Sphären übriggelassen. Meine Manareserven, gewissenhaft bewahrt, lagen bei weniger als einem Viertel. Das Hotel war nicht das, wo ich mich hatte verstecken wollen, aber es war ja nicht so, als hätte ich eine Wahl. Wenn die Dämonenhunde aufheulten, flüchtete man – und diese Sidhe hatten ihre Schwarzen Hunde genutzt, um mich hierher zu treiben.

Jetzt hockte ich zwischen zwei Stockwerken und versuchte, einen Weg hinauszufinden, der nicht in einem weiteren Kampf endete. Aber es gab keinen. Ich stolperte um die Ecke, nur um einen großen, schlaksigen Troll zu erblicken, der mich anglotzte. Hinter ihm, im Schatten, standen drei Kreaturen.

»Ihr habt es geschafft«, keuchte ich. Ich lehnte mich gegen die Wand und versuchte, zu Atem zu kommen. Der Schrei hinter mir, als einer meiner Verfolger sich auf meinem Geschenk aufspießte, entlockte mir kaum ein Zucken.

»Du bist weit gekommen. Aber du musst doch wissen, wie das hier endet.« Die Stimme des Trolls klang kultiviert und gebildet. Ein extremer Gegensatz zu den großen, gewaltigen Fangzähnen in seinem Mund.

Ich rückte einige Schritte von der Ecke weg, mich näher an den Troll begebend, weil ich nicht von Verfolgern zurückgerissen werden wollte.

»Ich will wissen, warum du mit mir redest …«, forschte ich nach, den Kopf neigend. Eine Hand hielt ich tief an meiner Seite, um einen *Flammenspeer* zu formen, dafür baute ich erst das Gefäß, dann die Position und die Zieloptionen.

»Weil wir eine Frage haben.«

»Schieß los.« Ich holte tief Luft und fügte dann hinzu: »Nicht buchstäblich.«

»Hast du noch deinen letzten Wunsch?«

Ich erstarrte, einige Ereignisse ergaben nun einen Sinn. Und dann …

»Ergreift ihn.«

Ich hatte es nicht kommen sehen. Schatten glitten durch die Wände und zerrten mich zurück, mein Hinterkopf knallte an die Wand. Durch den ersten Hieb sah ich Sterne und meine Zaubermatrix fiel auseinander. Der zweite Schlag brachte Dunkelheit, gerade als sich das Brüllen des Trolls und die Schreie meiner Verfolger vermischten.

***

Eines Dschinns Wunsch

Ich hatte nicht erwartet, aufzuwachen. Schließlich sollten sie mich töten. Durch mein Ende wären der Ring und die Bedrohung, dass Lily als Waffe genutzt werden könnte, endgültig fort. Aufzuwachen war daher eine nette Überraschung, allerdings reduzierte der pochende Schmerz in meinem Kopf meine Dankbarkeit.

Wäre ich ein abgehärteter Soldat, ein Spion oder einer dieser Whisky saufenden Detektive, hätte ich das Gestöhne kontrollieren können. Ich hätte meine Kidnapper über meinen Bewusstseinszustand täuschen und eine Möglichkeit finden können, den Spieß umzudrehen. Doch das alles war ich nicht.

»Versuch nicht, deine Magie zu benutzen«, warnte jemand. Eine vertraute britische Stimme, die vom Geruch von Formaldehyd begleitet wurde. »Die Armschienen, die wir über deine Hände gestülpt haben, werden dir beim Formen von Mana Schmerz bereiten.«

»Ich glaube nicht, dass ich das könnte, selbst wenn ich wollte«, ächzte ich und öffnete die Augen. Ich stöhnte und schloss sie sofort wieder, als Stachel aus Licht in meinen Kopf gerammt wurden. Ich blieb auf dem Boden liegen und ließ die Kälte des Betons in meinen schmerzenden Kopf sickern. »Ich denke, ich bleibe einfach hier.«

»Leider wird das nicht möglich sein. Jetzt, da du wach bist, wirst du mit dem Rat sprechen müssen.« Mit diesen Worten hob mich Bronislav hoch.

Der Gestank von verrottenden und konservierten Flüssigkeiten intensivierte sich, während er mich auf die Füße zog. Ich konnte sie kaum spüren, bevor er mich anstieß und mehrmals vorwärts schubste, statt mich selbst laufen zu lassen. Die Bewegung ließ meinen Magen rumoren, nur Disziplin hielt mich vom Erbrechen ab.

»Gut. Übergib dich nicht. Ich möchte meine Kleidung nicht schon wieder waschen müssen«, meinte Bronislav. »Der Rat hat mein Waschbudget noch immer nicht erhöht. Seine ... Aktivitäten allerdings sind angestiegen.«

»Ich ... dachte, ihr wärt gute Jungs«, flüsterte ich, ich war von der Bedeutung seiner Worte nicht begeistert. Als er mich weiter schleifte, riss die neue Haut an meiner Schulter auf und ein dünnes Rinnsal Blut benetzte meine Jacke.

»Wir versuchen es. Doch die Ernährungsbedürfnisse der Nun'Yunu'Wi sind weitaus unflexibler«, erklärte Bronislav. »Wir tun, was wir mithilfe meiner Verbindungen können. Aber so viele Menschen wollen Bestattungen mit offenen Särgen, dass das Akquirieren neuer Körper –

insbesondere derer, die die Anforderungen erfüllen – schwierig ist. Und das Abschlachten ...«

»Ich will es nicht wirklich wissen«, hauchte ich. »Könnt ihr mich nicht essen?«

Er blieb stumm.

»Scheiße«, fluchte ich.

Nach kurzer Zeit wurde ich an einen allzu vertrauten Ort gebracht. Diesmal musste ich nicht stehen, sondern wurde auf einen Stuhl gesetzt – einen althergebrachten, mittelalterlich aussehenden Folterstuhl mit Schnallen für Arme und Kopf. Wenig später war ich gefesselt. Als ich jedoch mit den Fingern über die Kante der Vinylarmlehne fuhr, wurde mir etwas klar.

»Das ist ein Bondage-Stuhl!«, protestierte ich. Ich meine, sicher, er war toll, um jemanden daran zu fesseln, aber ich schwöre, wenn sie ihn nicht ordentlich gesäubert hatten, würde ich mich beschweren.

Mein Schock und der plötzliche Aufschrei verwandelten die behutsame Kontrolle meines Magens in einen Tumult und ich spürte, wie es mich nach vorne warf, als ich zu brechen versuchte, nur um von der Schnalle an meinem Kopf zurückgehalten zu werden. Mit trockenem Husten sprudelte ein wenig aus meinem Mund und lief mir über die

Lippen, bevor ich es wieder herunterwürgte, was mich in einen weiteren Husten- und Spuckanfall stürzte.

»Befreit ihn. Lasst ihn sich übergeben. Dann säubert ihn«, bellte der Ratsvorsitzende.

Bronislav befolgte schnell seine Anweisungen, ließ mich frei, damit ich erbrechen konnte, und machte mich dann sauber. Der Nun'Yunu'Wi fauchte und knallte mit seinem Stock in meine Richtung, was neben dem Rest des Erbrochenen mein Shirt versengte. Es reinigte mich, allerdings verbrannte es auch meine Haut, was mich schreien und um mich schlagen ließ. Und einen neuen Anfall verursachte. Anstatt darauf zu warten, dass ich fertig wurde, strömte eine neue Magiewelle in mich. Diesmal spürte ich, wie mein Kopf heilte, wie meine Gedanken aufklarten. Überraschenderweise wurde die Wunde in meinem Rücken zusammen mit dem Blut, das entwichen war, nicht geheilt.

»Ich habe dir doch gesagt, dass du ihn heilen sollst. Magier sind fragil«, brummte der Troll.

»Wir hätten ihn einfach töten sollen«, blaffte der Vorsitzende zurück. »Dafür hatten wir gestimmt. Wenn die anderen erfahren ...«

»Werden sie nicht. Nicht einmal das Konzil kann meine Verteidigung durchbrechen«, erwiderte der Nun'Yunu'Wi und lachte den Vampir spöttisch an. »Du machst dir zu viele Sorgen.«

»Und du riskierst zu viel.«

»Für den Dschinn ist dieses Risiko nichts«, konterte der Nun'Yunu'Wi.

»Genug. Lasst es uns hinter uns bringen«, erwiderte der Troll. »Viele haben unseren Kampf gesehen. Manche könnten einen Verdacht hegen.«

»Nun gut. Zauberer.« Als der Nun'Yunu'Wi sah, dass er meine Aufmerksamkeit hatte, deutete er auf meinen Finger. »Nutze deinen Wunsch und befreie dich aus deinem vorherigen Wunsch.«

»Oder was?«, fauchte ich die drei an. Sie konnten mich nicht verletzen. Nicht direkt. Selbst jetzt beschützte Lily mich. Schützte mich vor …

Ein Brecheisen wurde mit voller Wucht auf meinen Arm geschlagen und zerbrach die Knochen darin. Ich brüllte und wand mich, konnte mich aber kaum bewegen. Bronislav blickte nach dem Schlag zu seinen Meistern, die ihn durch eine erhobene Hand aufhielten.

»Dein Wunsch schützt dich vor uns. Aber wir haben viele auf deinem ›Level‹.«

»Scheiße.«

»Korrekt.« Der Nun'Yunu'Wi lehnte sich vor. »Erspare dir den Schmerz. Ich kann dich heilen, wenn du zu viel Schaden nimmst, und dann wird sich die Pein wiederholen. Immer und immer wieder, bis wir bekommen, was wir wollen. Warum dich damit plagen?«

»Was ... was wollt ihr mit Lily?«, wollte ich wissen und tat mein Bestes, die Qualen im Arm und das Blut zu ignorieren, das in frischen Wellen meinen Rücken hinunterlief. Die Tatsache, dass sogar meine normale Mana-Regeneration durch die verzauberten Armschienen gestört wurde. Das aufwallende Gefühl der Hilflosigkeit.

»Das ist nicht deine Angelegenheit.«

Ein Nicken und ein weiterer Schlag. Nur dass mich Bronislav diesmal zweimal traf und dabei den Oberarm und eine Rippe brach, bevor er zurückgepfiffen wurde.

Als ich wieder zu mir kam und die Wellen des Schmerzes abklangen, sah ich zu dem Nun'Yunu'Wi. »Was will der Rat? Ihr wisst schon, dass der Ring nur an eine Person geht?«

Meine Worte ließen Roland zusammenzucken, doch der Nun'Yunu'Wi lachte nur. »Glaubst du, du könntest Zwietracht unter uns säen?«

Eine Geste, und der Schmerz kam. Diesmal vier Schläge. Nicht jeder brach Knochen, aber die Marter war

Eines Dschinns Wunsch

so gewaltig, dass ich einige Minuten benötigte, bis ich mich wieder konzentrieren konnte.

»Das sind halbe Sachen. Lass mich ihn aufschneiden. Sobald ich seinen Fuß direkt vor seinen Augen esse, wird er aufgeben«, argumentierte der Troll gegenüber dem Nun'Yunu'Wi.

»Du weißt, warum es nicht funktionieren wird, ihn aufzuschneiden, Vallen«, blaffte dieser zurück.

»Oh, ja. Du und deine Angst vor Blut«, lachte Roland kopfschüttelnd. »Wie erbärmlich, etwas so Bemerkenswertes zu fürchten.«

»Als wäre die Furcht vor Sonnenlicht so viel besser ...«

»Meine Gebieter«, sprach Bronislav, die Aufmerksamkeit der Gruppe wieder auf mich lenkend.

»Macht euch wegen mir keine Umstände. Ich werde ... warten«, meinte ich und versuchte es mit einem Grinsen, scheiterte aber daran. Der Schmerz breitete sich weiter aus, die Stärke der Tortur nahm mir die Fähigkeit des Planens. Ohne das ganze Training wäre ich wahrscheinlich nicht einmal in der Lage, so viel zu reden.

»Sprich den Wunsch aus.«

Ich hielt nachdenkend inne. Den Wunsch aussprechen. Einen Wunsch. Ich könnte mir etwas wünschen. Easy. Ich könnte sie wegwünschen. Sie totwünschen. Sogar mich selbst freiwünschen. Mich freiwünschen ...

»Okay«, entgegnete ich und sah hoch. »Ich wünsche ...«

Bevor ich den Satz beenden konnte, gestikulierte der Nun'Yunu'Wi und Bronislav schlug mir ins Gesicht, meinen Kiefer zerschmetternd. Ich schrie, der Schlag warf mich zurück gegen den Stuhl und kippte ihn fast um. Schmerz, so viel Schmerz. Und dann kam erneut die gesegnete Dunkelheit.

***

Die nächsten Stunden wurden unvergesslich, aber nicht aus erbaulichen Gründen. Die Schläge gingen weiter, mit eingestreuten Heilzaubern. Ich brauchte drei Versuche, bis ich erkannte, dass dieser Scheißkerl meine Gedanken las – oder etwas Ähnliches –, sodass ich jedes Mal geschlagen wurde, wenn ich den Wunsch für irgendetwas zu nutzen versuchte, was sie nicht wollten. Und obwohl Lily vermutlich meinen Wunsch erriet, konnte sie ihn nicht wahrmachen, bis ich ihn laut aussprach.

Ich war kein halbstummer Held, kein knallharter Privatdetektiv oder ausgebildeter Soldat. Als ich gefoltert wurde, spürte ich den Schmerz und schrie wie jeder andere.

Eines Dschinns Wunsch

Ohne Training hätte ich nicht einmal zehn Minuten durchgehalten. Und wäre nicht Lilys Benachrichtigung eingetroffen, wäre ich nach zwanzig Minuten zerbrochen.

Aktive Quest: Halte durch, bis Hilfe eintrifft
Hilfe ist auf dem Weg. Doch es braucht Zeit, um sich zu organisieren. Du musst die Folter durchstehen und dich weigern, den Wunsch auszusprechen, bis Hilfe eintrifft.
Voraussetzung: -0:01:38
Belohnung: Rettungsversuch
Fehlschlag: Dein Tod. Der Verlust des Rings. Mögliches Armageddon.

Es waren diese Worte, zu denen ich jedes Mal aufwachte, wenn ich niedergeprügelt wurde. Der Zähler dominierte meine Sicht und blieb im Mittelpunkt, wann immer sie mich niederschlugen und ich das Zersplittern eines weiteren Knochens spürte. Daran klammerte ich mich, wenn der Schmerz der Heilung über mich schwappte und mein Kiefer und zerschmetterte Teile meines Körpers sich wieder zusammenfügten.

Es gab eine Grenze, was magische Heilung tun konnte. Nur eine gewisse Anzahl Schläge, die ein Körper einstecken konnte, bevor selbst Magie ihre Wirksamkeit verlor. Immer wenn sie etwas brachen, immer wenn mein Körper verletzt wurde und Blutgefäße rissen, blieben gewisse Teile unbehandelt, unvollendet. Bruchstücke von Knochen lagen inmitten von geheiltem Fleisch, sie knirschten und taten bei jeder Bewegung weh, bei jedem Atemzug. Mein Kiefer, wieder und wieder gebrochen, war entstellt. Und mein Verstand ...

Mehrfache Gehirnerschütterungen in kurzer Folge bedeuteten, dass ich kaum denken, geschweige denn mich auch nur auf einen einzigen Gedanken konzentrieren konnte. Deswegen konnte der Nun'Yunu'Wi vermutlich nicht länger in meinem Verstand lesen. Wenn ich mich nicht mehr auf meine eigenen Gedanken konzentrieren konnte, wie sollte es jemand anderes können?

»Sprich den Wunsch aus«, insistierte er.

»Urgh ... ich ...« Ich lehnte mich vor, mein Kopf war von der Schnalle befreit worden, nach dem vierten – oder fünften? – Schlag, damit ich ausspucken und mich übergeben konnte. Ich hustete wieder und wieder, die Kehle trocken und gleichzeitig nass von geronnenem Blut.

Wegen meines Zögerns sah Bronislav mich aufgebracht an.

»Genug«, sagte Roland. »Er ist kaum bei Bewusstsein. Ihr müsst ihn sich erholen lassen.«

»Ich habe ihn geheilt«, schnappte der Nun'Yunu'Wi.

»Wiederholt. Der menschliche Körper kann einer solchen Misshandlung nicht standhalten«, meinte Roland.

»Oh, er kann mehr ertragen. Viel mehr ...«

»Im Wahnsinn hinauszuschreien ist nicht das Ergebnis, das wir benötigen. Er muss bei Bewusstsein sein, um das zu sagen, was wir von ihm hören wollen«, konterte Roland. »Gib ihm ein paar Minuten. Sollte er dann nicht willens sein, den Wunsch auszusprechen, kannst du mit den Schlägen weitermachen.«

Der Nun'Yunu'Wi strich in Gedanken versunken über seine Hand, bis er nickte. »Ja. Eine Atempause wird die darauffolgende Tortur deutlicher herausheben.«

»Wie viel länger?«, wollte der Troll wissen, als er mit einem Stück Fleisch zurückkam, auf meine halbtote Gestalt blickte und sich in seinen überdimensionalen Sitz plumpsen ließ.

Während sie darauf warteten, dass ich mich erholte, und ich den gebrochenen Mann spielte – nicht, dass das momentan eine besonders schwierige Darstellung wäre –, nahm Bronislav einen frischen Lappen und wischte mich ab. Er hatte das wiederholt getan und mich damit an den vereinzelt herausguckenden Knochen sowie an der versehentlich zerbissenen Zunge und der gespaltenen

Lippe frei von Blut gehalten. Bei all der Brutalität, die Bronislav mir zugefügt hatte, war seine Berührung sanft und behutsam, während er mich säuberte. Es war ... nett. Tröstlich. Ich ertappte mich dabei, wie ich mich in seine Hände lehnte, um Wärme zu finden. Geborgenheit. Es waren Stunden gewesen, Stunden der Misshandlung und des Schmerzes, und jetzt ...

»Er ist zäher, als ich erwartet habe«, wunderte sich der Troll, mich finster anblickend. »Aber ich glaube immer noch, dass ihr ihm eine Extremität oder auch zwei abschneiden solltet. Vielleicht die eine zwischen ...«

»Wir haben vereinbart, dass sie mir gehört«, erwiderte der Nun'Yunu'Wi.

»Ich dachte, es würde höchstens eine Stunde dauern. Früher oder später ...«

Im Augenwinkel sah ich den Timer herunterzählen. Und wie er sich plötzlich änderte.

0:0:44

0:0:43

Ein Flackern, und er sprang erneut weiter.

0:0:11

»Was? Sie können so viel beobachten, wie sie wollen. Unsere Leute haben bestätigt, dass sie nicht wissen, wo wir sind. Oder was wir tun«, entgegnete der Nun'Yunu'Wi. »Es existiert keine Möglichkeit für sie, uns zu finden. Meine Schutzzauber sind ...«

Er beendete seine Worte nicht, taumelte zurück, als wäre er geschlagen worden. Was in gewissem Sinne auch stimmte. Seine Schutzzauber, die Verzauberungen, die diesen Raum vor Vorhersagen und anderen Angriffsformen schützten, wurden wie die Bierdose in der Hand eines Halbstarken zerdrückt. Einen Moment später öffnete sich ein Portal, eins, das Tageslicht in den Raum brachte, ihn damit flutete. Kurz bevor es sich vollständig auftat, flog ein Speer durch die Lücke, schlug in den Troll und nagelte ihn an die Wand. Weißes Feuer – die Flammen glaubensbasierter Magie – brannten um die Wunde herum und entlang des Speerschafts.

Roland kreischte auf und rollte sich schnell vom Sonnenlicht weg. Mit einer Hand hielt er seinen Mantel vor das Gesicht und floh dann in die hinterste Ecke des Raumes. Bronislavs Augen weiteten sich und er zauderte, wen er beschützen sollte. Für sein Zögern wurde er mit einer Explosion von Macht-Magie belohnt, die ihn zurückwarf.

Gratulation! Quest abgeschlossen.

Belohnung: Rettungsversuch!

Alexa war die Erste, die durch das Portal trat, sie schwang zwei Zauberstäbe, die ich ihr geschenkt hatte. Sie hielt sie auf Bronislav gerichtet, was den Frankenstein hinweg wirbelte, dabei brannte er und wurde durch Feuer und Macht-Magie herumgerissen. In dem Moment, in dem sie mich erreichte, ließ sie die verpulverten Stäbe los, um meine Fesseln zu lösen.

Hinter Alexa befand sich Caleb, den Stab auf den Nun'Yunu'Wi gerichtet, während er Zauber um Zauber formte und abfeuerte. Es war ein Gewitter aus Licht und Energie, Mana formte sich entlang der Zauberformeln in einer Geschwindigkeit, der man unmöglich folgen konnte. So weggetreten ich auch war, bemerkte ich doch, dass Caleb statt mächtiger nur niedrigstufige Zauber verwendete.

»Oh Gott, es tut mir so leid, Henry! Wir haben versucht, schnell hierherzukommen. Aber alle aufzutreiben ...«, erklärte mir Alexa, während sie damit rang, mich vom Stuhl zu befreien.

Alle ... zu meiner Überraschung schloss das auch eine winzige Pixie mit ein. El lief ebenso durch das Portal, ihr Fokus lag aber ausschließlich auf dem Vampir. Anstatt sofort mit ihm zu kämpfen, hetzte sie mit einem Haufen

Spiegel um den Riss herum und lenkte so das Sonnenlicht um, Roland damit in seiner Ecke fangend.

»Ist schon in Ordnung«, antwortete ich, meinen angeschlagenen Kopf berührend. Ich keuchte, als ich versuchte, normal zu atmen, dann sah ich auf meinen Ring. »Lily ...«

Der Dschinn tauchte direkt neben mir aus dem Nichts auf und lächelte mich an. »Hi, Henry. Du musst los.«

Neue Quest: Entkomme!
Deine Freunde sind angekommen. Es ist Zeit, zu gehen.
Zeitlimit: 00:02:11
Belohnungen: Freiheit. Lebe einen weiteren Tag.
Fehlschlag: Mehr Feinde

Meine beiden Hände waren jetzt frei und Alexa arbeitete schon an meinen Füßen. Doch statt Lily zu antworten, drehte ich mich dorthin, wo sich Bronislav vom Boden erhob. Er hatte sicher einmal besser ausgesehen, der Großteil von Shirt und Jackett war verbrannt, die freiliegende Haut schwarz und die Nähte an seinem Körper zerrissen. Ein kompletter Hautlappen war von seiner Brust hinabgerutscht und enthüllte geschwärzte innere Organe und Kupferdrähte. Doch trotz all der Schäden bewegte sich

Bronislav und hinkte auf uns zu, das verhasste Brecheisen in der Hand.

Ich konzentrierte mich auf die Stange, dann auf Bronislavs grinsendes, barbarisches Gesicht. Und dann … dann hatte ich einen Filmriss. Ich kam erst wieder zu mir, als Alexa gegen meine Schulter drückte und mir ins Gesicht schrie.

»*Genug, Henry! Genug!*« Ihre Stimme klang heiser.

Ich blinzelte, und durch diesen Bruch in meiner Konzentration sah ich das von meinen Fingern kanalisierte Mana ersterben. Ein Gestank drang in meine Nase – nicht nach Urin und Erbrochenem oder dem Blut, das ich vergossen hatte, sondern der versengte Geruch nach Fett und Haut, nach knusprigem Fleisch. Als Alexa sich zurückzog, sah ich den Grund.

Eine verbrannte Hülle, eine verkohlte Leiche. Die Haut zerfiel zu Asche, das Fett blubberte und die Organe schrumpelten, Knochen und Metalldrähte glühten. Daneben lagen die matschigen Überreste des Brecheisens.

»War ich das?«, fragte ich erstaunt.

»Wir müssen los«, schrie El, bereits vor dem Portal hockend.

Lily befand sich neben mir und wiederholte Els Worte mit einer großen blinkenden Questmarkierung. Ich zuckte zusammen, mein Instinkt ließ mich nach Alexa greifen und sie neben mich hinunterziehen, als die traurige Antwort mein Gehirn erreichte.

Quest fehlgeschlagen: Entkomme!
Strafe: Mehr Feinde!!!

Die Tür, die in den Raum führte, wurde aufgesprengt. Die vormals starken Schutzzauber, durch unser Betreten bereits geschwächt, lösten sich auf. El, von der Explosion erwischt, wurde durch die Öffnung geworfen, neben der sie gestanden hatte. Das Portal flackerte und schloss sich mit einem Knall, das Ritual, das es offenhielt, wurde auf der anderen Seite unterbrochen. Überrascht wandte sich Caleb für eine Sekunde von seinem Angriff ab – nur um festzustellen, dass der Nun'Yunu'Wi verschwunden war, als er sich zurückdrehte.

Während Wind und Überreste des zersprungenen Zaubers alle außer den Dschinn durchfuhren, fielen auch die zahlreichen Spiegel um, die El aufgestellt hatte, und wurden dadurch zerstört. Nicht, dass es jetzt noch eine Rolle spielte, da das Portal geschlossen war. Alexa umklammernd, wälzte ich mich in der Explosion und spürte, wie fast geheilte und neue Wunden aufbrachen.

Trotzdem war ich in der Lage, mich weit genug zur Seite zu drehen, um die Türöffnung zu sehen. Um die schwarzen Hunde zu erkennen, die hindurch stürmten, nur um von dem befreiten Vampir auseinandergerissen zu werden. Die beiden Sidhe, die in den Raum spazierten, Sturmgewehre auf ihren Schultern, suchten das Gebiet mit präzisen Bewegungen ab. Einer von ihnen zielte auf den Troll, der sich schlussendlich freigekämpft hatte, der andere hob seine Schusswaffe, um sie auf mich in Anschlag zu bringen. Er feuerte augenblicklich, aber die Kugeln wurden gestoppt.

Sidhe-Lord (Level 184)
Attacke außerhalb des Levels geblockt.

Er fletschte die Zähne, trat zur Seite und wechselte das Ziel. »Ritter. Ihr seid dran!«

»Wir kommen, heidnische Monstrosität.«

Ein Quartett sterblicher Ritter kam durch die Tür gestürmt. Sie hatten keine Schusswaffen, stattdessen schwangen sie Nahkampfgeräte. Die diversen Scheiden, in denen sie normalerweise zusätzliche Waffen trugen, waren bereits leer. Dahinter steckte sicher eine Geschichte, für die ich aber nicht die Zeit hatte. Nicht jetzt, wo Alexa mich wegschob und aufstand, ihren Kurzspeer vom Boden aufhob und sich vor dem Quartett aufbaute.

»Henry!«, rief Lily mir zu, und selbst durch das Chaos hörte ich den Dschinn. All dem zum Trotz stand sie dort. Unversehrt. Unantastbar. Kugeln flogen und bogen sich um sie herum. Magie krachte gegen einen unsichtbaren Schutzzauber und ließ sie und ihre Kleidung unbefleckt. »Es kommen noch mehr.«

Ich schloss die Augen, mein Gehirn war noch immer benebelt. Das nicht enden wollende Feuer von Sturmgewehren in dem umschlossenen Areal trommelte nur wie die winzigen Pfoten eines Hundewelpen in meine Ohren und gegen meine Brust. Ein Gestank von Tod und Fäulnis durchzog den Raum, meine Haut und Muskeln brannten durch die wiederholten Attacken. Und in einer Ecke duellierten sich Caleb und der Nun'Yunu'Wi, ihre Magie drückte ebenfalls auf meine Sinne.

Es war zu viel. Zu viel.

Meine Freunde versuchten, mich zu retten. Meine Familie. Menschen, die Zeit geopfert und Sicherheit aufgegeben hatten. Und ich hatte sie im Stich gelassen, war daran gescheitert zu entkommen, als wir hätten fliehen sollen. Wir waren gefangen. Und ich hatte nichts …

»Tötet ihn. Bevor er einen Wunsch ausspricht.«

Ein Speer, aus kurzer Entfernung geworfen, wurde von Alexa nur knapp abgelenkt. Er strich an meinem Arm entlang und riss eine Wunde auf, die ich zuvor nicht bemerkt hatte. Alexa sah, dass ich überfordert war, zog sich zurück und holte eine Sphäre hervor. Sie ließ sie fallen und eine kleine Kuppel formte sich um mich herum. Einer von Calebs Schutzzaubern. Zu kompliziert, zu verschwenderisch. Aber trotzdem machtvoller als irgendetwas, das ich tun konnte.

Aber dort war etwas Seltsames. Irgendetwas … Ich warf den Kopf zur Seite, als ich begriff, dass ich diese Worte irgendwie gehört hatte. In all dem Lärm. Ich hatte gehört …

Selbst durch den Schimmer des Schutzzaubers entdeckte ich den Dschinn. Lily schenkte mir ein kurzes Lächeln.

Ein Wunsch. Simpel.

»Ich wünsche …«

Was?

Ich wusste es nicht.

Wüsste ich es, hätte ich den Wunsch schon vorher ausgesprochen. Sie wegwünschen? Für was? Für einen weiteren Tag, für einige weitere schmerzvolle Stunden? Meine Feinde wollten mich tot sehen und würden es an mir

Eines Dschinns Wunsch

und meinen Freunden auslassen, wenn ich mir ihren Tod wünschte. Ihre Zerstörung. Ich hatte keine Zeit, mit irgendetwas Perfektem anzukommen, etwas Schlauem. Keine Zeit, mit dem System herumzuspielen, den richtigen Wortlaut herauszufinden, die richtige Art und Weise, so etwas zu tun. Keine Zeit ...

Ein Wunsch. Ein einziger Wunsch, um alles richtig zu machen. Um alles ... zu reparieren.

Es war unmöglich. Das war es schon immer gewesen. Darum hatte ich diesen Wunsch nie ausgesprochen. Wie konnte ein einzelner Wunsch alles in Ordnung bringen? Eine einzige Aktion? Konnte er nicht. Nichts konnte das.

Weil die Missstände der Welt, der Existenz, größer waren als irgendeine einzelne Aktion oder Person.

Man konnte nur hoffen. Und vertrauen. Dass diejenigen um einen herum das Beste tun würden, das sie konnten.

»Dass du meinen Wunsch nutzt, wie du es für richtig hältst, Lily.«

Ein einziger Wunsch. Und Vertrauen. Das war alles, was es gab. Das war alles, was es jemals geben würde.

Kapitel 19

In dem Moment, in dem der Wunsch ausgesprochen war, legte sich Stille über das gesamte Kriegsgeschehen des Raums. Es war allerdings kein schräger Filmeffekt, also solch eine unwahrscheinliche Lautlosigkeit, die ein Schlachtfeld umwob, weil der Regisseur einen wichtigen Moment hervorheben wollte. Lily streckte sich und plötzlich konnte sich keiner mehr bewegen. Nach dem Bruchteil einer Sekunde wurden die Kämpfer auseinandergezogen, Kugeln, die durch die Luft flogen, landeten mit einem Klimpern auf dem Boden wie fallender Regen, und Mana, das gesammelt worden war, wurde zerstreut.

»Nun. Genug davon«, befahl Lily, sich aufrichtend. Als der Troll einen Ausbruch versuchte, schnipste sie mit dem Finger und zermalmte ihn an der Wand, so dass Blut aus ihm herausströmte. »Seid still. Ihr alle. Das ist mein Moment. Und ich werde ihn mir nicht verderben lassen.«

»Lily?«, fragte ich und stand auf, während ich den Dschinn ansah, der nun so anders wirkte.

Sie drehte sich zu mir, um mich anzuschauen. Sie sah nicht länger wie eine liebliche, aber auch angsterfüllte Gamerin aus, sondern wie eine gebieterische Königin. Jetzt war sie sogar größer als ich. Als ich an ihr hinabblickte, erkannte ich, warum. Lily schwebte, was ihr einige zusätzliche Zentimeter einbrachte. Ein weiteres Schnipsen ihrer Finger, und der Kapuzenpullover verschwand, genau wie die Hosen, und ein majestätisches goldgrünes Kleid kam neben glitzerndem Geschmeide zum Vorschein.

»Viel besser. Du warst wirklich langsam. Aber du hast es geschafft«, lobte Lily und sah mich dabei an.

»Wie ... wie bist du dazu in der Lage?«, wollte ich wissen und blickte zu den noch immer erstarrten Kämpfern. Und zu Alexa, die die Unterbrechung nutzte, um ihren Oberschenkel zu verbinden. »Du solltest dazu nicht in der Lage sein. Die Regeln ...«

»Sind von mir geschrieben. Ich interpretiere sie nur großzügiger«, entgegnete Lily.

Als Antwort tauchte eine weitere Benachrichtigung auf.

Versteckte Quest abgeschlossen: Schenke dem Dschinn einen Wunsch
Belohnungen: ???

»Was? So funktioniert das nicht. Du hast immer angegeben, was die Questbelohnungen beinhalten!«, protestierte ich.

»Nicht immer. Manchmal sind Belohnungen verborgen, wenn du die Voraussetzungen nicht erfüllt hast«, murrte Lily mich an. Für eine Sekunde erkannte ich meine Freundin in der gebieterischen, übernatürlichen Königin, dann war jene zurück und drehte sich einem der Sidhe zu, der an einem Amulett rieb. »Hör auf damit. Es wird nicht funktionieren, aber es nervt.«

Der Sidhe stoppte, ein resignierter Ausdruck lag in seinen Augen. »Was wirst du tun, Dschinn?«

»Tun? Hmmm ... so einiges. So vieles. Doch ich sollte meinen Wunsch vollenden. Dann werde ich mich um dich kümmern.« Lily drehte sich um und gestikulierte.

Der Ring flog vom Finger meiner Hand – und riss etwas Haut mit sich, so heftig war die Kraft dieser Bewegung. Er schwebte neben sie und leuchtete. Eine Geste von Lily, und das Leuchten weitete sich aus und löste sich in Runenschrift auf. Die zusammengepackten Zauberformeln wurden lesbar, während sie die Schrift ausdehnte. Diese nahm nun den ganzen Raum ein und wir mussten immer noch die Augen zusammenkneifen, um überhaupt einen Teil der Darstellung zu erkennen. Als ich darüber nachdachte, dass eine einzige Rune als Satz angesehen werden konnte, bereitete mir die Komplexität der Verzauberung, die in dem Ring steckte, Kopfschmerzen.

Eines Dschinns Wunsch

»Phänomenal«, japste Caleb, seine Augen schnellten hin und her, während er aufnahm, soviel er konnte.

»Befreist du dich selbst, Herrin von Rauch und Feuer?«, erkundigte sich der Nun'Yunu'Wi, sich tief verbeugend.

»Das war es, was ich tun wollte. Eine solch prachtvolle Frau befreien.«

»Du weißt aber, dass es schon zuvor versucht wurde?«, konterte Lily. »Mich frei zu wünschen? Das war eine der ersten Bemühungen, die meine Anhänger unternommen haben.« Es herrschte Stille, als sie mit einem Finger schnipste und damit einen Teil der Zauberformel hervorhob. »Doch sie waren schlau. Denn das ist eine der Dinge, die man sich nicht wünschen kann. Ansonsten würde der Wunsch ihr Leben beenden.«

Der Nun'Yunu'Wi erstarrte bei ihren Worten, während sich die Ritter entspannten, die tiefe Unruhe in ihren Körpern verschwand, weil nun die Bedrohung durch den Dschinn fort war – vermeintlich. Oder zumindest, weil sie befreit wurde. Jedoch fragte ich mich, ob sie dabei berücksichtigten – oder sich überhaupt darum kümmerten –, dass ihre Leben an diesem Punkt vollkommen verwirkt sein könnten.

»Was wirst du tun?«, fragte ich, während ich zu Alexa hinüber humpelte und mich bückte, um das Ende des

Verbandes zu ergreifen, denn sie hatte lange vergeblich damit gekämpft, ihn richtig zu wickeln.

Die Ex-Novizin lächelte mich an, als ich übernahm. Sie schluckte einen Heiltrank, den sie aus ihrem Jackenfutter hervorholte. Ich konzentrierte mich auf die Kompresse und bemerkte, wie das Blut noch immer herausquoll. Ich wollte nicht zu Lily schauen, zu der Person, von der ich dachte, dass sie meine Freundin war. Und die jetzt nicht mehr wie sie sprach und aussah. Die mich, wie ich fürchtete, ausgetrickst hatte.

»Mmmm ... ich kann mich nicht selbst freiwünschen. Ich kann den Stein nicht mit einem Wunsch zerstören. Und meine Kräfte werden noch immer durch diesen Ring eingeschränkt«, murmelte Lily vor sich hin und tippte sich dabei an die Lippen. »Das ist ... nervig. Einfache Lösungen sind seit langem blockiert. Aber ich hatte Tausende von Jahren, um darüber nachzudenken. Um Theorien auszutesten. Um andere Ringträger verschiedene Optionen ausprobieren zu lassen.« Lily ließ das Schweigen anwachsen. »Um zu lernen.«

Diese drei harmlosen Worte sandten uns allen einen Schauer über den Rücken.

Lily drehte sich und sah sich um. Ihr Blick war distanziert, als sähe sie Dinge, die ich nicht sehen konnte.

Eines Dschinns Wunsch

»Nun. Ich schätze, eines sollte ich zuerst aus der Welt schaffen. Dir deine Belohnung geben.«

In ihrer Stimme lag etwas, das mich die Augen weiten ließ.

»Stopp!«, rief Caleb und torkelte leicht nach vorne, bevor die Zauber, die ihn hielten, ihn wieder erstarren ließen.

Ich verstand nicht, weswegen er schrie, ich konnte es nicht. Bis ich überall Schmerzen verspürte. Qualen, die nicht nur aus meinem Körper kamen, sondern auch aus meiner Seele. Ich schrie, und dann riss meine Gestalt auseinander.

***

Immer noch schreiend kam ich wieder zu Bewusstsein, auf einer Lichtung, einem Aussichtspunkt über der Stadt. Ich befand mich in der gleichen Position, die Hände gespreizt, als würden sie immer noch Alexas Bein umfassen. Mein Brustkorb hob sich, als mir die Puste ausging, und ich holte wieder Luft, um erneut zu schreien. Bis ich merkte, dass ich nicht verletzt war. Kein bisschen.

»Wa…« Ich sah durch die Strahlen der langsam untergehenden Sonne hindurch. Auf die weißen, flauschigen Wolken und das friedliche Blau des Himmels. Auf das Grün des Grases, das jetzt nach den Stunden des brutalen weißen Lichtes in einem grauen Betonkeller noch grüner wirkte. Düfte – normale, menschliche, natürliche Gerüche. Und durch meinen Manasinn auf das sehr tiefe Aufquellen von Macht unter mir, wo etliche Kraftlinien sich kreuzten.

»So. Das sollte genügen«, sprach Lily neben mir.

Ich blinzelte, den Dschinn nun ansehend. »Lily?«

»Tut mir leid. Ich dehne die Regeln, aber ich muss diesen Wunsch sehr bald aussprechen«, erklärte sie. »Ich habe dich geheilt. Deine Freunde sind dorthin zurück, wo sie sein sollten. Falls das hier misslingt ... nun. Du solltest fliehen.«

Ich nickte und wusste, dass sie recht hatte. Wir hatten Pläne für diesen Moment geschmiedet, falls wir überlebten. Wenn der Ring ... nun ja. Wo war der Ring? Und dann sah ich ihn – an ihrem Finger.

»Es ist Zeit, es erneut zu versuchen«, meinte Lily und hob die Hand mit dem Ring. Der Dschinn starrte darauf, seine Stimme klang weit entfernt, als er über Dinge sinnierte, die ich mir nicht ausmalen konnte. »Das Problem mit Verzauberungen ist, egal wie mächtig, egal wie schlau ihre Erschaffer waren, dass sie statisch sind. Und.«

»Ich.«

»Bin.«

»Nicht.«

Licht. Ein geräuschloser Donner, der meine Brust und frisch geheilten Trommelfelle durchschüttelte. Der mir den Atem raubte und meine Manasinne in Aufregung versetzte. Ich fühlte es, den Kampf zwischen ihr und dem Ring. Ihre Stärke, direkt auf den Ring abgestimmt, um ihn umzuwandeln. Zu verändern. Den Zauber und die Verzauberung zu beugen.

Ich konnte nicht genau sagen, was sie da tat, allerdings wusste ich, dass sie versuchte, die Verzauberung zu deformieren. Vielleicht versuchte sie, sie zu brechen, denn ich verspürte den Druck, den Lily auf die Realität selbst ausübte. Ich fühlte die Macht, die sie aus den Kraftlinien zog, um den Ansturm auf den Ring zu beginnen. Und ich spürte, wie es meine Sinne verletzte, wie sich die Manakanäle in meinem Körper ausdehnten und wie sie die Energie absorbierten.

Um nicht zu verbrennen, und weil ich wusste, dass ich nur wenig tun konnte, zog ich mich zurück. Weiter und weiter, gerade als Lily für jeden auf der Welt zu einem Leuchtfeuer entflammte und damit verkündete, dass etwas Bedeutsames, Weltveränderndes geschah.

Es war keine Überraschung, dass andere Wesen auftauchten. Eine merkwürdige Brise, und ein Mann mit einer Augenklappe auf einem Pferd erschien. Ein Grollen aus dem Boden, und ein Stein hob sich heraus. Ein Stein, in dem scheinbar jemand oder etwas gefangen war. Ein Wogen der Erde, und aus einem Spalt, der nach Schwefel roch, kam eine gehörnte Kreatur mit Ziegenfüßen. Wolken sammelten sich und formten Gesichter, einige mit langen Schnurrhaaren und gerunzelten Augenbrauen, ein anderes rundlich, mit großen Ohrläppchen, das lachte. Mehr. So viele mehr versammelten sich.

Schon eine einzige Präsenz war genug, um meine Sinne zu überlasten. Ich konnte keinen von ihnen anblicken, konnte sie nicht anhören. Ihre Anwesenheit fühlte sich an wie tausend Pfund auf meiner Brust, ich musste keuchen, als ich versuchte, zu atmen. Versuchte ... und dabei scheiterte.

Dann war es vorbei. Eine zierliche Hand lag auf meiner Schulter und verdrängte die Präsenzen. Ich drehte mich um und erblickte eine hübsche Frau, die in eine weiße Robe gekleidet auf einer Lotusblüte zu mir geschwebt war, um ihre Hand auf meine Schulter zu betten. Das Lächeln auf ihrem Gesicht war gütig und sanftmütig, ein Versprechen von Geborgenheit und Barmherzigkeit.

Eines Dschinns Wunsch

»Danke ... Ich danke dir«, sagte ich, als ich wieder atmen konnte.

»Ein Dank ist nicht erforderlich.« So höflich und freundlich sie auch war, konnte ich doch sehen, dass ihre Aufmerksamkeit nicht mir galt.

Daher drehte ich mich zurück zur Show.

Keine einzige Persönlichkeit, keine einzige Gestalt bewegte sich, um einzugreifen. Dort, wo Lily stand und ihren Kampf austrug, nahm niemand daran teil. Sie kämpfte gegen die Fesselung, die allein sie festhielt. Sie warf Tausende Jahre des Wissens gegen den Zauber, warf alles dagegen, was sie hatte. Veränderte Rune um Rune. Erzwang eine Veränderung. Und die ganze Zeit über leuchtete der Ring, und Macht wallte auf.

Sie stand dort für Stunden, nutzte all ihre Kraft, und verblieb im Zentrum der Aufmerksamkeit. Stunden, in denen sich, für sterbliche Augen, nichts veränderte. Und doch standen wir dort in stiller Wacht. Die Sonne ging unter, der Mond stieg auf, und sie stand noch immer.

Und dann, so unversehens es begonnen hatte, verschwand die Wallung des Manas – genauso wie Lily. In einem Moment war sie da, stand allein, dann war sie weg. Der plötzliche Wechsel ließ mich vorwärts taumeln, als wäre ein Teppich unter mir weggezogen worden.

Ein simultanes Ausatmen gelöster Anspannung erhob sich von den anderen. Einige der Personen sahen sich gegenseitig an. Manche blickten nur finster. Andere gruppierten sich und redeten miteinander. Die meisten verschwanden einfach, einschließlich der Frau, die mich gerettet hatte. Ich war nicht überrascht. Sie hatte zu tun. Und sie hatte nicht meine Dankbarkeit gewollt.

Ich stand dort. Ohne Ring. Allein. Als ich auf das Bündel Macht zugreifen wollte, in dem sich mein Charakterbogen und mein Gruppeninterface befanden, war es fort. Leere.

Also wahrlich allein.

Epilog

»Ich habe nein gesagt, Caleb«. Ich drückte das Telefon gegen mein Ohr, während ich versuchte, das Handy, meine Schlüssel und das chinesische Essen zu jonglieren, als ich vor der Tür meines Apartments stand. Meiner neuen Wohnung, die ich nach über einem Monat des Suchens gefunden hatte.

Die Tür wurde aufgerissen, Alexa wartete schon. Sie hinkte zurück zur Couch. »Ist das Caleb? Sag ihm Nein. Und ich hoffe, dass du zusätzliche Frühlingsrollen mitgebracht hast!«

»Siehst du? Selbst Alexa sagt nein. Ich werde dem Konzil nicht beitreten, egal was es mir anbietet.« Ich hörte Caleb zu, während ich die Tür zutrat und in die Küche lief, um das Essen abzustellen. »Ich habe sowieso kaum etwas vorzuweisen. Lily hat mich mit den Zaubersprüchen zurückgelassen, die sie mir einst gab, aber das war's. Ich habe keine verlorengegangenen Künste mehr zu bieten.« Ich hörte etwas länger zu, nickte zu seinen Worten und rollte mit den Augen, als ich die Essensboxen auf der Küchenzeile absetzte. »Ja, wir sehen uns am Samstag zur Spielenacht. Tschüüüsss!«

Mit einem Seufzer der Erleichterung beendete ich den Anruf, bevor ich das Handy zurück in meine Hosentasche schob. Kurze Zeit später brachte ich zwei Teller mit Essen zu Alexa hinüber.

»Denkst du, sie glauben dir?«, fragte sie.

»Natürlich nicht. Aber ohne den Ring bin ich nur ein geringfügig mächtiger Magier. Nicht wert, bekämpft zu werden.« Ich zuckte mit den Schultern und gab Alexa ihren Teller. »Solange ich den Typen aus dem Weg gehe, die immer noch einen Groll gegen mich hegen wegen derjenigen, die ich getötet habe, sollte alles gut sein. Glücklicherweise waren sie alle, wie ich auch, auf einem niedrigen Level.«

Wir aßen und dachten über den Fallout direkt nach dem Kampf nach. Wir hatten einige wütende Blicke und laute Anschuldigungen entgegennehmen müssen. Aber angesichts der Tatsache, dass ein allmächtiger Dschinn frei war, hatten die Leute Besseres zu tun, als uns mit Vorwürfen zu attackieren. Es galt, Verteidigungen zu errichten, Menschen zu warnen. In diesem Chaos hatten wir es geschafft, uns wegzuschleichen.

»Vermisst du es?«, wollte Alexa wissen, eine Augenbraue hebend.

»Was? Meine Kräfte?« Ich schüttelte den Kopf. »Es hat Spaß gemacht, dieses Spiel zu spielen. Aus meinem Leben ein Spiel zu machen. Doch die Auswirkungen …« Ich rief mir meine Familie in Erinnerung, den verstörten Blick in ihren Gesichtern, als ich sie wiedersah. Das Gebrüll und die Wutausbrüche. Mein Vater weigerte sich, mit mir zu sprechen. Weil ich sie alle in Gefahr gebracht hatte. Und meine Freunde – verletzt, verstoßen, verschwunden. »Ich denke, ich bevorzuge meine Spiele lieber virtuell.«

Alexa lächelte mich an und eine Spur von Traurigkeit lag in der Luft, als wir uns an unsere Freundin erinnerten.

»Wie geht es deinem Bein?«, fragte ich, um das Thema zu wechseln. Einige Tage zuvor waren wir in einem weiteren Auftrag unterwegs gewesen, auf der riskanten Jagd nach einer Mini-Hydra, einem Haustier. Es wurde von uns aber nicht nur erwartet, es zu finden, wir sollten es auch unversehrt zurückbringen. Alexa musste nah ran – was mit einem Biss endete. Leider war Hydra-Gift nichts, wogegen man einen Heiltrank anwenden sollte.

»Besser. Das Gift ist zum Großteil verschwunden«, antwortete sie. »Nur noch ein Tag und ich kann wohl endlich einen Heiltrank nehmen.«

»Gut, gut.« Ich nickte.

»Du willst doch nur, dass ich mir wieder meinen Anteil verdiene.«

»Nun ja, wir haben einige Schulden …«

Unser Leben nach dem Vorfall wieder in den Griff zu bekommen hieß, dass wir eine »Gasexplosion« in unserer Wohnung erklären und all unsere Habseligkeiten ersetzen mussten. Nicht überraschend war, dass unsere Versicherung nicht gezahlt hatte – weil wir nach der Explosion monatelang verschwunden waren. Hätten einige unserer Freunde nicht etwas nachgeholfen, würden wir bei den Behörden in noch größeren Schwierigkeiten stecken.

Jetzt wurden wir nur verachtet und hatten Schulden.

»Bist du in Ordnung, Henry?«, erkundigte sich Alexa, die Augen verengend.

»Es geht mir gut. Warum?«

»Du hast genug für drei gekauft.« Sie zeigte in die Küche.

Ich drehte mich um und starrte auf das mitgebrachte Essen. »Nein, das ist für ... später.«

»Aha«, meinte Alexa nur.

Glücklicherweise entschied sie sich, die Angelegenheit nicht weiter zu verfolgen. Als hätten wir dieses Gespräch nicht schon gehabt. In angespannter Stille konzentrierten wir uns auf das Abendessen. Es war zum Teil Gewohnheit – genug für drei zu kaufen – und zum Teil ... Hoffnung? Mein Wunsch? Es war die Hoffnung eines Narren.

Eines Dschinns Wunsch

***

Sternenlicht funkelte in unser Fenster und wanderte über den Couchtisch. Alexa schlief dank der Schmerzmittel in ihrem Zimmer. Die Wunde weigerte sich noch, vollständig zu heilen. Ich saß im Wohnzimmer, eine Hand streichelte den Spiele-Laptop, den ich vor einer Woche gekauft und nie auch nur geöffnet hatte.

»Bescheuert. Es ist doch nur ein Spiel …«, fluchte ich über mich selbst, überwand mich dann und öffnete ihn. Ich drückte auf den Einschaltknopf, lehnte mich zurück und sah zu, wie der Computer hochfuhr. Sah zu, wie er sich bereitmachte. Ein Gefühl von Schrecken und Angst überspülte mich. Und als er mich soeben nach einem Passwort fragte, griff ich nach vorne und schlug ihn wieder zu.

»Hey! Das habe ich gerade gespielt!«

»Nein, hast du nicht. Ich habe dafür noch nicht einmal Spiele heruntergeladen«, gab ich automatisch zurück. Dann erstarrte ich.

Langsam drehte ich mich zur Seite und sah eine vertraute Erscheinung neben mir sitzen. Eine Gestalt in Kapuzenpullover und Jeans, braunes Haar wallte aus der zurückgeschobenen Kapuze. Mit einem spöttischen

Lächeln auf dem Gesicht und dem wohlbekannten Ring an der Hand.

»Hey, Henry. Lange nicht gesehen.«

###

DAS ENDE

Hinweis des Autors

Ich danke Ihnen für das Lesen meines Vorstoßes in eine städtische Fantasy-GameLit-Welt.

Bitte schaue dir auch meine anderen Serien an, die System-Apokalypse (ein post-apokalyptisches LitRPG) und Verborgene Wünsche (eine Urban-Fantasy-GameLit-Serie):

- Das Leben im Norden (Die System-Apokalypse Buch 1)

https://books2read.com/das-leben-im-norden

- Das Geschenk eines Heilers (Abenteuer in Brad Buch 1)

https://books2read.com/das-geschenk-eines-heilers

- Ein Tausend Li: Der Erste Schritt (Ein Tausend Li Buch 1)

https://books2read.com/der-erste-schritt

Bitte schau dir auch andere Serien/Bücher an, an denen ich mitgeschrieben habe:

- Leveled up Love! von Tao Wong & A. G. Marshall

https://books2read.com/leveled-up-love

- A Fist Full of Credits von Tao Wong & Craig Hamilton (System Apocalypse: Relentless Buch 1)

https://readerlinks.com/l/2202673

- Town Under von Tao Wong & K.T. Hanna (System Apocalypse: Australia Buch 1)

https://readerlinks.com/l/2202672

Weitere tolle Informationen über LitRPG-Serien findest du in den Facebook-Gruppen:

- Deutschsprachige LitRPG

https://www.facebook.com/groups/deutsche.litrpg

- Progression Fantasy-, Kultivations- und LitRPG-Romane auf Deutsch

https://www.facebook.com/groups/kultivationsundlitrpgromane

Über den Autor

Tao Wong ist ein begeisterter Leser von Fantasy und Science Fiction, der im Norden Kanadas wohnt und dort schreibt. Er hat viel zu viele Jahre mit dem Training aller möglichen Kampfsportarten verbracht. Da er sich dabei zu oft verletzt hat, verbringt er seine Zeit nun mit der Erschaffung von Fantasy-Welten.

Informationen über diese Serie und weitere Bücher von Tao Wong (sowie besondere Kurzgeschichten) finden Sie auf der Website des Autors:

> http://www.mylifemytao.com

Weitere Bücher von Tao Wong auf Deutsch:

> https://www.mylifemytao.com/foreign-language-editions/german/

Abonnenten von Taos Mailingliste erhalten exklusiven Zugriff auf Kurzgeschichten in den fiktionalen Universen von Thousand Li und der System-Apokalypse:

> https://www.subscribepage.com/taowong

Oder besuchen Sie seine Facebook-Seite:

> https://www.facebook.com/taowongauthor/

Über den Verlag

Tao Wong ist der alleinige Eigentümer und Betreiber von Starlit Publishing. Dieser Verlag für Science Fiction und Fantasy konzentriert sich auf die Genres LitRPG & „Cultivation". Er will neue, vielversprechende Autoren in diesen Genres fördern, deren Texte die existierenden Stereotypen herausfordern, dabei aber dennoch ein fantastisches Lesevergnügen bieten.

Weitere Informationen über Starlit Publishing finden Sie auf unserer Website: https://www.starlitpublishing.com/

Sie können sich auch bei der Mailingliste von Starlit Publishing anmelden, um über neue, aufregende Autoren und Bücher informiert zu werden.

www.ingramcontent.com/pod-product-compliance
Lightning Source LLC
LaVergne TN
LVHW012032070526
838202LV00056B/5476